I Will "PARRY" All
- The world's strongest man
wanna be an adventurer -

Character

Noor

노르

열두 살 때 모든 「직업(클래스)」에서 재능이 없다고 통보받은 뒤 산에 틀어박혀서 유일한 스킬, 「패리」 단련만을 거듭했다. 가장 밑바닥 랭크의 모험가지만, 사실은 터무니없는 능력의 소유자. 다만 자신만이 자기 힘을 깨닫지 못하는 처지.

Lynneburg (Lynne)

린네부르크 클레이스 (린)

열네 살. 온갖 뛰어난 능력을 가진 클레이스 왕국의 제1왕녀. 적대 세력이 생명을 노려 위험에 처했을 때 노르에게 구출되었다. 이후 노르를 「선생님」이라고 부르며 잘 따른다.

Ines

이네스 하네스

클레이스 왕국의 기사. 어릴 적부터 특수한 방어 능력을 보유했으며, 그것을 활용하여 현재는 린의 수호자 임무를 담당한다. 스물한 살.

Rein

레인 클레이스

클레이스 왕국의 제1왕자. 린의 오빠. 스무 살. 침착 · 냉정한 성격이며 왕의 보좌관으로서 왕국의 조타수 역할을 맡는다. 목적을 위해서는 수단을 가리지 않는 면모도 있다.

Rolo

로로

마족 소년. 태생 등 내력은 불명. 마족은 다른 모든 부족에게서 탄압의 대상이기에 상당히 불행한 어린 시절을 보냈다.

Sirene

실레느

육성 미안느가 지휘하는 『사냥꾼 병단』의 부단장. 미안느가 장래를 기대하고 있는 활의 명수이며, 부단장급 인물 중 가장 젊다. 수인의 피를 이어받았다.

목차

I Will "PARRY" All
- The world's strongest man wanna be an adventurer -

Contents

Volume SEVEN

132 토양 개량

서둘러 마차를 몰아 왕도에 들렀다가 돌아온 이네스가 적절히 몸을 회복할 때까지 잠시 기다린 뒤 나와 노르 선생님, 이네스는 주위가 아직 어스레한 시간에 셋이서 함께 마을의 숙소를 나와 『신수』(슬라우터 셀) 해체 작업을 진행하기로 했다.

햇빛이 쨍쨍 내리쬐는 사막에서는 체력 소모가 심해진다.

따라서 아직 해가 떠오르지 않은 이른 아침부터 일찍 작업을 시작하고, 해가 다 떠오르기 전까지 어지간한 작업은 전부 끝내기로 한 것이다. 사실 우리는 현장에 도착하면 곧장 필요한 절차에 착수하고자 하는 마음이었는데 이른 아침에 목격하게 된 『신수』는 모든 활동을 정지했는데도 불구하고 여전히 위세가 가득한 모습이었다.

지금 처음으로 상대의 위용을 눈에 담은 이네스는 조금 당황하는 기색이었고.

"……이것이 『신수』인가. 하필이면 내가 부재할 때 이러한 적과 마주치다니."

"그래. 다시금 보니 정말로 커다랗구나."

"네……. 정말로요."

그러나 적의 거대한 몸체와 처음 마주한 순간부터 겁을 집어먹었던 내 앞에서 노르 선생님은 저 생물을 처음부터 『비료』, 『식량』이라고 규정한 뒤 마치 도마 위쪽에 올려놓은 식자재를 처리하는 것처럼 눈 깜짝할 새에 쓰러뜨려 보였다.

선생님은 처음 본 순간부터 아마도 저 생물의 본질을 모조리 간파했을 것이다.

지금 돌이켜 보니 적의 특성만 냉정하게 잘 분석했더라면 나 혼자서 충분히 토벌 가능한 상대였다.

몹시 단단한 껍질을 갖고 있다지만 몸속의 수분을 이용하면 얼음덩어리로 만들 수도 있었을 테고, 가볍게 전격을 먹여 줬다면 쉽게 움직임을 봉할 수 있었을 테지.

그뿐 아니라 경질인 터라 칼날이 박히지 않으리라 보였던 『갑각』은 막상 불이나 열기에도 약한 듯했다.

사막의 생물이라기에는 뜻밖이라는 생각도 든다. 하지만 잘 생각해 보면 수인 마을의 설화에서 『신수』는 「물이 많은 토지에 서식하며 주위에 풍요로운 숲을 형성했다」라고 전해진다.

요컨대 저것은 살기 위해서 대단히 많은 수분을 필요로 하며 건조에 약한 생물이었다는 뜻이다.

냉정하게 분석을 하면 할수록 많은 약점이 있는 생물이었건마는.

그럼에도 전혀 생각이 미치지 못하고 나는 마주했던 순간에 본 거대한 몸체에 주의가 쏠려서 덜컥 겁부터 집어먹었으니 정말이지 깊이 반성해야겠다.

……애당초 내가 저러한 형태의 생물을 꺼렸던 탓도 있겠지만.

"……돌이켜 보면 반성할 점이 너무나 많네요."

내가 반성해야 할 사안 중에는 어젯밤이 다 지나가기 전에 더 철저히 조사를 마쳐서 아직 열화되지 않았을 때 분석을 수행했다면 『신수』의 겉껍데기라는 역사적으로 봐도 귀중한 소재를 손실 없이 확보했을 가능성이 있다는 것 또한 포함된다.

눈앞에 가로놓인 『신수』의 갑각은 최경(아다만타이트) 광물에 비견될 만큼 좀처럼 믿기 어려운 단단한 성질을 보유하고 있다.

다만 이 또한 본체가 살아 있어서 수분을 충분히 공급받는 동안에만 유지되는 특성인 듯 주인(생명)을 잃은 때부터 급속도로 건조 및 변질되어 본래의 우수한 특성이 사라지고 마는 것이다.

내가 이 같은 사실을 파악했을 때는 이미 대부분이 열화되어 버린지라 못 견디게 안타까웠지만……. 또 찬찬히 조사해 보니 몸체의 수분이 다량 함유된 부위와 가까운 곳에 위치한 껍데기는 한나절 이상 경과했는데도 아직껏 최경 광물에 뒤지지 않은 경도가 유지되는 상태였고, 나는 얼음 마법으로 급히 용기를 만든 뒤 왕도로부터 가지고 온 『용수의 원통』으로 물을 채움으로써 무사한 부분이나마 보관했다.

이 같은 상황을 곧장 『신탁의 옥』으로 멜리젠 씨에게 전달했더니 『연구 소재로 쓰고 싶어요, 꼭 마도구(저희 쪽) 연구소에 보내 주세요! 얼마든 부르는 값에 오켄 님이 매입해 주실 거예요! 그쪽에 있는 전부는 힘들어도……. 가능한 한, 많이!』라며 흥분하는 모습이었다.

멜리젠 씨가 말하기를『신수』의 갑각은 역사적으로 봐도 귀중한 자료이며 아울러 터무니없는 가능성을 간직한 무구를 제작할 수 있는 희귀 소재라고 한다.

이후에 나는 노르 선생님, 아버지 및 오빠와도 상담해서 확보하는 데 성공한 소재 전부를『왕립 마도구 연구소』의 멜리젠 씨에게 위탁하기로 했다.

따라서 이 작업이 끝난 뒤 곧바로 이네스는 또 마차를 몰아 왕도로 물자를 운반해 줘야 한다. 나로서는 적당한 이용법을 떠올리지 못했으나 오켄 선생님에게 두터운 신뢰를 받는 멜리젠 씨라면 금세 성질을 규명하고 갖가지 활용법을 개발해 줄 것이다.

"—그다음 남은 유해가 이 땅에 풍요와 번영을 가져오는 건가요."

나는 미처 생각도 못한 부분이었는데 이『갑각』에는 식물이 성장하는 데 필수적인 양분이 풍부하게 함유되어 있다고 한다. 식견이 모자란 나는 잘 알지 못하나 노르 선생님이 말씀하시길「맛을 봤더니 대강 알 수 있었다」라던가.

잘게 부숴서 다진『갑각』은 오랜 세월에 걸쳐 토양의 질을 개량하며 농경을 하는 사람에게 대단히 마음 든든한 아군이 되어 준다고 한다.

지금 떠올려보면 카일 씨를 비롯한 수인들의 먼 조상은 저것에게『삶과 죽음을 관장한다』라는 의미로『신의 짐승(이고르)』이라는 이름을 붙였더랬다.

확실히 상세하게 성질을 알면 알수록 저것은 단지 무작정 살육을 선호하는 끔찍한 생물이 아니라 주변 지역에 수많은 죽음을 초래한 끝에 최후에는 스스로도 희생됨으로써 대지에 한없는 풍요를 가져다 주는 양면성을 가진 생물임을 이해할 수 있다.

새삼 반복하건대 처음 본 순간부터 저것을 『비료』와 『식량』으로 단정했던 노르 선생님의 통찰력에는 전율을 느끼게 된다.

처음 마주했을 때는 위험성만 눈에 들어왔었던 『신수』는 정말이지 자원의 보고였다.

역시 나는 무력뿐 아니라 지혜 면에서도 선생님께는 전혀 못 미친다.

아직껏 나는 선생님께 배워야 할 것이 이렇듯 산처럼 많음을 거듭 절감했다.

"그럼 곧바로 작업을 시작해 볼까."

"네, 부탁드립니다. 그럼 이네스, 방금 전 이야기했던 수순대로 진행하죠."

"분부 받들겠습니다. 위험하오니 잠시 저희와 거리를 두고 물러나 계십시오. ―【신순】."

곧이어 이네스가 『빛의 검』을 만들어 내서 가볍게 휘두르자 『신수』의 단단한 『갑각』이 사람의 품에 안아서 들 수 있을 만한 크기로 간단히 쪼개졌다.

그 조각조각을 노르 선생님이 곧장 『흑색의 검』으로 때려서 더 작게 부순다.

"노르 공, 쪼개는 크기는 이 정도면 괜찮겠나."
"그래, 지금 크기면 충분히 괜찮아. 나머지는 내게 맡겨 줘."

'……굉장해.'

나는 복잡한 심경으로 두 사람의 작업을 지켜봤다.
이미 지켜야 할 주인을 잃은 『갑각』은 어제와 같은 부조리한 경도를 잃기는 했다. 다만 아직껏 철제 검조차 거뜬히 튕겨 내는 수준의 단단함은 유지하고 있는데도 이네스와 노르 선생님은 마치 그냥 흙덩어리를 다루듯 담담하게 처리하고 있다.
가만히 구경만 하면 두 사람이 마치 손쉬운 작업을 계속하는 듯한 착각에 휩싸이게 되지만……. 보통 사람에게는 절대 어림도 없는 위업이었다.

"린, 재료는 이 정도 크기로 손질하면 되나?"
"……네. 감사합니다, 충분해요."

내가 잠시 상념에 잠긴 동안에 이네스와 노르 선생님의 작업이 끝나 버렸다.
다시 정신을 차렸을 때는 그토록 많았던 껍데기가 모조리 작은 돌멩이만 한 크기로 부서진 상태였다.
고개를 쭉 들어서 올려다봐야 했던 거대한 몸체가 저 두 사람의 손에 걸리면 눈 깜짝할 새에 산산조각이다.

이른 아침부터 시작해서 아직 해도 나지막한 곳에 떠 있는데 땀 한 방울 흘리지 않고 예정했던 모든 작업을 끝내 버렸다.

이제부터는 두 사람과 교대하여 내가 작업을 할 차례였다.

"그러면 이제부터 조금 강하게 바람을 일으킬 테니 모쪼록 몸을 낮춰 주십시오. —【풍폭파(윈드 블라스트)】."

나는 먼저 【풍폭파】의 폭풍으로 작게 부서진 신수 껍데기의 파편 산더미를 일제히 사막의 하늘로 쏘아 올렸다.

그리고 하늘 저편에 날아올라 흩어진 수많은 신수 껍데기의 파편을 바라보면서 차분하게 숨을 가다듬고 다음 마법을 발동하고자 준비에 착수한다.

"【용신풍(토네이도)】."

이어서 나는 【동시 영창(멀티 캐스트)】과 【융합 마법】을 병용함으로써 사막에 큼지막한 회오리바람을 발생시켰다.

그러자 모래가 섞인 폭풍 속에서 갖각의 파편끼리 또 서로 세차게 충돌하며 더욱 자그마하게 깎이고 갈려 바스러진다.

"【정화(퓨리파이)】, 【가호(인핸스)】【생명력 강화(라이프 인핸스)】."

그리고 시기를 가늠하다가 다시 【동시 영창】을 수행하면서 분말 상태로 만든 『신수』의 잔해에 미리 상의한 뒤 결정했던 몇 가지 마법을 <ruby>부여<rt>인챈트</rt></ruby>한다.

혹시 모르니 【정화】로 해독을.

【가호】, 【생명력 강화】는 과거에 이 같은 부여를 활용하는 『부여 방충법』이 있다고 서적에서 읽은 기억이 떠올라서 노르 선생님에게 제안했더니 꼭 시도를 해 달라고 말씀해 주셨기에 적당히 덤 삼아 추가했다.

이상의 수순을 막힘없이 완료하고 맨 처음에 일으켰던 회오리바람의 힘을 차츰 약화시키다가—.

"【<ruby>얼음 기둥<rt>아이스 필러</rt></ruby>】."

미리 바람의 소용돌이 중앙에 모아 둔 공기의 안쪽 수분을 모두 얼리자 즉각 사막에 천 년을 보낸 듯한 커다란 얼음 나무가 솟아났다. 신수의 몸속에 함유되어 있었던 모든 수분을 재구성하여 만든 얼음이기 때문에 물의 양도 방대하다.

저 반투명하게 반짝이는 줄기와 가지가 모래 위로 드리우는 가늘고 긴 그림자를 바라보면서 나는 회오리바람의 힘을 완전히 해제하고 다음 마법의 발동 준비를 갖췄다.

"【<ruby>멸살옥염<rt>헬파이어</rt></ruby>】."

다음은 내가 현재 사용 가능한 한계, 여덟의 【동시 영창】을 구사해서 가능한 한 거대하게 열량이 높은 불덩이를 생성한 뒤 커다란 얼음 나무에 충돌시켰다.

그러자 작열하는 불덩어리에 의해 얼음이 일순간에 증발했고, 방대한 양의 물이 수증기 덩어리를 만든다.

“【얼음 지옥(코키토스)】.”

그곳으로 나는 즉각 얼음 계통의 마법을 발동시켰다. 주위 기온이 극저온에 가깝게 낮아지도록 조작하자 잠시 흩어지던 증기는 곧장 상공에서 응결된 뒤 작은 물방울의 **핵**으로써 거대한 적란운을 형성했다.

마지막은 내가 마법으로 살짝 강우를 거들어 주면 사막에 차가운 비가 내린다.

“【호우(콜 레인)】.”

처음에는 방울방울 피부를 살짝 적시는 정도였던 빗줄기는 점점 더 굵어지다가 이윽고 일대에 억수같이 호우가 쏟아졌다.

그럼에도 한정된 양의 물이 다 쏟아지는 데는 썩 시간이 길게 걸리지는 않았다. 폭포 같았던 비도 곧 멎었고 지금은 살짝만 남은 물방울이 높이 떠오르기 시작한 태양의 빛을 받아서 저 멀리 하늘에 커다란 무지개를 걸어 놓았다.

"이상으로 예정했던『토양 개량』작업은 완료됐군요. 고생하셨습니다."

"……굉장하구나. 벌써 끝난 건가."

강렬한 햇살을 받으며 아침의 사막에 걸린 선명한 무지개는 금세 사라져 간다.

우리는 잠시 저 신비로운 광경의 여운에 잠겨 있었지만, 이네스의 목소리에 퍼뜩 정신을 차렸다.

"그럼 린네부르크 님. 저는 이만 왕도로 출발하겠습니다."

"……이네스. 제가 한 부탁이기는 한데 조금이라도 더 쉬었다가 출발하는 게 어때요?"

"아니요. 그 물자는 서둘러 운송하는 편이 좋겠다고 전달을 받았습니다. 게다가 출발을 늦추면 늦추는 만큼 복귀하는 시기도 늦어집니다."

"……그것도, 맞는 말이에요. 하지만 아무래도 어제 고생을 했던 피로가 남아 있을 텐데요. 너무 무리는 하지 않는 게 좋아요."

"그게, 저도 신기한 기분입니다만. 짧게 잠깐의 휴식을 취했을 뿐인데 놀랄 만큼 몸 상태가 좋습니다. 어젯밤 대접을 받은 신비로운 맛의 수프 덕분일까요? ……대체 무엇을 써서 만든 음식이었습니까?"

"그, 글쎄요……?"

나는 이네스가 나보다 더 갑각류의 생물을 꺼린다는 것을 떠올리고 어떻게 사실을 전달해야 할지 일순간 망설였는데, 곧 이네스는 고개를 살짝 옆으로 흔들었다.

"……아니요, 딱히 중요한 문제는 아니었지요. 그 음식 덕분에 말도 기운을 차렸습니다. 운송은 순조롭게 끝낼 수 있겠지요. 전 이만 가 보겠습니다."
"네, 네에. 모쪼록 잘 부탁드릴게요, 이네스."

약간의 죄책감을 느끼며 떠나가는 이네스를 배웅하고, 이것으로 예정했던 아침 작업은 전부 다 종료.
일 하나를 끝낸 기분으로 노르 선생님과 함께 마을로 돌아가고자 했지만.

"린. 미안한데 이후에 잠깐만 시간을 내줄 수 있을까? 생각보다 빨리 작업이 끝났으니 시험 삼아 뭔가 심어서 키워 보고 싶군."
"그야 물론 괜찮습니다만……?"

작물 심기는 어차피 내일 할 예정이었다. 지금 서둘러 심어도 수확 시기가 크게 달라지지는 않을 텐데……. 이렇듯 당연한 상식에 근거하여 의문을 가진 내 앞에서 선생님은 종자 자루 안쪽의 『씨앗』을 몇 종류 꺼내더니 손바닥 위에 올려놓고 온몸으로 강렬한 『성력』을 발하기 시작했다.

“【로우 힐】.”
“……앗.”

그러자 선생님께서 손 위에 올려놓은 씨앗 중 하나가 톡, 선명하게 녹색의 싹을 틔웠다.
그 후에도 어찌 된 영문인지 손 위에 놓인 씨앗이 전부 다 톡톡 갈라지며 발아했다.

‘거짓말, 이죠……?’

“좋아. 성공했군. 옛날에는 곧잘 이렇게 작물을 키웠더랬지……. 그립구나.”

세상에는 가히 경탄할 만한 위업을 이룰 수 있는 고위 마법 스킬이 다수 존재한다. 그렇지만, 작물의 씨앗을 한순간에 발아시킨다? 나는 지금껏 한 번도 들어 본 경험조차 없다.
노르 선생님은 경악한 채 말을 잃은 내 앞에서 옛 추억을 떠올리는 듯 미소 짓더니 이곳에 올 때 어깨에 메어 가져왔던 퇴비 자루를 풀어헤쳤다. 그리고 이네스가 왕도에서 챙겨 가져다준『재배 계획서』를 한 손에 들고『흑색의 검』으로 내용물을 주위의 흙에 뿌린 뒤 능숙하게 뒤섞는다.

“그래, 이 작물은 퇴비를 대강 이 정도의 양으로 섞어 주면 충분한 건가. 정말 참고가 되는 자료구나. ……린, 미안한데 그 통으로 이곳 주변에 물을 뿌려 줄 수 있겠어? 살짝 넉넉하게."

"네, 네엣. 알겠습니다."

이름을 불린 뒤에야 정신을 차린 나는 노르 선생님의 지시에 따라 소지품을 담은 자루에서 『용수의 원통』을 꺼내 마력을 주입한 뒤 선생님께서 심은 막 발아한 모종의 주위에 물을 뿌렸다.

"일단 그 정도 양이면 충분할 거야. 고마워."

"노르 선생님……. 대체, 무엇을 하시려는……?"

"뭐, 지켜봐 줘. 【로우 힐】."

"—설마."

선생님은 대지에 손을 짚고 또다시 강렬한 『성력』을 지면을 향해 불어넣기 시작했다.

설마? 거듭 몸이 굳어지는 내 앞에서 자그만 싹에 불과했던 식물이 위로 쭉 자라나더니 줄기까지 두꺼워지며 성장해 간다.

그렇게 순식간에 푸른 하늘을 향해 높이 자라난 줄기 끝부분에서 녹색의 잎이 우거졌고, 그 사이사이에 수많은 아름다운 색채의 꽃이 피어났고, 또한 직후에—.

"……**열매**가, 맺혔다—?"

"그래, 다행히 성공을 했군. 이 방법은 옛날에 음식이 다 떨어졌는데 깜빡 보충을 못했을 때 썼던 방법인데……. 맛도 꽤 좋아지거든. 자, 먹어봐.”

선생님은 막 여문 붉은색 과실을 태연하게 하나 잡아떼다가 나에게 건넸다.

“가, 감사합니다……?”
“이 녀석은『적룡(레드 드래곤) 등과』라는 과일인데 바로 먹어도 된다나 봐. 이왕이면 같이 먹어 보자.”

나는 반쯤 넋이 나간 채 과일을 받아서 베어 먹었다. 무척 달콤하고 싱싱한 맛이었다.

“맛있어요……. 굉장히.”
“그래. 이 흙에서는 좋은 밭을 일굴 수 있겠어.”

선생님은 나지막이 말한 뒤 광대한 사막을 만족스럽게 둘러보다가 과일을 다 먹고 지면에 꽂아 놓았던『흑색의 검』을 어깨에 짊어졌다.

“괜히 딴짓하느라 시간을 빼앗아서 미안해. 자, 조금 늦어졌지만 마을로 돌아가서 아침 식사를 하자. 어정쩡하게 먹었더니 오히려 배가 고파지네.”

“……네. 아침 식사는 아마 로로가 지금 준비하는 중일 테니까 마침 적당한 시간인 듯하네요.”

“기대되는군.”

그렇게 나는 이른 아침부터 사막에서 밭을 일구기 시작했는데 해가 다 떠오르기도 전에 씨앗이었던 작물이 열매를 맺는다는 우스갯소리 같은 기적을 목격했고, 아직껏 자신이 목격한 광경을 믿지 못하여 갈팡질팡하는 심정으로 선생님과 함께 수인들이 사는 마을로 돌아갔다.

133 사막의 수로 건설

우리가 좀 일찍 돌아갔더니 로로는 마을 광장에서 아침 식사를 만들어 주고 있었다.

어제와 같이 커다란 냄비로 요리를 만들어서 나눠 주는 덕분에 아직 이른 아침인데도 불구하고 주변에는 많은 사람들이 북적거렸다.

"어서 와, 노르, 린. 고생했어, 아침 식사 준비는 다 끝났어."

"그래, 굉장히 좋은 냄새구나. 바로 먹도록 할게."

"저도 같이 먹을게요."

나와 린은 곧바로 로로에게서 요리가 담긴 그릇을 받아 든 다음에 적당한 장소를 찾아 둘이 나란히 앉은 뒤 아침 식사를 하기 시작했다.

'—역시 맛있군. 정말 맛있다.'

오늘 아침 식사는 어젯밤에 이어서 로로가 조리를 담당했다. 어제 신수 수프의 남은 국물을 이용해서 만든 요리인데 이것 또한 어젯밤 경험했던 맛에 뒤지지 않는 터무니없는 미식으로 완성됐다.

도저히 말로 다 표현할 수 없으나 한마디로 설명하자면 작은 행복의 맛이라고 말할 수 있겠다.

단순히 배가 고팠던 터라 맛있게 느껴지는 차원을 넘어서 배가 꽉 찼더라도 억지로 꾸역꾸역 더 먹고 싶어질 만큼 만족감이 있는 요리였다.

비록 식자재의 양에 한계가 있으나 적어도 며칠 동안은 이렇듯 맛있는 식사를 쭉 즐길 수 있을 테니까 마음이 들떠 오른다.

"역시 맛있구나."

"네, 굉장히요."

이번 사렌차 여행에 동행하기를 정말 잘했다는 생각이 드는 한때였다.

그나저나 처음 잠깐은 아침 식사에 열중하느라 미처 신경을 못 썼는데 첫 번째 한 그릇을 다 먹고 차분한 마음으로 다시 광장을 둘러봤더니 어제는 로로와 같이 배식을 맡아 줬던 실레느의 모습이 보이지 않는다는 사실을 알 수 있었다.

"……그러고 보니 실레느가 안 보이는군?"

"실은 실레느 씨에게 제가 따로 부탁을 드렸거든요. 마을에 계신 활 다루는 솜씨가 좋은 분들과 함께 아침에 일찍 외출을 했습니다."

"그랬던 건가. 어쩐지 사람이 좀 적다 싶었는데……. 그건 그렇고 로로의 요리는 인기가 참 좋아. 아까부터 줄 서는 사람이 끊이질 않는구나."

"그러게요. 정말 맛있으니까요. 오늘도 많이 준비해 준 덕분에 양은 아직도 충분히 여유가 있다더군요."

"……그러면 나도 한 그릇 더 받으러 다녀오지."

"네."

로로가 「음식 많이 남았으니까 또 먹고 싶으면 와~」라고 외치자 사람들이 남녀노소 가리지 않고 광장의 중앙에 있는 커다란 냄비 앞으로 몰려든다. 때마침 첫 번째 그릇을 전부 다 먹은 나도 곧바로 기다란 줄에 합류했다.

그리고 얼마 뒤 내가 먹고 또 줄 서기를 다섯 번 정도 되풀이했을 무렵에야 린은 자기 몫의 아침 식사를 끝낸 모습이었다.

"잘 먹었습니다."

"그럼 가 볼까."

"네, 오래 기다리셨어요. 이번에는 카일 씨를 만나야겠네요."

이른 아침부터 시작한 작업은 예정보다 순조롭게 진행 중이다.

하지만 오늘 중에 끝내고 싶은 일거리가 아직 많았다.

따라서 우리는 아침 식사를 마친 뒤 곧장 장로의 집에 있을 마을 청년 카일을 찾아가서 다음 작업을 어떻게 진행할지 협의를 하고자 움직였지만, 아침 일찍 방문했는데도 카일은 이미 집 바깥에서 우리가 올 때까지 기다리고 있었던 듯한 기색이었다.

"카일 씨, 죄송합니다. 오래 기다리셨습니다."

"아닙니다. 해가 뜨고 조금 이후에 오신다는 말을 들었던지라 슬슬 보일 것 같았습니다."

"아침 일찍부터 미안하게 됐군."

"아닙니다, 물론 괜찮습니다. 두 분께서 말씀하신 대로 간단하게 마을의 배치도를 준비했습니다. 제가 그린 그림인지라 조잡합니다만."

"그래, 고마워. 충분하군."

"……여기에 저희가 필기를 추가해도 괜찮을까요?"

"네, 물론입니다. 편히 쓰시도록 준비한 자료입니다."

밭을 만들기 위해 필요한『흙』이 준비되었으니 다음 과제는『물』이었다.

린은 마을 청년 카일에게 작성을 부탁했던 마을 배치도를 들여다보며『수원지』를 설치할 장소를 상의했다.

"노르 선생님, 이 주변의 고지대는 어떠실까요?"

"괜찮지 않나? 딱 적당하게 솟아오른 지형 같은걸. 마을 한가운데이고."

"네, 편의성을 고려하면 역시 이 주변이 유력한 후보일 테지요. 카일 씨, 이곳 주변의 토지를 사용해도 괜찮을까요?"

"예, 장로님 또한 마을의 바깥이든 안이든 손님들께서 전부 자유롭게 써도 무방하다고 말씀해 주셨으니 물론 문제없습니다."

"커다란 구덩이를 파야 할 텐데 괜찮겠어?"

"……구덩이요? 네, 그 또한 상관없습니다. 다만…… 이 위치에

『수원지』를 마련한단 말씀입니까? 이 주변을 파내 봤자 아무것도 나오지 않을 텐데요."

"안 나와도 괜찮습니다. 담아내기 위한 구덩이니까요."

"담아내기 위해서요? 물은 어디에서 나옵니까?"

"그건—."

사막에서 우물을 찾아 파내자는 제안은 어제 『신수』를 덜컥 끄집어냈던 까닭에 완전히 실패로 끝났다. 그러니까 결국 수원지를 확보하는 데는 이네스가 왕도까지 다녀와서 갖다 준 『용수의 원통』을 쓰게 되었다.

그렇다 해도 상당히 귀중한 물건인 데다가 먼저 허가를 받는 편이 좋을 테니까 오늘 아침에 나와 린은 이 마을의 장로와 만나 우리가 추진하고자 하는 계획을 설명했다.

처음 잠깐은 우리가 마을 한가운데에다가 수원지를 설치하고 싶다고 말을 꺼내자 노인도 무척 의아해하며 고개를 갸웃거렸더랬다. 다만 린이 노인의 눈앞에서 거의 무한히 물이 솟아나는 『용수의 원통』을 실제로 써서 보여 주자, 몹시 경악하더니 무시무시한 도약력으로 번쩍 뛰어올라 천장에 머리를 세게 부닥쳤다.

너무나 기세 좋게 천장과 격돌한지라 우리는 노인의 머리가 걱정되어 곧장 가까이 달려갔지만, 노인은 전혀 다른 문제를 걱정하고 있었다.

『그, 그렇다면……. 즉 저희 마을이 거대한 수원지로써 기능하게 된다는 말씀입니까……?!』

린이 『그렇게 될 것입니다』라고 대답하자 노인은 잠시간 혼이 빠져나간 듯 굳어 버렸다. 다만 곧이어 내가 밭에서 장래에 수확할 수 있을 만한 작물의 이야기를, 린은 도적과 같은 위협으로부터 밭과 『수원지』를 지키기 위해 궁술을 익히는 자경단 계획을 설명하자 살짝 눈물을 글썽거리면서 미소 지었다.

『……후후, 놀랍군요. 꿈같은 말씀입니다그려. 이 늙은이의 목숨이 붙어 있는 동안에 이 같은 기적이 일어나다니요. 물론 저희 마을에 있는 것이라면 무엇이든 편히 써 주십시오. —아앗. 그렇다면 나만의 꿈에 불과했던 이것저것을 혹시? 크크, 후후후후. 오, 옳거니! 옛적에 묻어 놓았던 야망도—?!』

대화를 진행하는 동안에 노인이 점점 더 눈을 번뜩번뜩 빛내며 심술궂은 표정을 짓기 시작했지만, 아무튼 흔쾌히 협력은 해줄 것 같았다.

이렇듯 장로로부터 마을 안에 『수원지』를 설치할 수 있도록 허가는 받아 놨다.

노인은 상세한 내용을 마을 청년 카일에게는 아직 전해주지 않은 듯했지만, 본인도 자신에게까지 굳이 자세하게 설명을 할 필요는 없다며 사양했던지라 우리는 곧장 작업을 진행하기로 했다.

"—뭐, 잠깐 보고 있어. 설명보다 직접 보는 게 빠를 테니까."

"그렇겠죠. 일단 위험하니까 조금 떨어져주시겠어요? 카일 씨."

"네, 네에……?"

아직 이해를 못하겠다는 태도를 내비치는 카일 앞에서 내가 먼저 『흑색의 검』을 써서 아래로 구덩이를 팠다.

구덩이라기보다도 넓고 야트막한 연못 같은 느낌이었지만, 나의 신장쯤 되는 깊이까지 땅 파기를 마쳤을 때 나머지 작업을 린에게 넘긴다.

"뒷일은 부탁하지, 린."

"네. 【멸섬극염(헬 플레어)】."

린은 곧바로 특기 【스킬】로 작열하는 화염구를 만들어 내더니 막 내가 파냈던 구덩이의 바로 위쪽으로 띄워 올렸다. 이미 하늘에는 해가 떠올라 있는 시간이었기에 위를 올려다보면 마치 태양이 두 개나 나타난 듯한 광경이었다.

린이 거대한 화염구를 지면에 닿기 직전까지 바싹 내려보내자 반짝이는 불덩이가 막 내가 파냈던 모래땅의 구덩이 안 벽에 소리를 내며 열기를 가했고, 곧 질척질척하게 녹아내리며 반원형의 우묵한 지형물이 만들어졌다.

린은 시기를 가늠해서 모래를 가열하는 작업을 멈췄다.

"노르 선생님. 모래에 열을 가하는 작업은 이 정도로 괜찮을까요?"

"그래, 지금 상태에서 놔두면 괜찮을 거야. 식어서 굳으면 제법 근사한 모양이 나올걸."

열기를 받은 모래 덩어리는 아직 군데군데가 붉게 빛나고 있지만, 쭉 방치해서 차가워지면 곧장 유리질의 『저수지』가 완성된다.

뜨거워서 위험한지라 바로 식혀주고 싶기는 한데 섣불리 물을 끼얹어 급히 냉각을 시도했다가는 폭발의 우려도 있다 하니까 린의 바람 마법으로 잔열만 날려 보내고 그냥 자연스럽게 식을 때까지 방치하기로 했다.

"순식간에 다 끝이 났구나. 이런 속도면 예정대로 오늘 중에 전부 다 끝낼 수 있겠군."

"네. 다음은 농지에 쓸 수로를 만드는 작업이군요."

"그래, 곧바로 이동하자. —그럼 카일, 또 나중에 보자."

"아, 알겠습니다……? 달리 무언가 용건이 있으시거든 사양 마시고 말씀해 주십시오."

우리는 아직 머릿속이 물음표로 가득 차 있는 모습인 마을 청년 카일을 놓아둔 채 다시 밭 예정지로 돌아간 뒤 둘이서 미리 상의했던 작업을 곧장 개시했다.

토양 개량은 대강 끝났을지언정 아직껏 밭을 일궈야 할 예정지는 쓱 둘러보면 아무것도 없는 평평한 모래땅이었다. 우리는 이제부터

이 광대한 평지에서 키우고자 하는 작물에 맞춰 농지를 구획 짓는 작업에 착수하게 된다만.

나의 손에는 놀랍게도 이미 어젯밤 린이 나와 대화를 나누며 작성해 준『농지 계획도』라는 도면이 들려 있었다.

참고용 쪽지 대신에 만들었다고 하기에는 너무나 상세한 자료인지라 덕분에 작업은 몹시 순조로웠다.

"그러면 일단 이곳을 기점으로 삼고, 이제부터는 린이 그려 준 도면에 따라 작업하도록 하지. 우선은 이 줄과 나뭇조각을 들어 주겠어?"

"네, 알겠습니다."

먼저 린에게 적당한 나뭇조각에다가 마을에서 빌려 가져온 기다란 줄을 묶어서 한쪽을 들려 주고 밭 전체의 모서리가 되는 위치까지 걸어가도록 했다.

"노르 선생님. 이 정도 위치면 괜찮으실까요?"

"그래, 그쯤이면 괜찮을 거야. 그곳에 표지로 삼을 나뭇조각을 꽂고 줄 끝부분을 잡은 채로 돌아와 줘."

"네."

일단 린에게 다시 돌아오도록 말한 뒤 린이 가지고 온 줄의 끝과 끝 길이를 기준으로 삼아 8등분의 표시를 하고 밭의 구획을 지을 수 있도록 간단한『척도』를 만든다.

그다음은 등간격으로 표지 역할을 할 줄을 치고 둘이서 협력하며 땅에 표지를 설치했더니 밭의 구획을 만드는 작업이 금세 끝났다.

"생각보다 더 넓은 밭이 되겠네요."

"그래, 맞아. 하지만 이미 산 씨앗을 전부 심어서 키우려면 이 정도 넓이는 필요할 거야."

"그렇겠지요."

우리가 지금 만들고자 하는 것은 큼지막한 정방형의 밭이 가로로 8열, 세로로 8열, 합계 64구획이나 되는 상당히 거대한 농지(밭)였다.

사실 처음에는 이렇게까지 거창하게 일을 벌이자는 생각은 아니었다만……. 왕도의『종자상』청년이 애써 준비해 준 씨앗을 남김없이 전부 다 심어 보고 싶어서 계획을 세웠더니 어느새 이렇게 되어 버렸다.

종자상 청년이 골라 준 작물 종자는 비록 몇 년 동안은 보관 가능한 종류도 있다지만, 대부분은 시간이 지나면 지날수록 상해서 발아율이 떨어지게 된다. 그렇다면 이번에는 물도 토지도 원하는 만큼 이용할 수 있겠다, 흔한 기회가 아닌 만큼 보내 준 씨앗을 전부 다 재배해 보고자 마음먹은 것이다.

물론 파종은 하더라도 전부 무사히 자라나지는 못할 것이다. 하지만 이왕 시도하려면 되도록 많이 시도하는 것이 좋으니까 몇 가지 품종이나마 잘 결실을 맺어 준다면 횡재라는 작은 기대감을 가지고 작업 중이다.

"그러면 린. 미안한데 방금 전 마법을 또 부탁하지."

"네. 【멸섬극염】."

린은 지면에 꽂은 나뭇조각 표지의 위에 전부 여덟 개의 화염구를 만들어 냈다.

막 만들어진 화염구는 지면에서 일정 거리를 유지한 채 다른 표지를 향해 수평으로 유려하게 나아가면서 모래를 지글지글 태우고 있다.

그러자 지면에는 질척질척하게 녹아내린 유리질 덩어리의 선이 쭉 그어지고, 그것이 고스란히 농지의 구획을 나타내 준다.

린에게 미리 이렇게 할 계획이라는 설명은 들었지만, 역시 실제로 목격하게 되니까 정말 감탄할 만한 재주를 선보여 주는지라 놀라움이 앞선다.

'역시 이 아이는 정말 굉장하구나.'

이미 잘 알고 있기는 했는데 오늘 또 새삼스럽게 절감하게 된다.

과거에는 나도 저러한 방식으로 불을 굽는 데 쓸 수 있다면 편리할 텐데…… 라는 생각을 하며 이것저것 시험한 적이 있었지만, 나의 【프티 파이어】로는 작은 벽돌을 한 개 굽는 것이 고작이었다.

게다가 애당초 불꽃이 작은 까닭에 한 개를 굽는 데 꼬박 사흘이나 걸렸다. 심지어 이리저리 뒤집어 보면 정성껏 차분하게 구웠다고 생각했는데도 결국 안쪽까지 충분히 불길이 닿지 못한 탓에 살짝만 충격을 받아도 깨져 버리는 허술한 벽돌밖에 만들 수 없었다.

그랬건마는 린이 작정하고 손쓰자 눈 깜짝할 사이에 수로의 원형이 되어 줄 튼튼한 유리질의 선이 만들어진다.

귀신같은 솜씨로 작업을 해치우는지라 조용히 감탄하며 지켜보고 있자니 문득 정신을 차렸을 때는 어느새 모든 작업이 끝난 뒤였다.

"노르 선생님, 수로의 기초 부분 작업은 끝났습니다."

"그래, 고마워. 좋아, 이번에는 내 차례군."

"네……. 그러면 먼저 바람 마법으로 조금이나마 열기를 날려 보내도록 하지요. ―【용신풍】."

그렇게 말한 뒤 린은 한 손으로 강풍을 일으켜서 절묘한 제어력으로 밭의 흙까지 휘말리지는 않게 뜨겁게 달궈진 유리 덩어리만을 식혀 준다.

……정말 이 아이는 사소한 능력 하나하나가 너무나 굉장하다.

"이 정도면 괜찮으실까요?"

"그래, 고마워. 이러면 다음 작업도 쾌적하게 할 수 있겠군."

이어서 나는 『흑색의 검』 끝부분을 유리질 덩어리 위에 가져다 대고 호흡을 가다듬었다. 린이 정말이지 굉장한 활약을 해 준 덕분에 자꾸 감탄이 나왔지만, 내가 맡아야 할 작업은 이제부터가 진짜 시작이다.

그간 왕도에서 거듭 단련했던 『하수구 청소』 경험이 지금 시험대에 오른다.

"—좋았어, 간다."

나는 검을 단단히 부여잡고 끝부분을 유리질 덩어리에 살짝 강하게 밀어 넣었다.

그러자 우둑우둑 시원한 소리와 함께 유리질 덩어리가 깎여 나가면서 차츰 검과 같은 너비로 얕은 도랑이 만들어진다.

'좋아, 괜찮군.'

계속해서 나는 검을 쥔 손에 전해지는 감촉을 확인하는 한편 신중하게 지면을 차고 유리질 덩어리를 파내며 앞으로 앞으로 나아갔다. 그러자 나와『흑색의 검』이 지나간 궤적에서 우리가 필요로 하는『사막 수로』의 원형이 만들어진다.

'이렇게 쭉 밀고 나가면 제법 쓸 만한 물길이 생기겠지.'

당초에 린과 농지 계획을 세우던 때는『이 넓은 농지를 관리하기 위한 광대한 수로를 어떻게 만들 것인가』라는 문제가 먼저 제기됐었다.

첫 번째 난관은 애당초 모든 물자가 부족한 상황인데 어떤 재료를 써서 수로를 만들어야 되냐는 것.

두 번째는 설령 재료를 확보하더라도 물이 잘 흘러서 오래도록 쭉 사용할 수 있는 수로를 어떻게 만들어야 되냐는 것이었다.

왕도와 마을을 바삐 왕복해 준 이네스 덕분에 든든한 『수원지』도 확보됐고, 밭에 쓸 기름진 흙도 준비됐다. 다만 어떻게 물을 고루고루 멀리 보내서 밭을 적셔 줄 수 있느냐가 커다란 문제였던 것이다.

그런데 잠시 고민해 보니 양쪽 다 무척 가까운 곳에 답이 있었다.

우선 첫 번째 문제에 대한 해답은 사막의 『모래』다.

린의 말에 따르면 이 땅에 퇴적된 모래는 많은 유리질을 함유하고 있다고 한다.

따라서 일단 질척질척해지도록 고온으로 구워 버리면 지금처럼 금세 식어서 덩어리가 된다. 불순물도 많은지라 순수한 유리라고 말할 순 없지만, 린이 시험 삼아서 모래를 고온으로 구워 봤더니 만들어진 유리질의 덩어리는 무척 단단했기에 어지간해서는 망가질 것 같지 않았다.

그렇다면 근방에 잔뜩 널린 재료를 써서 간편하고 빠르게 튼튼한 『수로』를 만들자고 결론이 나온 것이다.

그리고 하나 더, 농업용 수로를 만들 때 광대한 농지로 자연스레 물이 흘러갈 수 있도록 『완만한 경사』를 어떻게 조성하냐는 것 또한 커다란 과제였다. 다만 이 또한 둘이서 이야기하며 상의하다 보니까 금세 해결됐다.

클레이스 왕국 왕도의 도시 안 도랑은 하나같이 티 나지 않게 경사가 지는 모양새로 설계되어 있는데, 이렇듯 세밀한 구조 때문에 흙먼지가 조금 쌓여서 더러워지면 물의 흐름을 방해하기도 한다. 하지만 평소 바닥이 깔끔하게 유지되도록 청소만 잘 신경을 쓰면 하수가 아예 막혀 버리지는 않는다.

나는 모험가 길드의『하수구 청소』의뢰로 거의 매일같이 왕도 전역을 청소하며 다녔던 터라 사실은 도로변 도랑의 형태를 거의 대부분 파악하고 있다. 아니, 더 나아가서 하루하루 노동에 힘쓰는 동안에 이미 왕도에 있는 도랑의 모양새는 나의 몸 깊숙한 곳까지 각인되었으며 눈을 감아도 머릿속으로 재현할 수 있는 지경이었지만.

그것이 바로 지금 우리가 필요로 하는『농업용 수로』의 이상형이었던 셈이다.

아울러 내가 들고 있는『흑색의 검』을 활용하면 딱딱한 유리질의 덩어리도 재미있을 만큼 손쉽게 깎여 나간다.

요컨대 린이 만들어 준 유리질 덩어리의 선(라인)을 내가 왕도에서『하수구 청소』를 할 때의 감각을 세세하게 재현하며 깎아 나가는 단순한 작업만으로도 금세 최적의 수로가 만들어지는 것이다.

'—이런 곳에서 뜻밖의 경험에 도움을 받는구나.'

그렇다면 남은 것은 실행뿐……. 슬슬 작업에 익숙해진 나는 지면을 더욱 강하게 찼다.

차츰 달리는 속도를 끌어올리자 흑색의 검은 더한층 우둑우둑 우둑우둑 격렬하게 소리를 내며 유리질 덩어리에 깔끔한 도랑을 만들어 놓는다.

'이 작업……. 생각보다 꽤 재미있는데.'

평소 왕도에서 『하수구 청소』를 할 때는 혹시나 『흑색의 검』으로 도랑의 벽면까지 깎아 손상시키는 실수를 하지 않도록 세심하게 주의를 기울이며 작업을 진행했으니 부담감도 적진 않았지만.

이번에는 반대로 얼마든지 깎아 내기만 하면 되는 데다가 최악의 경우 실패해도 괜찮다.

재료가 근방에 널린 모래이니 얼마든지 다시 만들 수 있을 뿐더러 왕도의 거리가 아니기에 소음 등 주변의 고충 따위를 신경 쓸 필요도 없고 마음껏 우둑우둑을 즐길 수 있다. 평소에는 하면 안 되는 행동을 저지르게 되니까 소소하게 해방감마저 느껴진다.

한마디 덧붙이자면 나는 『하수구 청소』 의뢰 때 도랑에 달라붙은 노폐물을 통째로 몽땅 긁어서 떼어 내는 작업을 은근히 즐겼지만, 최근 들어서 여기저기 전부 다 청소를 끝내 버린지라 이 같은 체험을 할 기회도 줄었다.

하지만 지금 작업에서는 거의 비슷한 즐거움을 느낄 수 있다.

무엇보다 자신의 눈앞에서 사람들의 생활에 도움을 주는 시설이 만들어지고 있다는 실감이 느껴진다는 것이 좋았다. 왕도의 수로 건설에서 규격에 맞춘 형태의 석재를 깎아 냈던 작업도 개인적으로 무척 즐거웠는데 이번 일거리는 그때보다 더욱 재미가 있다.

"좋아, 모양은 대강 잡혔구나."

열중해서 작업에 힘쓴 덕분에 문득 깨달았을 때 나는 이미 농지 전체에 예정했던 깊이로 도랑 파내기 공사를 마친 뒤였다. 솔직히 조금 더 작업을 하고 싶은 심정이었으나 굳이 쓸데없는 일거리를 늘릴 필요는 없다.

생각보다 즐겁게 작업했던 까닭에 시간의 흐름이 빠르게 느껴졌는데 다 끝내고 보니까 아직 해가 가장 높은 곳까지 떠오르기 이전이었다.

"고생하셨습니다. 마침 점심시간이네요."

"그러게. 일단 휴식을 할까."

"네. 쉴 만한 장소를 만들도록 하죠. —【얼음 기둥】."

우리는 린이 만든 얼음 기둥을 등지고 앉아서 로로가 챙겨 준 도시락의 뚜껑을 열고 광대한 수로가 이리저리 파여 있는 밭을 둘러보면서 이후 작업에 대해 이야기를 주고받았다.

134 실레느의 활

실레느는 철들락 말락 한 어린 시절에 어머니와 둘이서 사렌차의 북쪽 장벽을 넘었다.

당시의 기억은 거의 없으나 막연하게 산처럼 높은 벽을 목격했었고 나이 차이가 꽤 나는 오빠와 서로 끌어안은 채 이별의 말을 주고받던 상황만큼은 어렴풋이 떠올릴 수 있다.

헤어지기 직전에 오빠는 실레느에게 이렇게 약속했다.

『언젠가 반드시 너와 어머니를 맞이하러 가마. 그때까지 저쪽에서 기다려 주렴.』

이유는 알지 못하는데 아버지와 오빠는 실레느와 어머니를 무사히 보내 주기 위하여 잠시 헤어진 뒤 장벽 너머의 나라 사렌차에 남기로 결정했다는 것 같다.

실레느는 오빠의 말을 믿고서 이제나저제나 두 사람이 마중하러 와 주는 때를 가만히 기다렸다.

다만 오빠와 아버지는 아무리 시간이 지나가도 마중을 오지 않았다.

몇 날을 기다려도, 몇 개월을 기다려도.

몇 년이 지나도록 실레느와 어머니는 생존을 알리는 편지조차 받아 볼 수 없었다.

그럼에도 실레느와 어머니는 줄곧 인내심을 갖고 두 사람을 기다렸다.

이따금 어머니가 실레느에게 「아버지와 오빠를 찾으러 가고 싶다」라며 속마음을 털어놓은 적도 있었지만, 여자 혼자서 어린 딸아이를 키워야 하는 처지에 가족을 찾고자 떠나는 것은 불가능했다.

당시에는 모녀가 살림을 꾸리는 것만으로도 허덕이는 형편이었으니까.

실레느에게는 클레이스 왕국으로 넘어오기 이전의 기억은 이미 대부분이 희미해졌지만, 적어도 넘어온 이후 살림살이가 별로 넉넉하지는 않았다.

아니, 더 솔직하게 말을 하자면 몹시 가난한 편이었다.

어머니는 어린 딸아이와 함께 외국으로 건너온 처지였던 만큼 죽기 살기로 살아 나가고자 일을 했지만, 너무 무리해서 건강을 해친 까닭에 감당할 수 있는 일거리에 한계가 뚜렷했다.

다행히도 실레느와 어머니가 피신한 곳인 클레이스 왕국에서는 현재의 왕이 편 정책에 따라 어떠한 아이라도 왕립 도서관에 다니기만 하면 글자를 배울 수 있었고 또한 희망한다면 좋아하는 그림책을 직원이 읽어 주기까지 했다.

그런 이유로 실레느는 어머니가 일하는 동안에 많은 시간을 도서관 등 아이가 출입할 수 있는 시설에서 보냈다. 따라서 실레느는 또래 아이들보다 옷차림이 약간 초라한 것 같다는 인상을 주는 약간의 빈곤함을 제외하면 아무 불편함 없이 자라날 수 있었다.

그런 점에서 실레느는 자신이 성장했던 환경에 감사했다.

특별히 사치를 부리지 않는 한 끼니 걱정을 하지는 않는다. 즉 생존에는 문제가 없다.

어머니는 가끔 아버지와 오빠가 곁에 없는 처지를 한탄했지만, 두 사람과 쌓은 기억이 이미 흐릿해진 실레느는 단지 어머니와 둘이 평온하게 생활할 수 있다면 그것만으로도 충분히 행복했으니까.

그런 실레느가 클레이스 왕국의 병사가 되고 싶다고 마음먹은 때는 곧 다섯 살 생일을 맞이하게 되는 시기였다.

그 무렵에 이미 어머니와 자신 두 모녀의 생활을 보조해 준『국가』라는 체제에 조금씩 관심을 가졌고, 또한 매일같이 일하며 고생하는 어머니에게 조금이라도 은혜를 갚고 싶다는…… 이런 기특한 마음도 아주 없지는 않았지만, 어쨌거나 다른 많은 이유 중에서는 상당히 작은 편이었다.

실레느가『왕도 육병단』에 들어가고자 결심한 것은 어느 한 명의 인물이 존재함을 알았기 때문이었다.

함께 놀 또래 친구도 없는 실레느가 여느 때와 같이 혼자 거리의 구석에서 놀고 있었던 어느 날, 지나가던 사람들의 대화 속에서『미안느』라는 인물의 이름을 들었다.

딱히 할 일이 없었던 실레느가 귀를 기울이며 들어 봤더니 놀랍게도 이 나라를 수호하는 왕립 군대인『왕도 육병단』중 활을 다루는 집단, 【사냥꾼 병단】의 단장이 자신과 마찬가지로 『수인』이며 달리 비견할 만한 대상이 없어 『【궁성】 미안느』라고 불리는 위인이라고 한다.

먼저 어렸던 실레느는 그 사람이 어떤 인물일까 하고 흥미를 가졌다.

그 사람도 실레느와 같은 수인이면서 게다가 여성.

아울러 비슷하게 다른 나라 출신의 떠돌이였다가 왕도에 정착한 신분인데도 지금은 국가의 중요 직책을 맡았고, 그 길에서 최고의 지위에 올랐다고 한다.

그 이야기를 듣고 실레느는 단순하게 흥미와 동경심을 갖게 되었다.

수인은 평범한 인간과 비교하면 머리가 별로 좋지 않다던데 미안느처럼 『활』을 다루는 재능이 뛰어난 사람은 많다고 한다.

그럼 자신도 활을 써 보고 싶다며 어머니에게 간절히 부탁했고, 어머니는 조금 주저하는 내색을 하면서도 당시 실레느의 집안 사정에서는 상당히 값비싼 물건이었을 연습용 활을 생일날에 사 줬다.

그때 실레느에게 꿈이 생겨났던 것이다.

다만 현실은 만만치 않았다. 실레느가 목표로 삼은 【사냥꾼 병단】에 입단하는 것은 『왕도 육병단』 중에서도 가장 어려움을 알게 되었다.

입단하려면 대단히 우수한 활 기술(스킬)을 갖춰야 했다.

운 좋게도 어머니가 「옛날에 사냥하려고 활을 쓴 경험이 있다」라고 알려 줬기에 실레느는 무척 기뻐하며 어머니에게 활 다루는 방법을 배웠다.

어머니가 가르쳐 준 것은 지극히 초보적인 기본 기술뿐이었다. 그래도 실레느는 배운 것들을 아무도 없는 장소에서 거듭거듭 연습했고 어머니가 놀랄 만큼 빠른 속도로 익혀 나갔다.

그렇게 실레느는 머지않아 배운 것들을 전부 제대로 구사할 수 있게 되었다. 어머니도 쓴웃음을 짓고 「더는 가르칠 게 없다」라며 말을 했기에 더 실력을 갈고닦을 방법이 어디에 있을까 고민하며 선물 받았던 활을 한 손에 들고 근방을 돌아다니는 탐험의 나날이 시작됐다.

그런 방법이 보통 때마침 근처에 불쑥 떨어져 있을 리 없었지만.

하지만 어느 날 실레느는 발견하고 말았다.

어머니에게 「위험하니 들어가면 안 된다」라고 주의를 들었던 왕도 근처의 숲에 금색으로 빛나는 아름다운 활을 쥔 여성이 들어가는 모습을 보고 조용히 뒤를 따라갔더니 그 사람이 하늘 저편의 구름을 쏘아 맞혀서 흩어 버리는 광경을 목격했던 것이다.

실레느는 자신이 활을 배운다면 반드시 저 사람이어야 한다고 생각했다.

더 나아가서 방금 목격한 저 기술을 자신도 익히고 싶어졌다.

틀림없었다, 저 사람을 흉내 낸다면 자신의 실력도 반드시 좋아지리라.

그럼 장래에 동경하는 【사냥꾼 병단】에 입단 가능한 정도로는 성장할 수 있지 않을까.

“저에게 활을 가르쳐 주세요.”

느닷없이 등 뒤에서 말을 건넸는데도 여성은 실레느의 얼굴을 잠시 바라보다가 차분하게 물었다.

“너 몇 살이니?”

“네? 으음……. 다, 다섯 살이에요.”

“그래. 활을 시작하기에는 늦지도 빠르지도 않네. 왜? 활을 배워서 어디에다 쓰려고?”

“어디요?”

“아무 목적도 없이 단순히 배우고 싶은 게 전부라면 내가 가르쳐 줄 의미가 없거든. 너에게는 뭔가 목표가 있니?”

“목표요?”

“……자기가 뭘 하고 싶냐는 뜻이야.”

“앗. 그럼 미안느 씨 같은 사람이 되고 싶어요.”

어린 실레느가 곧장 떠올린『목표』를 입 밖에 꺼내자 여성은 의외라는 표정을 지었다.

“……미안느, 누구? 같은 이름을 가진 사람이 꽤 많을 텐데.”

“【사냥꾼 병단】의 단장인 미안느 씨 같은 사람이 되고 싶어요.”

“그래? 무엇을 위해?”

“으, 으응? 그, 그건요.”

어린 자신에게 마치 화살처럼 잇따라 질문이 쏘아지는지라 실레느는 머뭇머뭇 말을 흐렸다.

활을 익히기 시작했던 계기가 막 언급했던 【궁성】을 동경하는 마음임은 틀림없었다.

하지만 무엇을 위함이냐는 것은 당시 실레느에게는 대답하기 어려운 질문이었다.

목적이 없지는 않았고 오히려 분명하게 갖고 있었다.

다만 솔직하게 말해도 되는지 망설여졌다.

그것은 어머니 또한 「결코 아무에게도 말해서는 안 된다」라며 거듭 입단속을 했던 소망이었으니까.

하지만 실레느는 저 여성 앞에서 거짓말을 하면 안 될 것 같다는 느낌을 받았던지라 모녀만의 비밀을 큰마음 먹고 입에 담았다.

"『벽』 너머에 있는 아버지랑 오빠를 만나러 가고 싶어서예요."

"그래, 알았어. 네 활을 쥐어 볼래?"

여성은 조용히 실레느의 눈을 바라보더니 방금 언급한 이유는 더 이상 추궁하지 않고 단지 활을 쥐어 보도록 지시했다.

"앗, 네……. 이렇게, 하면 되나요?"

"자세는 괜찮은데 잡는 방법이 틀렸어. 네 신장과 체중에 맞추려면 손을 이렇게 고쳐 쥐도록 하렴. 그리고 중심도 아주 조금만 낮게 유지하고."

"……중심요?"
"자신의 몸이 움직일 때 한가운데에 있다는 느낌이 드는 부위를 아래로 향하라는 뜻이야."
"앗. 그러면, 으음……. 이렇게 고치면, 돼요?"
"그래, 잘하고 있어. 항상 중심을 의식하는 것만으로도 겨냥의 유연성이나 정확도가 둘 다 현격하게 달라지니까 앞으로는 평소 생활에서도 계속 의식하렴."
"……유연성? 정확도? 현격하게……?"
"노리는 곳에 화살이 잘 맞는다는 뜻이야."

그때부터 실레느는 어머니에게 비밀로 매일같이 그 숲에 드나들게 되었다.
그 사람이 매일같이 숲에서 기다려 주는 것은 아니었고, 때로는 오래도록 모습을 보이지 않는 경우도 있었다. 하지만 실레느는 아랑곳 않으며 매일 아침마다 그곳을 찾아가서 여성에게 배운 기술을 거듭거듭 연습하는 습관을 들였다.
여성은 이따금 훌쩍 나타나서 매일 혼자 연습을 반복하는 실레느의 나쁜 버릇을 지적해 주거나 또한 더 낫게 고치기 위한 연습 방법을 가르쳐 주고 또 금세 어딘가로 떠나갔다.
그리고 가끔 여성은 실레느에게 자신이 활 연습을 하는 과정을 보여 줬다.
당시 실레느의 입장에서는 자기 어머니가 보여 준 활 다루는 기술조차 마치 마법처럼 느껴졌는데 그 여성의 활 솜씨는 아예 비교도

안 될 만큼 아득한 경지였기에 어렸던 실레느는 아름답다는 생각마저 들 정도였다.

실레느는 여성과 만난 이후로 배웠던 기술들을 줄곧 거듭거듭 되풀이해서 연습했다. 손의 살갗이 벗겨지고 손가락이 까져서 피가 번져도 어머니에게는 「놀다가 넘어져서 다쳤다」라고 거짓말을 하며 오로지 표적을 향해 화살을 쏘는 데 전념했다.

자신이 동경하는 사람을 따라가고자 연습에 매진하자니 아프고 힘들고 벅찼으나 한 가지 목표에 열중하는 시간은 무척 즐거웠고 점점 더 신나게 『활』에 열중하게 됐다.

실레느에게는 당시 할 일이 연습밖에 없었으니까.

뭐, 결국 지금도 대강 비슷한 처지이지만.

그렇게 얼마 뒤 실레느는 일곱 살의 나이로 바람 읽는 방법을 익혔고, 쏜 화살은 더욱 날카롭고 빠르게 하늘 저편까지 날아가게 되었으며, 열 살이 될 무렵에는 여름철 더운 날에 떠오르는 두껍고 하얀 구름을 꿰뚫어서 조금이나마 흩어 버리는 실력을 갖추기도 했다.

그동안 두 사람은 여전히 서로 이름조차 알지 못했다.

실레느에게 활을 가르쳐 준 여성은 한 번도 자기소개를 하지 않았고 실레느도 구태여 묻지 않았다. 여성 또한 실레느의 이름을 묻지는 않았고.

끝내 궁금해져서 한 번만 물어본 적이 있긴 했지만.

"……뭐, 어때. 누가 누구든 상관없잖아. 어차피 전장에 나가면 이름 따위 아무도 신경 써 주지 않는걸."

이 같은 대답에 확실히 맞는 말이기는 하네…… 라고 납득한 뒤 실레느는 더 이상 이름을 묻지 않고 호기심을 거뒀다.

사실 실레느도 여성이 어디에서 무엇을 하는 누구인지는 관계없이 활을 가르쳐 준다는 것 하나만으로도 만족할 수 있었고, 단지 여성이 활을 다루는 모습을 바라보기만 해도 기뻤다.

게다가 서로 이름을 알지 못하는 덕분에 여러 번거로운 잡념을 떨치고 오직 활에만 집중할 수 있었다.

애당초 여성과 함께하는 동안에는 활 연습 이외에 신경 쓰이는 것이 없었고, 어차피 함께 있어도 하루 온종일 한 마디 대화조차 안 하며 아침부터 밤까지 줄곧 활로 화살을 쏘는 것이 전부인 날도 많았다.

실레느는 여성과의 이러한 관계가 좋았고, 또한 이렇듯 특별히 달라지는 것 없이 연습에 힘쓰는 하루하루를 무척 충실한 시간으로 느끼기도 했다.

그렇게 서로 이름도 내력도 알지 못한 채 세월이 흘러갔고.

실레느는 드디어 목표였던 【사냥꾼 병단】에 시험을 치를 수 있는 연령인 열다섯 살이 됐다.

그 사실을 문득 떠올려서 잡담하는 듯한 태도로 옆에 있던 여성에게 말을 했더니 여성은 갑자기 뚫어져라 잡아먹을 기세로 실레느의 얼굴을 들여다봤다.

"맞다, 너 이름이 뭐니?"
"앗, 네. 실레느라고 합니다."

이 사람은 벌써 몇 년이나 전에 「이름을 굳이 알아서 뭐 하게」라는 취지의 말을 했었는데 도대체 무슨 바람이 불어서 묻는 것인가……. 조금 의아하게 생각하면서 실레느가 처음으로 자기 이름을 말해 주자 여성은 이렇게 대꾸했다.

"그래, 실레느. 너, 다음 【사냥꾼(우리) 병단】 입단 시험에 꼭 응시하렴. 붙을 테니까."

아, 역시나, 이 사람은 【사냥꾼 병단】의 병사였구나. 실레느는 새삼 생각하면서 동시에 이렇게나 활 솜씨가 뛰어난 이유를 납득했다.
애당초 자신도 시험은 조만간 치를 계획이었다.
다만 국내에서 손꼽히게 어려운 시험으로 유명했고, 첫 응시에 합격은 대단히 어렵다는 소문을 들었던 터라 실레느는 조금 더 실력을 기른 다음에 도전해 볼까 싶어서 수험을 망설이고 있던 참이었지만.
자신이 존경하는 이름도 알지 못하는 스승 또한 등을 밀어줬겠다, 실레느는 큰마음 먹고 살림에 보탬이 되기 위하여 종업원으로 아르바이트를 하던 레스토랑에다가 휴가를 내고 그해에 개최된다는 【사냥꾼 병단】의 입단 시험을 치르기로 했다.

—그 결과.

실레느는 사냥꾼 병단의 입단 시험을 첫 응시로 통과(패스)할 수 있었다.

분명 어려운 시험일 터라 단단히 각오했었는데 맥이 빠졌다.

시험 내용이 지금껏 자신이 소화했던 연습과 비교하면 몹시 간단한 것들뿐이었기 때문이다.

시험 중 내내 생각했다. 혹시 자신은 치를 시험을 잘못 선택한 것이 아닌가?

애당초 전혀 다른 시험장에 와 버린 것은 아닌가……?

자꾸 불안해지는 마음에 시험 내용과 장소 및 일시를 거듭 시험관에게 물어서 확인했지만, 몇 번을 확인해 봐도 틀린 부분은 없었다.

그뿐 아니라 나중에 「최연소 합격자이며 또한 시험이 시작된 이후 최고의 성적」이라는 통지까지 받았다.

실레느는 갖은 의문을 느끼면서도 쭉 동경했던 【사냥꾼 병단】에 정식으로 입단하는 데 성공했고, 시험이 끝난 뒤 앞으로 선배 단원이 될 인물이자 자신에게 활을 가르쳐 준 스승에게 정중히 감사의 말을 전했지만.

"그래, 내일부터 넌 우리 병단의 **부단장**이야. 잘 부탁해."

여성에게 답을 들었을 때 실레느는 얼떨떨한 심정으로 귀를 의심했다.

잠시 어떠한 의도로 한 말인지 종잡을 수가 없었다. 차차 의미를 이해하기 시작한 다음에도 잘못 들었을 거야, 아마도, 맞아, 이렇듯 부정부터 했다. 그리고 반쯤 꿈꾸는 듯한 심정으로 집에 돌아와서 시험 결과를 어머니에게 보고한 뒤 축하의 뜻으로 저녁 식사를 같이 먹고 밤에 침대(잠자리)에 몸을 누이고 잠에 들 때까지 줄곧 여성이 한 말의 진짜 의미를 고민했지만.

역시 도저히 종잡을 수 없었다.

다음 날, 실레느가 스승의 말이 어떠한 뜻이었는지 너무 고민을 하느라 수면 부족 상태에서 자신의 직장으로 첫 출근을 했더니 그곳에 모인 수많은 단원들 앞에서 실레느에게 활을 가르쳐 준 여성(사람)은 다시 또 말했다.

“이 아이가 신입 단원인 실레느야. 오늘부터 줄곧 공석이었던 부단장 직책을 맡길 테니까 모두들 알아 둬.”

그러자 단원들 사이에서 커다랗게 웅성거리는 소리가 터져 나왔다.

너무 갑작스러워서 납득할 수 없다, 어째서 다 자라지도 않은 어린아이를? 당혹감과 의문을 표시하는 반응이 대부분이었지만, 실레느는 누구보다도 깊이 단원들의 반응을 공감할 수 있었다.

게다가 여성은 갑작스러운 발표에 흥분하는 단원 모두의 앞에서 이렇게 말했다.

“혹시 내 결정이 납득되지 않거나 달리 부단장이 되고 싶은 사람이 있다면 이름 말하고 나와. 이 아이와 겨뤄서 이기면 대신 부단장을 시켜 줄게."

일순간 주변이 쥐 죽은 듯이 조용해지더니 곧이어 큰 환성으로 바뀌었다.

그리고 한 사람, 또 한 사람, 【사냥꾼 병단】의 실력자들이 앞을 다투어 자신이야말로 『부단장』에 어울린다며 소리 높여 외치고 앞에 나섰다. 그들은 모두 이름을 들어 보면 실레느조차 알고 있었던 사냥꾼 업계의 달인, 유명인뿐.

무의식중에 뒷걸음을 치던 실레느는 허둥지둥 사퇴를 선언하고자 했지만, 방금 막 황당한 소리를 꺼낸 여성은 평소와 다를 바 없이 차분한 모습으로「일단 상대해 봐」라고만 말했다.

이 같은 경위를 거쳐 실레느는 반쯤 사기를 당한 기분으로 마지못해 역전의 강자답게 서슬 퍼런 선배 단원들이 북적거리는 경기대 위로 올라섰지만.

—그 결과.

실레느는 모든 달인들 전원을 상대하며 별 어려움 없이 승리를 거뒀다.

더 정확하게 말하면 그중 누구 한 사람에게도 전혀 어려움을 겪지 않았다.

주위가 온통 놀라서 술렁거리는 소리로 가득찼으며, 너무 뜻밖의 결과였기에 본인이 가장 동요했다.

사냥꾼 병단의 달인 다수와 실레느가 서로 비슷하게 어리둥절하며 얼굴을 마주 바라보던 때 방금 전 시합을 요구했던 스승이 이런 결과가 나온 이유를 간단하게 설명했다.

"자, 다들 똑똑히 봤지? 아주 당연한 결과야. 이 아이, 내 **개인용** 훈련 과정을 지난 **10년** 가깝게 줄곧 소화했거든. 게다가 거의 매일같이 쉬지도 않고."

그 말에 모두가 일제히 무시무시한 사람을 보는 듯한 눈빛으로 실레느를 쳐다봤다.

그제야 뒤늦게나마 자신이 어릴 적부터 활을 배워 왔던 인물이 정말 『【궁성】 미안느』 본인이었다는 사실을 알게 되었고, 결국 그날부터 실레느는 최연소의 신입이면서도 단원 모두에게 『부단장』의 직책을 분명하게 인정받았지만.

◇

"……설마 이렇게 빨리 가르치는 입장에 서게 될 줄이야."

실레느는 반쯤 절망적인 심정으로 사막의 하늘을 올려다보고 있었다.

실레느는 사렌차를 방문한 뒤 처음 들렀던 마을 사람들에게 활을 지도해 주는 역할을 맡았다.

게다가 상당히 절박한 처지에 있는 사람들이다.

외지인에 불과한 자신은 별로 절실한 심정이 아니었으나 자신에게 가르침을 받는 사람들에게는 생존과 직결되는 문제였다.

린네부르크 왕녀는 「밭을 지키기 위해 필요한 궁술을 가르쳐 드리면 충분합니다」라고 말을 했기에 「뭐, 기초 정도야」라고 조금 가벼운 마음으로 수락했었지만.

나중에 듣자 하니까 밭의 규모가 믿기지 않을 만큼 넓었다.

그 노르라는 모험가가 『신수』를 사냥함으로써 양질의 흙이 대량으로 생겼고 이번에 사들인 씨앗 전부를 파종해도 될 만큼 넉넉하게 면적을 확보할 수 있을 테니까 정말 실행하기로 결정했다던가. 아무튼 이래저래 경위를 듣긴 들었다.

하지만 밭을 일굴 예정지를 둘러봤더니 작은 군대에 가까운 규모가 아니면 저 광대한 농지를 제대로 지키기는 어렵겠다는 생각이 들었다.

도저히, 이런 역할은 아무리 생각해 봐도 자신(실레느)이 감당할 수 없다.

그런 생각으로 뭐든 이유를 붙여 원만하게 사퇴할 방법이 있진 않을까 고민을 거듭하는 중이었는데 이네스가 잠시 클레이스 왕국으로 귀국했다가 다시 복귀했을 때는 왕녀의 『부탁』이 『왕명』으로 바뀌어 버렸다.

게다가 실레느를 지명해서「결과에 따른 책임은 모두 왕으로서 자신이 감당할 테니 어쨌거나 온 힘을 다해 다오」라는 내용으로 왕이 직접 쓴 격려 편지까지 첨부되었고.

그런 편지까지 받아 버리니 더 이상 도망칠 곳이 아무 데도 없었다.

실레느는 긴장으로 몸이 굳어지는 단계를 넘어서서 중압감 때문에 심장이 짓눌리는 듯한 심정을 느꼈다.

그렇다 해도 일단 실레느는 클레이스 왕국이 자랑하는【사냥꾼 병단】의『부단장』이라는 거창한 직책을 맡고 있으며, 수많은 부하를 아래에 둔 입장에 있었다.

따라서 기죽지 말고 제대로 해내자는 마음이 있는 반면에 정말 괜찮을까…… 라는 두려움이 앞선다.

실레느는 입단 시험을 치를 수 있는 열다섯 살이 되는 동시에『왕도 육병단』중【사냥꾼 병단】의 시험을 치러서 입단했다. 또한 전설적인 존재인【육성】중 한 사람, 미안느 단장의 발탁으로 느닷없이『부단장』이라는 도저히 분수에 맞지 않는 직책까지 맡아 버렸지만, 그 후 자신이 정말 직책에 어울릴 만큼 잘 수행하고 있는지는 언제나 의문스럽게 느꼈다.

【사냥꾼 병단】의『부단장』이면 왕권의 중추에 있는【육성】에 다음가는 높은 지위의 관직이다. 자신에게는 물론 행정이나 정치 관련의 능력이 없을 뿐더러 애당초 다른 사람의 위에 설 만한 그릇도 못 된다고 생각한다.

주위를 둘러보면 자신과 달리 부하에게 적절하고도 빠른 지시를 내릴 줄 아는 숙련자(베테랑)가 다수 있는 데다가 그 사람들은 다른 누군가에게 궁술을 가르치는 요령 또한 자신보다 훨씬 뛰어났다.

아울러 그들은 친절하고, 세세한 부분까지 살펴볼 줄 알고, 경험이 적은 자신을 언제나 도와준다.

자신이 다른 고참들보다 앞서는 것은 오로지 「정확하게 화살을 쏠 수 있다」라는 점 하나뿐.

실제 입단한 이후 실레느의 업무(역할)는 『상급자(부단장)』라기보다는 일개 신입 병졸의 노릇을 하는 것이 전부였다.

하는 일은 다른 단원과 마찬가지로 단지 단장의 명령에 따르는 것뿐.

가끔 회의에 출석하는 등 부단장다운 역할을 맡을 때도 있었지만, 그래 봤자 대부분은 그냥 자리만 지키다가 오는 형편이었다. 정작 필요한 일 처리는 경험 풍부한 베테랑 단원들이 전부 알아서 끝내 주니까.

그랬던 만큼 어째서 하필 자신이 『부단장』인지 의문을 느끼는 나날이었고.

왕도 육병단 중에서도 【사냥꾼 병단】은 조금 이상할 만큼 극단적으로 실력주의에 치우친 집단이며, 오직 「활 솜씨가 우수한 인물을 위로 올린다」라는 몹시 단순한 승진 규칙이 자리 잡은 곳이었다. 그런 집단 안에서 어쨌거나 제대로 실력을 겨룬 뒤 끝까지 승리를 거둠으로써 맡은 직책이었기에 실레느도 일단 자신의 처우에 납득은

하고 있지만.

자신보다 경험 풍부한 사람들을 상급자로 두고 활동하는 편이 더 자연스럽다고 생각한다. 만약 그 사람들이 이곳에 있었다면 분명 자신보다 더 훌륭하게 역할을 수행했을 텐데— 이러한 생각을 하면서도 실레느는 차분하게 자신이 처한 상황을 되새겼다.

"……이제 와서 푸념도 할 수 없는 처지라는 것은 알지만."

다만 들었던 이야기와 많이 다르다.

몇몇 희망자만 가르치면 된다고 하지 않았던가. 그런데 지금 자신의 주위에는 대략 백수십 명쯤 되는 마을 사람들이 모여 있었다.

아마도 마을에서 사는 사람의 대략 절반쯤, 어쩌면 과반수를 넘은 것 같기도 하다.

그리고 몇 번 주위를 둘러봐도 이곳에는 자신밖에 없지 않은가.

실레느는 누군가에게 매달리고 싶은 마음이 가득했다.

다만 이제는 어쩔 수 없이 각오를 다져야 하는 상황이다. 쏙 봐도 분명하다.

"으음. 일단은……. 시범을 보여 드릴게요. 구경만 하시면 돼요."

긴장하면서도 실레느는 우선 주민들에게 평소 자신이 소화하는 훈련을 보여 주기로 했다.

다른 사람들 앞에서 말하는 재주가 없는 실레느는 시범으로써 자기소개를 겸하고자 생각했던 것이다.

실레느는 평소부터 상대가 어떤 인물인지는 말로 듣기보다 실제 행동을 보는 것이 더 빠르다고 생각해 왔다.

아무튼 보여 주겠다고 말은 했으나 정말 훈련을 처음 시작하는 사람들에게 이게 잘하는 짓인지 망설임은 여전히 있다.

어떻게 활 연습을 하는지 묻는 동료에게 자신의 방법을 가르쳐 주면 대체로 일단 믿기지 않는다는 표정을 짓고, 실제 시범을 보여 주면 기막히다는 얼굴로 「나는 도저히 따라 할 수 없다」라면서 조용히 고개를 가로젓는다.

그런 경험을 여러 번 겪어 왔던 만큼 실레느는 조금 불안했다.

다만 우선은 주민들에게 자신이 궁술을 가르칠 만한 자격이 있는 인물임을 인정받아야 한다. 그래야 지도를 할 때 진지하게 귀를 기울여 줄 테니까.

모험가 노르가 『신수』를 토벌함으로써 클레이스 왕국에서 온 자신들에 대한 신뢰감은 지금 상당히 높아졌지만, 그것은 실레느 개인에 대한 믿음이 아니었다.

아니, 애당초 이 마을에 온 이후 보여 준 모습이 요리 당번과 배식 담당밖에 없었던지라 거의 허드레꾼이라고 생각할 가능성조차 있겠다.

아무튼 자신은 활(이것) 이외에는 아무 내세울 것이 없고, 달리 신뢰를 살 만한 수단도 없지 않은가……. 그렇게 자기 자신을 타이르면서 실레느는 하늘을 향해 활을 당겼다.

"시작할게요. 먼저 한 발."

실레느가 머리 위로 똑바로 날린 한 대의 화살이 하늘 저편으로 빨려 들어간다.

그러자 주위에서 작게 환성이 쏟아졌다.

정확하게 머리 위로 똑바로 화살을 쏘는 것이 사실은 꽤 어렵다는 사실을 많은 주민들이 알아봐 준 듯한 분위기였기에 실레느는 일단 안도했다.

실레느는 힐끔 곁눈질로 주민들의 낯빛을 살피고 반응을 보면서 알려 줘야 할 것을 정리해 보자고 생각했다.

주민들은 본래 활을 특기로 삼는 부족이라고 했다. 굳이 실레느가 먼저 나서서 이래저래 말을 늘어놓지 않아도 무엇이 궁금한지 질문을 받아 주면 될 것이다.

그렇게 상대의 요청에 따라 가르칠 것을 결정하면 된다.

인원이 무척 많은 까닭에 쉽지는 않을 터이나 이 같은 방식이라면 자신에게도 가능할 것 같았다.

……좋아. 내가 결정하는 게 아니야. 결정해 주는 대로 따라가자.

그렇게 생각하니 조금 마음이 편해진 실레느는 재빠른 동작으로 다음에 쏠 화살을 손에 들고 줄을 당겼다.

"다음. 두 발."

두 번째로 쏜 화살도 정확히 머리 위로 날아가서 똑바로 떨어지고 있었던 첫 번째 화살의 촉과 소리를 내며 부딪쳤다.

그러자 방금 전보다 조금 큰 환성이 쏟아진다.

지금 반응은 혹시「굉장하다」라고 생각해서 소리를 내 준 것일까.

아니면「이쯤이야 나도 할 수 있겠군」이라고 생각해서 하는 반응인가.

이 정도 훈련은 사냥꾼 병단에도 가능한 인원이 잔뜩 있으니 후자일지도 모르겠다.

이렇듯 실레느는 주위 사람들의 반응을 살피며 다음에는 두 대의 화살을 활시위에 걸었다.

"또 다음."

동시에 날린 두 대의 화살은 이미 하늘 위에서 빙글빙글 춤추고 있는 두 화살촉을 정확하게 맞혔고 또 불꽃을 흩날리며 상공으로 밀어 올렸다.

방금 전까지의 흐름에 따르자면 사실은「세 발, 네 발」이라고 말하는 것이 맞겠지만, 점점 귀찮은 마음이 들기 시작한 터라 생략했다. 어차피 이제부터는 숫자나 셀 여유도 없다.

태양의 빛을 반사하며 하늘 위에서 빙글빙글 춤추는 네 대의 화살을 시야 한쪽으로 포착한 뒤 실레느는 곧장 화살 넷을 활에 메기고 하늘을 향해 쏘아 보낸다.

"다음."

동시에 발사된 네 대의 화살은 일제히 상공에 있던 다른 네 대를 적중시킴으로써 또다시 하늘 높이 튕겨서 날려 보냈다.

이때부터 주위에서 환성이 사라졌다.

……이것은 도대체 어떤 반응으로 해석하면 되는 것일까.

대단하다고 생각해 주는 것인가. 아니면 똑같은 행동을 반복한 탓에 슬슬 질린 것일까. 혹시 후자라면 안 되는데. 여러 생각이 들어 표정을 확인하고 싶어도 하늘에서 춤추고 있는 화살로부터 더 이상 눈을 뗄 수가 없었다.

아무튼 일단 시작해 버린 만큼 마지막까지 다 해내야 하니 실레느는 잡념을 떨쳐 냈다.

"—또, 다음."

공중에서 뿔뿔이 흩어지는 도합 여덟 대의 화살을 주시하면서 실레느는 한 호흡으로 새로 손안에 쥔 여덟 대의 화살을 시위에 메기고 곧장 망설임 없이 머리 위쪽을 향하여 쏘아 날렸다.

또 발사된 여덟 대의 화살은 각각 생물처럼 궤도를 그리며 상공에 있는 여덟 화살에 명중한다.

"다음."

곧이어 지체하지 않고 실레느는 화살통에서 열여섯 대의 화살을 손에 붙잡은 뒤 하늘로 곧장 쏘아 올렸다. 또한 자신의 바로 곁에 준비해 둔 화살 다발 중 서른두 대의 화살을 잡아채고 가볍게 머리 위로 집어 던진다.

그렇게 앞서 쏘았던 열여섯 대의 화살이 이미 공중에 있는 열여섯 대를 동시에 튕겨 내는 광경을 지켜보면서 실레느는 마음을 가라앉히고자 심호흡을 했다.

평소에 늘 하는 익숙한 훈련 과정일지언정 이제부터는 조금도 긴장을 늦출 수 없다. 이것은 딱히 실전이 아닌지라 혹여 실수를 해도 별 피해는 없지만……. 역시 많은 사람들 앞에서 시범을 보이는 만큼 절대로 실패해서는 안 된다는 묘한 압박감을 느낀다.

아니, 솔직히 말하자면 몹시 긴장했다.

"이어서, 다음."

방금 전 아무렇게나 집어 던졌던 서른두 대의 화살이 실레느가 막 당긴 활의 시위로 빨려 들어가다시피 얹혔고, 실레느는 곧장 시위를 놓았다.

그러자 서른두 대의 화살은 각각 다른 궤도를 맑고 푸르른 하늘에 그려 넣으며 상공에 있는 또 다른 서른두 대의 화살촉 끝부분을 정확하게 맞히고 거듭 하늘로 튕겨서 날려 보낸다.

"자, 또 다음."

사막의 뜨거운 하늘에서 도합 예순네 대까지 늘어난 화살이 빙글

빙글 세차게 회전하는 광경을 관찰하는 한편 실레느는 다음 번 예순네 발을 손에 들었다.

다만 실레느가 쓰는 활시위의 길이 때문에라도 예순네 대를 동시에 쏘는 것은 도저히 무리였던지라 서른두 대의 화살 다발을 두 개 만들어서 각각 공중에 띄운다.

그리고 실레느는 한 호흡으로 두 번에 걸쳐 시위를 당김으로써 도합 예순네 대의 화살을 일제히 하늘로 쏘아 보냈다.

예순네 대의 화살은 마치 철새 떼처럼 하늘 전체로 퍼져 나가더니 의사를 가진 것같이 궤도를 바꿔 가면서 먼저 날아올랐던 다른 예순네 대의 화살로 빨려 들어갔고, 모든 화살촉을 동시에 적중시키며 군대끼리 칼날을 맞부딪치는 것처럼 격렬한 소리를 구름 한 점 없는 하늘에 울려 퍼뜨렸다.

"또 다음."

하늘에서 춤추는 화살의 수는 이제 도합 백스물여덟 대.

이번에는 상공의 화살을 백스물여덟 발 같은 숫자로 쏘아서 전부 안전한 곳으로 모아 떨어뜨리면 된다.

여기까지가 이 연습 과정의 한 세트였다.

통칭『둘다섯여섯[256]의 화살』.

자신이 제대로 아는 게 없었던 여덟 살 때 미안느 단장에게 훈련받았던 기술.

가차 없이 몰아붙이는 단장에게 배웠던 갖가지 훈련 과정들 중에서는 썩 난이도가 높지는 않은 부류의 기술이지만, 일단 여기까지는 실수하지 않고 성공했기에 실레느는 마음을 놓았다.

동시에 조금만 더 힘내면 끝난다는 안도감과 정작 마무리를 요란하게 실패하면 망신이라는 공포감에 가까운 생각이 문득 머릿속을 스친다. 그럼에도 평소처럼 하면 될 뿐이야, 괜찮아— 라며 억지로 자기 마음에 평정을 요구했다.

그렇게 실레느는 차분하게 대량의 화살이 반짝반짝 빛나는 하늘을 바라보면서 다음 사격에 쓸 마지막 화살 다발을 잡아 쥐고자 주변을 손으로 더듬었지만.

'……앗, 어라? 없다?'

다만 화살을 찾는 손가락은 공기만 휭휭 붙잡았다.

놀란 실레느가 손 근처로 힐끔 시선을 보냈더니 그곳에 있어야 했던 화살이 안 보인다.

'없어. 화살이, 전혀 없는데?'

그러고 보니 이곳이 왕도의 연습장이 아니라는 사실을 완전히 잊고 있었다.

따라서 가져온 화살의 숫자도 당연히 제한적이다.

긴장 때문에 숫자를 확인하는 것을 깜빡 잊고 말았다.

아울러 지금 상공에서 떠다니고 있는 화살은 전부 백스물여덟 대.

저것들을 쏘아 궤도를 바꾸는 데 필요한 화살도 같은 숫자인 백스물여덟 대다.

쓱 봤더니 남은 화살이 예정했던 숫자보다 얼추 백스물일곱 대 부족했다.

……얼추는 무슨.

이미 화살이 달랑 한 대밖에 안 남았는데 어떻게 된 거야?

자신이 처한 상황을 깨달은 실레느의 이마에 불길한 땀이 흐른다.

'앗……. 혹시 엄청 위험하지 않아?'

자신이 쏘았던 저 많은 화살은 궤도를 수정해 주지 않고 가만히 놔두면 이대로 머리 위에서 떨어지리라.

요컨대 이곳에서 태평하게 하늘을 바라보고 있는 마을 주민들의 머리로 내리쏟아진다.

그런 사태는 굉장히 좋지 않았다. 아니, 완전히 대형 사고다.

그런데 이곳에 있는 화살은 단 한 대뿐—.

'—아니야, 아직 괜찮아. 아직 한 대 남았어.'

반대로 생각하면 화살은 있다.

없다고 생각하면 분명 없지만, 있다고 생각하면 있다.

계획과는 달리 수중에 남은 것이 한 대뿐이지만, 결코 화살이 아예 바닥나지는 않았다.

그렇다. 아주 살짝 계획은 달라졌지만, 화살 한 대로 하늘에 있는 백스물여덟 대 전부를 맞혀 떨어뜨리면 이 문제도 아예 일어나지 않은 것으로 만들 수 있지 않겠는가……?

이렇듯 즉각 생각을 고쳐먹은 실레느는 억지로 자기 마음을 가라앉힌 뒤 수중에 남은 화살 단 한 대를 손에 들고 혼신의 힘을 담아서 시위를 당겼다.

"맞아라."

마지막 한 대의 화살은 웅성웅성 동요하고 있는 마을 주민들의 틈을 가로질러서 수평으로 쏘아졌다. 상공으로부터 들이닥치는 백스물여덟 대의 화살과는 전혀 다른 방향으로 화살이 날아가고 있다는 사실에 더욱 당혹감을 느끼며 웅성거리는 소리가 들려온다.

그러나 저 멀리 날아가던 화살은 불현듯 크게 호를 그리고 궤도를 바꾸더니 돌풍을 두른 채 더욱 기세를 떨치며 실레느와 주민들의 머리 위로 돌아와서 날아올랐다.

실레느가 쏜 마지막 화살은 지상으로 내리쏟아지는 백스물여덟 대의 화살을 모조리 쳐낸 뒤 주변에 작은 모래 폭풍을 일으키면서 미동도 하지 않고 가만히 기다리고 있었던 실레느의 손안으로 되돌아왔다.

또한 모래를 휘감아 올린 소규모의 폭풍이 지나간 다음 하늘로 쏘아졌던 수많은 화살은 빙글빙글 회전하면서 지상으로 낙하했고, 마지막에는 전부 깔끔하게 실레느의 발 주변에 꽂혔다.

그 광경을 목격한 수인 마을의 주민들이 흥분에 찬 환성과 커다란 박수를 보낸다.

'……이번에는 솔직히 꽤 위험했어.'

한편 실레느는 이마에 축축이 배어나는 식은땀을 닦는다.

한때는 어찌 되려나 싶어 조바심이 났지만— 결과는 아무 문제 없음.

작은 실수가 있긴 했으나 결국에는 다 제대로 수습했다. 정말 문제가 없는 건 아니지만, 이런 경우는……. 실레느는 마음속으로 방금 전까지 일련의 행동을 반추했다.

애당초 자신이 가지고 온 화살의 수를 착각하다니 평소라면 절대로 말도 안 된다. 미안느 단장에게 받았던 『미궁 유물』 활의 힘을 빌려서 거의 반칙에 가까운 위력으로 간신히 수습했지만, 하마터면 큰 사고가 날 뻔한 실수였다.

만약 이 자리에 미안느 단장님이 있었다면……? 실레느가 귀와 꼬리의 털을 곤두세우며 머릿속으로 열심히 반성을 거듭하던 때 활을 손에 쥔 수인들이 눈을 번쩍번쩍 빛내며 몰려들었다. 그리고 저마다 실레느에게 활을 가르쳐 달라며 흥분한 모습으로 간청한다.

아무래도 실레느가 계획했던 『자기소개』는 비록 허망하게 실패했을지언정 외려 더 요란하게 행위 예술로써 주민들이 자신의 실력을 믿을 수 있도록 효과를 발휘해 준 것 같았다. 아니, 뭐랄까, 주민들의 반응을 보면 효과가 너무 큰 탓에 오히려 무섭다는 생각마저 드는 상황이었다.

실레느는 약간의 죄책감을 느끼며 그때부터는 주민들에게 이것저것 궁술을 지도해 주게 되었지만.

◇

“실레느 선생님! 배운 대로 따라 했을 뿐인데 눈을 감아도 화살이 표적(과녁)에 기막히게 잘 꽂힙니다아앗!”

“잘됐네요, 고르바 씨. 하지만 그건 평소부터 열심히 연습을 한 덕분이에요.”

“실레느 선생님! 덕분에 소리와 기척만으로 모래 언덕 너머의 전갈을 잡는 데 성공했습니다! 설마 제가 이렇게 실력을 기를 수 있을 줄이야……!”

“그건 원래 본인의 감각이 좋았기 때문 아닐까요.”

“으허허. 실레느 교관! 나 같은 늙은이조차 젊은 시절보다 몇 배나 화살이 매서워졌소이다! 죽은 할멈에게도 꼭 보여 주고 싶구려……. 으흑.”

“그, 그런가요. 자, 잘됐네요……?”

“실레느 님. 선생님 덕택에 저 또한 화살의 비거리가 과거의 몇 배로 늘었습니다.”

“나도! 모래알만 한 작은 표적을 쏘아 맞혔어!”

“저도 해냈소!”

“……아, 네. 여러분, 다들 잘됐네요.”

결국 실레느는 스승 미안느 단장으로부터 배웠던 대로 똑같이 가르치는 것이 고작이었다.

실레느에게는 달리 경험이 없었기 때문이다.

미안느 단장이 활을 가르치는 방식은 극도로 감각적이기에 일부 단원에게는 숫제 암호로 취급될 만큼 난해하다는 평가를 받기도 한다. 그러나 실레느 자신은 쉽게 이해해서 받아들일 수 있었고, 같은 수인인 이 마을의 주민들에게도 아마 제대로 전해진 것 같았다.

그래서인지 자신이 배웠던 대로 무엇을 고치고 연습하면 되는지 알려 줬을 뿐인데 마을의 수인들은 기술을 습득하는 속도가 기이하리만큼 빨랐다.

본래 이 사람들은 활을 곧잘 써 왔고 평소 연습량도 상당했던 만큼 실레느가 미안느에게 배운『요령』및 어린 시절에 어머니가 가르쳐 준 바람을 읽는 방법을 알려 주자 비약적으로 능력을 향상시킬 수 있었던 것이다.

처음 잠깐은 잇따르는 기쁨에 찬 보고를「아, 그런가요. 정말 잘됐네요」라면서 실레느도 남 일처럼 듣고 넘겼지만.

‘……혹시 좀 많이 큰일이 나지 않았나……?’

너무 과하게 거듭되는 실력 향상의 보고에 실레느는 차츰 위화감을 느끼기 시작했다.

자신이 가르침으로써 실력이 좋아진 것은 솔직하게 기뻤지만, 다들 너무나 향상 속도가 빠른 것 같다. 아니, 뭐랄까……. 남녀노소를 가리지 않고 이미 클레이스 왕국【사냥꾼 병단】에서 영입하려 들 만한 명인이 몇 명이나 나타났다.

혹시 이 사람들이 이대로 쭉 실력을 연마한다면?

실레느의 눈앞에서『밭을 지키기 위한 자경단』을 아득하게 초월한 규모의 군사력이 부쩍부쩍 성장하고 있음은 분명했다.

어쩌면 자신은 터무니없는 사태에 손을 보탠 것은 아닐까 하는 마음이 든다.

아니, 어쩌면으로 넘길 상황이 아니다.

냉정하게 지금 실태를 살펴봤을 때 틀림없이 심상치 않은 사태가 벌어졌다.

……그렇다 해도, 어쨌거나.

이것은 어디까지나 왕명에 따른 활동의 결과였다.

모시는 임금님과 따님이 최선을 다해 달라고 당부를 한 이상 전력을 다하는 것이 마땅할 뿐더러 두 사람이 모든 책임을 지겠다고 이미 단언해 줬던 만큼 자신이 굳이 여파까지 걱정을 할 이유는 없지 않을까.

'……응. 맞아, 괜찮아. 분명 괜찮을 거야……. 아마도.'

그렇게 자기 자신을 타이른 뒤 실레느는 일단 주민들의 지도자라는 입장상 평정을 가장하고자 팔짱을 끼고 제자리에 가만히 서 있으면서도 내심 「그냥 될 대로 돼라」라고 반쯤 자포자기하는 심정으로 사막의 하늘에 이리저리 날아다니는 수많은 화살을 쭉 바라봤다.

135 사막의 수로 개통식

“【멸섬극염】.”

나와 린은 밭의 수로를 완성시킨 뒤 마을로 돌아가는 길에『저수지』와 연결할 수로를 만들며 이동했다.

먼저 린이 나서서 또 불덩어리를 지면에 바짝 닿기 직전까지 유지한 채 모래를 질척질척하게 달궜다가 잠시 식혔고, 내가 묵직한『흑색의 검』을 우둑우둑 끌면서 도랑을 만든다.

그것만으로도 튼튼한 간이 수로가 완성된다.

외관의 마감은 조잡하고 상당히 투박하며 거친 모양새이기는 한데 밭까지 물을 흘려보내는 용도로는 충분했다.

마을이 있는 장소와 밭이 위치한 토지의 사이에는 본래 딱 알맞은 정도로 고저 차이가 있던 덕분에 작업 자체는 밭보다 훨씬 편했다.

그렇게 우리는 아직 밝은 시간대에 마을로 복귀했고, 같은 요령으로 마을 안에도『저수지』까지 이어지는 수로를 연장시킨 뒤 그날의 작업을 마쳤다.

“이제 오늘로 예정했던 작업은 다 끝났네요.”

“그래, 순조롭군. 노인장에게 보고하러 갈까.”

“네.”

더 욕심을 부리자면 마을 주민들 모두가 쓸 수 있도록 『취사장』과 『세탁장』 따위도 만들어 두고 싶었지만, 그런 시설은 임시방편이 아닌 제대로 공을 들여서 만들고 싶었기에 내일 이후의 작업으로 미뤘다.

나와 린이 작업을 마치고 하얀 털 동물 귀 장로의 집을 방문하니 마침 노인은 집의 입구 앞에서 마중을 나와 줬다.

"아이고, 손님. 무슨 일 있으셨습니까? 혹시 무언가 필요한 것이 있으시다면 그저 말씀만—."

"아니. 수로 만들기를 대강 끝내서 보고하러 온 거야."

"버, 벌써 말입니까……? 아직, 기껏해야 한나절쯤 지나지 않았습니까……?"

"의외로 빨리 끝나더군. 아무튼 얼마 전 상담했던 『통』을 놓아둘 장소 말인데."

"아, 알겠습니다. 바로 안내해 드리겠습니다. 카일, 너도 같이 와 주겠느냐. 이제부터 손님을 지하로 안내하고자 한다."

"네."

장로가 조금 당황한 모습으로 우리를 집 안에 맞아들이더니 입구의 문을 닫고 부랴부랴 바닥에 깔아 놓았던 거무스름한 빛깔의 낡은 융단을 벗겨 내자 그 아래의 바닥에서 사각형 문 같은 것이 나타났다. 카일이 그 허름하고 네모난 목제 문을 쭉 들어 올리자 어둠 안쪽으로 돌계단이 이어지고 있는 광경이 보였다.

"가시지요. 저희 마을의 『저장고』로 안내해 드리겠습니다."

우리는 촛불을 밝혀 손에 든 노인을 따라 가파른 석조 계단을 내려갔다.

계단은 상당히 깊은 곳까지 이어지는 구조였는데 꽤 오래 내려왔는데도 계속해서 아래로 가는 통로가 이어졌다.

"이 계단은 어디까지 이어지는 거야? 이미 꽤 깊숙이 내려온 것 같은데."

"이곳은 대대로 마을의 수장이 관리를 맡아 왔던 저장고입니다. 지상은 일교차가 심하여 물자를 저장하는 데는 적합하지 않으니까요. 저희 선조가 고생해서 땅속 깊숙한 곳까지 이렇듯 커다란 공동을 파서 만들어 저희에게 남겨 주었습니다……. 다만 저장고를 채워야 했을 자산이 이제는 딱히 남지 않았습니다만."

확실히 지상은 그렇게나 더웠는데도 이 안의 공기는 제법 서늘했다.

반대로 추워지는 밤에는 온도가 안정된다고 한다.

이런 식으로 땅속 깊숙한 곳이라면 확실히 물자를 저장하는 데 좋을 것 같다는 생각이 들었다.

"이쪽입니다."

"그래, 이곳이 저장고인가……. 생각보다 꽤 넓군."

그렇게 우리가 노인의 설명에 귀를 기울이며 계단을 내려가자 상당히 넓은 공간이 나타났다.

불빛에 비추이는 것은 놀랄 만큼 널찍한 공동이었다.

동굴을 둘러보며 린은 거듭 감탄하는 모습이었다.

“굉장하네요……. 전부 사람의 손으로 만든 건가요?”

“저희는 신체만큼은 튼튼하니까요. 선조들이 오랜 시간을 들여 조금씩 파서 내려왔다고 들었습니다. 마을이 아무리 가난해져도 선대 장로들이 타지로 떠나고자 결단하지 못했던 데는 대대로 계승해서 지켜 온 이 저장고가 존재하는 까닭도 있었을 테지요.”

“입구를 숨겨 놓았던데 이곳은 누구나 들어올 수 있는 곳인가?”

“옛날에는 비교적 자유롭게 출입 가능한 장소였다고 들었습니다. 하오나 저보다 몇 대인가 이전의 장로 때부터 입구를 숨겨 비밀로 하게 되었고, 지금은 존재한다는 사실조차 저와 아울러 카일 녀석밖에 알지 못합니다. 마을의 수장은 이곳에 식량을 비축했다가 꼭 필요할 때 마을 주민들에게 공평하게 배분하는 중요한 역할을 맡고 있습니다. 제가 촌장을 맡은 무렵부터는 식량조차 제대로 비축을 못하는 형편이 되고 말았습니다만……. 이런, 이야기가 길어진 탓에 벌써 도착했군요. 이쪽입니다.”

터벅터벅 걸어가며 이야기를 하던 노인이 발걸음을 멈추고 눈앞의 벽을 천천히 밀자 암벽이 마치 문처럼 열리며 안쪽에서 자그만 방이 나타났다.

"이 방은 뭐지?"

"숨겨진 방인가요?"

"네. 비록 지금은 아무것도 없사오나 과거에는 마을의 보물고였던 곳입니다. 옛날에는 제법 가치가 높은 물건을 보관한 적도 있었습니다만, 마을의 주민들을 먹이고자 모두 매각해 버린지라 이제는 단순한 방입니다그려……. 이곳이 마침 손님께서 『저수지』를 만들어 두신 장소의 바로 아래쪽에 위치합니다."

"그런가. 여기가 바로 아래인가."

"그럼 장로님. 이곳을 『용수의 원통』을 둘 보관 장소로 써도 괜찮을까요?"

"네. 이곳은 카일에게도 알려 주지 않았던 비밀 장소입니다. 손님께서 가지고 오신 귀중한 물건을 보관할 장소로 가장 적합할 겝니다."

"……이왕이면 여기에서 위쪽에 물을 보낼 수 있게 만들어 볼까? 마침 저수지의 바로 아래쪽이기도 하고."

"이곳에서 위쪽으로 물을 보내자는 말씀인가요."

나는 린과 함께 천장을 올려다봤다.

"맞아. 저번에 왕도의 공사 현장에서 일할 때 하얀색 금속 관을 넣어서 물을 공급하는 걸 봤거든. 그런 구조로 만들어 두면 곧바로 물을 올려 보낼 수 있지 않을까."

"……아하, 성은(미스릴)제 수도관을 쓴 가압 송수 방식이군요. 확실히 『용수의 원통』이라면 처음부터 충분한 수압을 확보할 수 있고요, 성은을 쓰면 잡균의 번식도 막을 수 있어 위생적이죠. 게다가 물을 채우고자 매번 주민들의 눈을 피해서 『용수의 원통』을 반출할 필요도 사라지고요. 원통은 가만히 놓아둬도 미리 주입한 마력의 양만큼 계속해서 물을 쏟아 주니까요. ……선생님의 말씀처럼 저도 그것이 가장 적절한 방법이라고 생각합니다."

"문제는 관을 어떻게 준비할지인데."

"지금 시간이면 왕도에 연락을 넣어 이네스에게 맡겨서 보내 달라고 할 수 있습니다. 바로 『신탁의 옥』으로 연락해 볼게요."

"그래, 그게 가능하면 가장 좋은 방법이지."

"……저, 저기? 말씀 나누시는 중에 끼어들어서 대단히 죄송합니다만."

대화 나누는 나와 린을 옆에서 지켜보던 카일은 줄곧 당황한 표정이었다.

"……아까부터 두 분께서 『물을 보낸다』라고 말씀을 하시던데 대체 무슨 뜻입니까? 게다가 아까부터 거듭 언급하신 『원통』은."

"그러고 보니까 아직 카일에게는 제대로 설명을 안 했구나."

"장로님, 카일 씨가 이후 『용수의 원통』의 공동 관리자를 맡아 줄 분이 맞겠지요?"

"네. 카일도 저와 마찬가지로 다소나마 마력을 다룰 수 있을 뿐더러 요 녀석의 성실함과 무거운 입은 이 늙은이가 목숨이라도 바쳐 보증할 수 있습니다. 달리 지장이 없다면 모든 사실을 알려 주셔도 괜찮으실 겁니다."

"그러면 카일 씨, 우선 이것을 잡고 가볍게 마력을 흘려 넣어 보시겠어요?"

"그 통을 들고서 마력을 말입니까? 예, 알겠습니다."

카일이 『용수의 원통』을 손에 든 린의 지시대로 따라 하자 갑자기 원통의 끝에서 물이 콸콸 쏟아진다.

노인은 이미 사용법을 알고 있기에 썩 놀라지는 않은 모습이었지만, 카일은 넋이 나간 표정을 짓고 통으로 계속해서 물을 쏟아 내며 자신의 발밑을 자꾸자꾸 적시고 있었다.

"……마, 맑고 깨끗한 물이 이렇게나? 이, 이 통은 도대체……. 설마, 이 물이 나오는 통이 여러분께서 말씀하신 『수원지』였던 겁니까?"

"네. 이 원통 하나로 상당한 양의 물을 확보할 수 있습니다. 아마 상당히 아낌없이 써도 수백 년은 버틸 수 있겠지요."

"수, 수백 년?! 그, 그런 귀중한 보물을 저희 마을에 두신다고요?"

"그래. 이래저래 이유가 있어서 귀중한 물건이지만 내가 양도받았어. 처음부터 이곳에 둘 생각으로 받아 왔으니까 장소를 좀 빌려주면 고맙겠군."

"그, 그 말씀은 기껍고도 송구합니다만……. 어, 언제까지 놓아둘 생각이신지요?"

"언제까지? 기한은 딱히 생각을 안 했지만……. 특별히 문제가 없다면 쭉 놓아둘 거야."

"쭉, 놓아둔다고요? 너, 너무 지나친 베풂이십니다. 손님께서 아무리 은혜를 베푸신들 저희에게는 아무것도 보답할 방법이 없습니다."
"사실은 대가라고 말하기에는 좀 뭐한데 부탁하고 싶은 게 있어."

대체 무엇을 부탁하려는 것인가. 카일은 일순간 숨을 죽이는 모습이었지만, 나와 린이 바라는 것을 설명하자 표정에 당혹감이 가득 번져 나왔다.

"……밭의 관리와 수확, 말씀입니까? 정녕 그것이 전부입니까?"
"그게 전부냐니, 그 커다란 밭을 관리하려면 상당히 고생할 텐데?"
"깨끗한 물의 대가라면 저는 어떠한 고된 노동도 기꺼이 감수할 것입니다. 역시 지나친 베풂으로 여겨집니다."
"이 녀석, 카일. 네 마음도 안다. 한데 말이다."

노인은 카일을 향해 고개를 살짝 흔들고 목소리를 낮춰 말했다.

"……이미 손님께서는 물이 나오는 보물뿐 아니라 우리가 양식을 얻을 밭까지 손수 준비해 주셨단다. 또한 앞으로 삶의 터전을 우리의 손으로 지킬 수 있도록 지혜와 힘조차 아낌없이 나눠 주겠다고 하신다. 이 같은 베풂은 도저히 지금 우리가 당장 보답할 수 있는 은혜가 아니잖느냐. 그렇다면 이제부터 긴 시간을 들여 천천히 갚아 나가자꾸나. 이후 평생을 바쳐……. 그럼에도 부족하다면 대를 이어서라도 말이다. 손님께서는 곧장 전부를 돌려받고자 하시는 것이 아니란다."

"그렇군요, 시간을 들여 천천히 갚아 나가야겠지요."

"옳다. 이 커다란 은혜는 자자손손 전하여 계승해야만 한다."

"아니. 딱히 보답을 받을 생각은 전혀 없는데……?"

가만 대화를 듣고 있자니 두 사람이 뭔가 굉장히 거창하게 각오를 다지고 있었다.

확실히 『용수의 원통』은 거의 이 마을에 넘겨주는 셈이지만, 사실 따지고 보면 사막에서 내가 생각했던 밭을 시험해 보고 싶다는 개인적인 흥미가 앞섰기에 벌인 작업이다.

오히려 나의 충동 때문에 일거리를 떠넘기는 형태로 부담을 강제하는 느낌을 받는지라 노인에게도 딱히 무엇인가 보답을 받을 생각은 없다고…… 분명히 말을 했었지만.

눈앞의 두 사람, 특히 카일이라는 젊은이는 뭔가 내가 알고 있는 사람과 분위기가 똑 닮았다.

왕도에 있는 사람을 예로 들자면 린의 아버지처럼— 아무리 내가 「필요 없다」, 「마음만 받아 두겠다」라고 말해도 「감사의 뜻일세」라며 필사적으로 대가를 떠안겨 주고자 하는 굉장히 고지식한 사람들의 모습이 겹쳐 보였다.

그렇다면 이 분위기를 가만히 방치했다가는 무척 난감한 상황이 벌어질 수도 있겠다.

따라서 나는 도움을 청하고자 옆쪽에 있는 믿음직한 존재에게 슬쩍 말을 건넸지만.

"이봐, 린. 우리가 딱히 거창한 보답을 받으려는 건 절대 아니지……?"

"네. 저는 약간의 보조를 맡았을 뿐이니까요, 아무것도 받을 수 없습니다. 이번 사업의 발안 및 자금 제공은 온전히 노르 선생님께서 맡아 주셨으니 모든 보답은 선생님께 해 주시면 됩니다."

"그렇군요. 알겠습니다."

"……린."

깜빡 잊을 뻔했다. 린 또한 나를 난감하게 만드는 인물이었다.

마음은 정말 고맙긴 한데……. 진지하게 필요 없어서 필요 없다고 말을 한 것이다. 괜한 보답을 하겠다고 무리하기를 바라지도 않는다.

그런고로 나는 노인과 청년이 묘한 방향으로 확대시키고 있는 호의를 딱 잘라 내치지 않고 원만하게 받아넘길 수 있는 제안을 한 가지 시도해 봤다.

"……일단 이렇게 하는 게 어때. 만약에 밭이 잘돼서 작물을 수확하면 마을 주민끼리 다 같이 마음껏 먹어도 좋아. 그리고 남으면 보존할 수 있는 만큼 이 저장고에 비축을 하고, 보존을 다 못할 만큼 더 남는 분량은 팔아서 돈을 마련하는 거야."

"아하. 요컨대 그 돈을 바치면 된단 말씀이군요?"

"아니, 그렇지 않아. 그 단계에서는 나에게 아무것도 줄 필요가 없어.”

“그렇다면…… 어느 단계에서 드리면 되는 겁니까?”

“흠, 글쎄—.”

그렇다. 결코 내 입으로 「받지 않겠다」라는 말은 안 한다.

보답을 받긴 할 텐데 당장은 아니라는 것.

이것이 핵심이다.

“일단 작물을 팔아서 얻은 돈은 밭일을 거든 사람들이 생활에 곤경을 겪지 않도록 적절하게 나눠 주도록 하자. 그래도 남는다면 다음에는 사람을 더 고용해 주면 좋겠어.”

“……사람을 더 고용한다고요? 마을 바깥에서 말씀입니까?”

“그래. 무척이나 넓은 밭이니 일손이 모자라면 관리하는 데 많이 고생할 거야. 아니면 필요한 도구를 이것저것 장만한다거나 물자를 구입해도 괜찮을 테지. 밭을 잘 유지하려면 필요한 게 자꾸자꾸 생기지 않겠어? 남는 돈은 일단 전부 다 밭일에 써 주면 좋겠군. 방법은 맡기도록 하지.”

“……그, 그렇군요. 그럼 밭을 관리하면서 남는 돈이 생겼을 때 바치는 것으로 생각하면 되는 겁니까.”

“아니, 아직이야. 돈이 더 남는다면 밭을 유지만 하는 게 아니라 확장을 시도해 줘. 사람이 늘어난다면 그 사람들이 먹을 식량을 확보하는 것이 먼저 아니겠어? 그럼 더욱 큰 밭과 더 많은 집이 필요하지. 그 밖에도 분명 필요한 게 생각할수록 잔뜩 나타날 거야. 남는 돈은 전부 재투자에 쓰도록 하자."

"그, 그러면. 저희는 도대체 언제 당신께 보답해 드릴 수 있는 겁니까……?!"

"괜찮아, 안 받겠다는 말이 아니야. 지금 내가 말했던 단계를 전부 거쳐서 다 같이 넉넉하게 살아갈 수 있고, 어떤 불편함도 다 사라지고, 그리고 일을 맡아 주는 사람 전원에게 어느 정도 노후 대비를 위한 저축이 생겼을 때— 생활에 지장이 없는 범위에서 누구든 적당히 내키는 만큼 돌려주면 되는 거야. 보답은 계획이 다 마무리 되었을 때 받도록 하지. 오히려…… 섣부른 제 살 깎아 먹기는 절대 용납할 수 없어."

마지막에는 내 뜻이 잘 전해지도록 조금 힘줘서 단호하게 통보를 했다.

살짝 지나칠 수도 있겠지만, 이렇게 단단히 못을 박는다면 당분간 두 사람이 내게 보답을 주고자 괜히 애쓰는 상황은 피할 수 있겠지.

카일과 노인이 서로 눈을 마주 보면서 고개를 끄덕인다.

한편 린은 진지한 표정으로 아래를 향한 채 뭔가 중얼거리고 있었다.

"—목전의 이익을 좇는 대신에 모든 종사자의 행복을 추구할 뿐 아니라 장기적인 시점으로 본인이 얻을 수 있는 이윤을 최대화한다. 그것이 노르 선생님께서 염두에 두고 계시는 『사업 투자』의 본질—? 훌륭합니다. 제 안목은 아직도 한참 모자라군요. 정말 반성해야겠어요."

틀림없이 린은 반대를 할 것 같았지만.

뭔가 또 다른 심각한 오해가 생겨난 것 같기도 한데 모두가 납득해 주는 분위기이니 괜찮을 것이다. 아마도.

"……한마디 더. 이 물통은 줄곧 이곳에 놓아두고 싶은데 혹시 안 쓰게 되면 팔아 치워도 괜찮아. 원래 나한테는 필요하지 않은 물건이니까."

"—아니요. 팔아 치우다니요, 어떻게 감히. 저희에게 이 통은 이미 황금조차 아득히 초월하는 가치가 있습니다. 혹여 물이 더 이상 나오지 않게 되더라도 일족의 보물로서 대대로 목숨과 바꿔서라도 끝까지 지켜 나가겠지요."

"……마음대로 써도 되는데 제발 본인들 생활부터 챙겨 줘."

그렇게 우리는 마을의 비밀 지하실에 『용수의 원통』을 놓아두기로 했지만.

◇

수도관으로 쓸 금속관은 린이 이번에도 『신탁의 옥』이라는 편리한 도구를 써서 왕도에 있는 이네스에게 필요한 길이를 전달했다. 다음번 복귀 마차에 같이 실어서 가져와 줄 것이다.

다만 가만히 기다리지 못했던 나의 희망에 따라 왕도에서 필요한 부품을 반입하기 전에 임시로 지하에 구멍부터 뚫어 놓기로 했다. 린이 불꽃 마법을 써서 땅속부터 지상까지 이어지는 매우 가느다란 통로를 뚫고 물을 흘려 넣어봤더니 놀랍게도 거의 누수도 없이 지상의『저수지』로 한 번에 물이 솟아올랐다.

아무래도 린이 만든 유리질의 관으로도 금속관과 비슷한 역할을 수행할 수 있는 듯했지만, 이렇듯 불완전한 유리제 관은 큰 수압을 받으며 충격까지 더해진다면 깨질 가능성이 있다.

역시 금속제 수도관은 꼭 필요하겠다.

그럼에도 비록 임시변통이기는 해도『저수지』에 깨끗한 물을 채워 버렸다.

그렇다면 빨리 물을 실제로 흘려보내 보고 완성된 수로의 상태를 확인하고 싶어진다. —이 같은 나의 희망에 따라서 이왕이면 마을 주민들까지 쭉 모아서 임시 수로의『개통식』을 거행하자는 이야기가 나왔지만.

"—굉장해. 이게 전부 물이야? 깨끗한 물?"

"응, 맞아. 엄마도 이렇게 깨끗한 물은 본 적이 없네……."

마을 주민들은『저수지』에 물이 차오르는 광경을 마른침을 삼키며 지켜보고 있었다.

그리고 차오른 물이 수로를 따라 흐르기 시작하자 온 마을에서 일제히 환성이 터져 나왔다.

모두 자신이 지금 목격한 광경을 차마 믿지 못하는 모습이었다.

내 바로 옆에서 저수지의 변화를 지켜보고 있던 모녀도 갑자기 마을 안에서 흐르기 시작한 물을 보고는 어떻게 반응해야 할지 몰라 당황할 따름이다.

"있잖아, 물 직접 만져봐도 돼?"

"당연히 안 되지. 물이 더러워지는걸. 장로님 허락을 받을 때까지는 떨어져서 보렴."

"……네에."

"아니, 너무 조심할 필요는 없어. 손이 지저분해지면 씻어도 되고. 마실 물은 조금 위쪽에 가서 뜨면 괜찮으니까."

"하, 하지만, 이렇게 맑은 물을……."

"물은 앞으로 얼마든지 솟아날 테고, 마지막에는 밭에 뿌릴 테니까 부담 없이 써도 괜찮아."

"알겠습니다……. 그런데 어째서 갑자기 마을 안에서 이렇게 깨끗한 물이 나오게 된 걸까요?"

"……그러게. 신기하군."

일단 아직 마을 주민들에게는 『용수의 원통』이 있다는 사실은 비밀로 하는 중이다.

그 물건의 존재를 아는 사람이 많아지면 귀찮은 문제가 발생할 것 같다며 린이 적당한 이유를 지어내서 『「신수」가 사라진 까닭에 물이 솟아났다』라고 설명함으로써 모두 납득할 수 있도록 했다. 물을 대량으로 빨아 마셔 왔던 『신수』가 사라졌기에 본래 있었던 수원지가 부활한 것이라고 제법 그럴싸하게 꾸민 이야기였지만, 그토록 거대한 생물이라면 충분히 일리가 있는 이야기라는 반응이다.

그런 관계로 지금 시점에서 『용수의 원통』의 존재를 아는 인물은 장로 및 보좌역 노릇을 하는 청년 카일뿐이다. 두 사람 모두 본인의 마력을 써서 『용수의 원통』을 다룰 수 있으니 앞으로도 모든 관리를 위임하기로 했다.

지금 지하의 눈에 안 보이는 곳에서 물을 올려 보내고 있는 사람은 카일이었다.

아직 익숙지 않은 듯 수량이 많아지기도 하고 적어지기도 하며 불안정했으나 그런 까닭에 오히려 더 천연의 용수 같다는 느낌을 준다.

"이, 이봐. 이게…… 진짜로 물이 맞나?"

"뭐? 마음껏 마셔도 되는 거야? 장로님 허락도 없이?"

"지, 진짜로? 거짓말 아냐?"

"……아아, 꿈인가. 분명 꿈이군? 뭔가 며칠 전부터 자꾸 꿈만 꾸는 것 같지만."

이 마을의 사람들은 더럽지 않은 물이 신기했는지 처음에는 주뼛거리며 손을 대려고도 하지 않았다.

그러나 차츰 물에 손을 가져다 대는 사람이 나왔고, 곧 모두 머뭇머뭇하며 손을 집어넣기 시작했다.

이어서 물을 입에 가져간 뒤에 모두가 감탄하며 소리를 냈고, 그 다음 물이 마를 걱정은 없음을 알게 되자 마침내 아이들이 첨벙첨벙하며 물에 들어가기 시작했다.

어른들은 놀라서 아이들의 행동을 나무랐으나 우리가 괜찮다고 말해 주자 야단을 치던 어른도 조심스럽게나마 하나둘 물에 손발을 담그기 시작했고 비슷하게 들뜬 사람도 보였다.

"기분이 좋아 보이네요."

"그러게."

나와 린도 주민들 틈에 끼어서 막 만든 수로를 흐르는 물에 발을 담갔다.

아직 주변에 더위가 남아 있기에 차가운 물에 발을 담그자 기분이 상쾌해졌다.

하지만 물론 이렇듯 물과 접촉하는 것은 소수파이고 아직껏 많은 사람이 멀리서 상황을 지켜보고 있기만 했다. 사막에서 사는 사람들에게 물은 귀중품이다. 깨끗한 물에 신체를 담근다는 것은 말도 안 되는 행위라고 생각하는 사람이 더 많은 듯했다.

새삼 주민들의 태도를 살펴보니 역시 『농업용』 수로와는 별개로 『음용 · 취사용』과 『세탁용』의 물터가 또 필요하겠다는 생각이 든다.

수욕을 할 용도로 물을 담아 둘 장소도 만드는 편이 좋을지도 모르겠다.

방금 반응을 쭉 봤을 때 전원이 사용해 줄지는 알 수 없지만.

"실레느 씨와 훈련을 갔던 주민분들이 돌아왔네요."

이것저것 하는 사이에 궁술 훈련을 하러 갔다는 실레느가 수많은 수인을 이끌고 돌아왔다.

다만 분위기가 조금 이상하다.

"린네부르크 님, 지금 복귀했습니다."

"고생하셨어요, 실레느 씨. 어땠나요? 훈련의 성과는."

"네. 훈련은 지시해 주신 대로 진행했고…… 아마도 성공적이라고 여겨집니다."

"아마도요?"

"뭐라 말해야 할지……. 훈련을 시작한 이후 모두가 쭉 저런 느낌입니다."

실레느는 당혹감에 찬 표정으로 뒤쪽에 쭉 늘어서 있는 수인들에게 시선을 보냈다.

일사불란하게 대열을 갖추고 소중하게 활을 가슴에 안아 든 수인들은 남녀노소를 가리지 않고 전신에 활기가 가득 흘러넘쳤으며 어딘가 달인과 비슷한 박력마저 느껴졌다.

모두 사나운 야생 짐승처럼 눈을 번뜩거리고 있다.

어제 저 사람들을 봤을 때는 저런 상태가 아니었던 것 같은데.

"아, 아무래도 효과가 있었나 보네요……?"

"……오히려 조금 과하게 효과가 있었다고 말씀드려야겠습니다. 뭐라 말해야 할지, 이후의 성장이 조금 두렵습니다."

린과 실레느가 수인들의 대열을 바라보고 있을 때 한가운데의 최전열에 서 있던 한층 더 큰 체구를 가진 수인 청년이 한 발짝 앞으로 나서더니 실레느를 향해 경례하며 힘차게 목소리를 높였다.

"실레느 선생니임!! 한 가지 질문드려도 괜찮겠습니까아?!"
"앗, 네……. 말씀하세요, 고르바 씨."

주위 일대의 공기가 떨리는 듯한 큰 목소리의 주인은 상당히 몸집이 큰 수인 청년이었다.
이 마을은 식량이 몹시 부족한 곳이었을 텐데 어떻게 저런 훌륭한 체격을 갖출 수 있었던 것일까……. 내가 의문을 갖는 동안에 청년은 쿵, 활을 가슴에 부닥치다시피 가져다 대며 실레느에게 경례하는 자세를 갖췄다.

"훈련생 일동, 마을에 도착했습니다만! 이제부터 무엇을 하면 되겠습니까아?!"
"이제 자유롭게 행동하셔도 괜찮아요. 훈련은 다 끝났으니까요……. 아, 그리고 지금처럼 줄 맞춰 정렬을 하실 필요도, 굳이 경례를 하실 필요도 없는데요?"
"알겠습니다, 실레느 선생니임! 내일부터도 한층 더 열렬한 지도

르을! 부디 잘 부탁드립니다아앗!!"

"""""잘 부탁드립니다아앗!!"""""

"……아, 네. 저, 저야말로, 잘 부탁드려요."

"자, 훈련생 일도오옹! 실레느 선생님께 경례에에엣! 해사아아아안!"

다부진 청년의 호령에 따라 마을 주민들은 실레느에게 몹시 공손히 인사한 뒤 만족하는 표정을 짓고 환담하며 뿔뿔이 주변으로 흩어져 갔다.

떠나갈 때 눈물 흘리며 실레느와 악수하고 거듭 감사의 말을 전하는 사람도 있었다.

도대체 이 짧은 시간 동안에 무슨 일이 있었던 걸까.

훈련을 받고 온 마을 주민과 실레느의 사이에 무척 견고한 유대감, 아니, 철저한 상하 관계가 성립된 것 같다. 실레느는 오히려 마을 주민들의 태도가 부담돼서 위축된 것 같은데……. 아무튼 사이가 좋아졌다면 잘된 일이겠지.

"실레느 씨, 고생 많았어요. 이제 편하게 휴식을 취하셔도 돼요."

"네, 감사합니다. 하지만 아직 로로가 요리를 하는 중이니까요. 달리 할 일도 없으니 도와주러 가보겠습니다."

"그래요, 괜찮다면 부탁드릴게요."

실레느는 주위의 수인들이 사라지자 종종걸음으로 요리를 만들고 있는 로로에게 향했다. 그리고 어제처럼 요리를 보조하고 있는 다른 마을 주민들과 섞여서 사이좋게 요리를 만들기 시작했다.

오늘도 어떤 음식이 완성될까 기대되는구나……. 벌써 설레는 마음으로 내가 구경하고 있는 사이에 요리가 다 완성되었는지 로로와 실레느는 재빨리 주변에서 이것저것 일을 거들던 마을 주민들과 함께 요리를 나눠 주기 시작했고, 곧바로 길고 긴 줄이 만들어졌다.

"요리는 아직 많이 남았어. 더 먹고 싶으면 부담 없이 와."

이제 습관이 된 로로의 마법 같은 말이 나오자 많은 사람들이 우르르 커다란 냄비를 향해 몰려든다.

다만 어제와 비교하면 오늘의 인파는 흐름이 제법 완만했다.

꽤 많은 사람들이 여전히 수로를 흐르는 물에 시선을 빼앗기고 있는 까닭이다.

역시 이 마을의 주민들에게 물이란 정말 귀중한 자원인가 보다.

수로에 흐르는 맑고 깨끗한 물을 바라보면서 이웃과 둥글게 앉아 환담을 나누는 사람들.

물에 발을 담근 채 식사를 하는 사람과 뭔가 기분 좋게 노래를 부르고 있는 사람도 보인다.

여러 주민들의 행복한 얼굴을 본 것만으로도 오늘 하루 작업에 힘을 쓴 보람은 충분했다고 말할 수 있겠다.

"오늘 작업은 전부 순조로웠지. 다행이야."

"네."

다만 작업을 진행해 보니 또 새로운 과제가 눈에 들어온다.

식사 후 소화나 시킬 겸 농지까지 이어 놓은 수로를 따라 걸어서 가 봤더니 물은 막힘없이 잘 흐르는 상태이기는 했는데 아직 이것저것 개량의 여지가 있다고 생각됐다.

도랑은 제법 깊숙하게 파 놓았으니 당분간 괜찮겠지만, 이곳은 사막인지라 수로 바닥에 모래가 자꾸 가라앉는다. 뭔가 덮개를 만들어 설치한다거나 일단 모래가 못 들어가게 방법을 마련할 필요가 있겠다.

게다가 앞으로 오래 써야 할 시설임을 생각하면 편의성의 향상도 고민해 보고 싶고, 이왕이면 물이 솟아나는『저수지』의 외형도 조금 더 아름답게 꾸미고 싶은 마음이 든다.

이렇게 세세한 부분까지 하나하나 살펴서 개선하자면 끝이 없지만, 이곳에 머무르기로 예정한 며칠 동안에 아직 더 손을 볼 수는 있겠다.

뭐, 사실 과제라기보다는 단순하게 내가 작업을 해 보고 싶을 뿐이지만.

체류 기간이 허락하는 한 열심히 시도해 보도록 하자.

그렇게 다음 날 아침부터 할 작업을 이것저것 머릿속에 떠올리면서 그날 난 굉장히 뿌듯한 기분으로 잠자리에 몸을 누였지만.

◇

이슥한 밤, 어둠이 내려앉은 사막의 차가운 바람에 섞여서 뭔가 먼 곳으로부터 모래를 밟는 소리가 들려온다.

가장 처음에 벌떡 일어난 것은 실레느였다.

"……위험합니다, 린네부르크 님. 포위당했습니다."

"—아! 선, 선생님, 로로, 일어나 주세요."

곧이어 린이 뭔가 스킬을 쓰더니 놀란 목소리로 나를 불렀다.

나는 얼마 전에도 비슷한 일이 있었다는 생각을 하고, 약간 졸린 눈을 비비면서 몸을 일으켰지만.

"죄송합니다, 제 경계가 허술했습니다. 이미 주변에 포위망이 구축되었습니다."

"무슨 일이지? 또 마을 주민들이 숙소를 둘러싼 건가?"

"……아닙니다. 마을 전체가 도망칠 틈조차 없는 다수에게 철저히 포위를 당한 상태입니다."

쥐어짠 듯한 목소리로 대답하는 린의 얼굴은 몹시 창백했다.

136 한밤중의 내방자

서둘러 복장을 갖춘 뒤 우리는 곧장 숙소의 바깥으로 나섰다.

아무래도 린이 【스킬】로 확인한 기척은 굉장히 많은 숫자로 마을을 포위했을 뿐 아직 움직이려는 낌새는 없는 듯했다.

발소리도 안 나고 습격하려는 낌새도 없으나 생물의 기척조차 느껴지지 않는다는 것이 어쩐지 섬뜩했다.

마을 주민들도 이변을 알아차렸는지 활이나 단검 등 무기를 손에 들고 집 바깥으로 나와 있는 모습이 보인다.

뭔가 마을 전체가 뒤숭숭한 분위기였다.

"린, 어디로 가면 되지?"

"이쪽입니다. 사람의 느낌이 있는 곳은 하나뿐이군요."

"……마을을 포위하고 있는 나머지는 사람이 아닌 건가?"

"네. 아마도 아니라고 생각됩니다."

낯빛에 긴장이 잔뜩 묻어나는 린의 안내에 따라 급하게 이동하던 중 달빛 비치는 암흑 속에서 마을을 포위하고 있는 누군가의 모습이 눈에 들어왔다.

마을을 둘러싸며 진형을 갖춰서 밤의 사막에 쭉 서 있는 것은 기묘한 형태를 지닌 거대한 인형 무리였다.

그것들을 보고 린은 진심으로 놀란 듯했다.

"……저것은, 골렘? 게다가 『시원의 인형(오리진 돌)』……?! 사렌차의 지보가 아니었던가요. 이렇게 한꺼번에 다수를 운용하다니."

"골렘?"

골렘이라면 사람을 닮은 형태일 줄 알았는데 꼭 그렇지도 않은가 보다.

하나같이 도자기 같은 질감에 뼈가 앙상하며 울퉁불퉁 딱딱하게 생긴 외형은 똑같지만, 개중에는 새나 짐승처럼 동물에 가까운 형태를 지닌 개체나 큼지막하게 용을 닮은지라 뭐라고 표현해야 할지 헷갈리는 모양새의 개체도 있다.

우리가 갑작스레 암흑 속으로 떠오른 섬뜩한 인형 무리에게 주의를 집중시키고 있던 때 어두운 곳의 안쪽에서 누군가가 린의 이름을 불렀다.

"늦은 밤중에 소란을 일으켜서 대단히 죄송합니다, 린네부르크 님."

목소리가 들린 방향을 바라봤더니 한층 더 눈에 띄는 이족 보행의 용과 비슷한 형태의 골렘 위쪽에 앉아 있는 청년이 앞으로 나서서 정중한 말투로 인사를 했다.

"이처럼 불쑥 인사를 올리게 되어 실례했습니다. 개인적으로 강한 햇빛은 다소 꺼리는지라 모쪼록 양해해 주시면 기쁠 겁니다."

"린, 아는 사이인가?"

"……아니요. 처음 본 사람입니다."

인사말을 건넨 대상인 린은 알지 못한다는 반응이었지만, 아무래도 인사를 한 인물은 도적과 같은 부류의 분위기는 아니었다.

옷을 잘 갖춰서 입은지라 굳이 따지자면 유복한 청년이라는 인상을 받는다.

우리가 낯선 인물에게 어떻게 반응해야 할지 난처해하던 때 청년은 용처럼 생긴 인형(골렘)의 등에서 모래 바닥으로 훌쩍 내려서더니 이쪽을 향해 천천히 걸어왔다.

그와 동시에 청년의 뒤쪽 어둠으로부터 까만 옷을 입은 두 명의 인물이 소리도 없이 나타나서 따라붙는다.

한 사람은 한쪽 팔이 없는 키가 큰 수인 남성이고, 다른 한 사람은 몸집이 작고 호리호리한 여성이었다.

청년은 아무 적의도 없다는 듯이 온화한 미소를 얼굴에 띠고 우리의 바로 근처까지 접근한 뒤 린을 향하여 공손하게 예를 갖췄다.

"이렇듯 만나 뵈어 영광입니다, 린네부르크 님."

다시 이름을 불렸음에도 린은 아직껏 청년을 경계하고 있는 듯했다.

"저를 어떻게 아시는지요? 실례지만 처음 만나는 분으로 생각됩니다.”

“옳은 말씀이십니다. 과거에 레인 님으로부터 무척 우수한 여동생분이 계시다는 말씀을 들었던 적이 있사온지라 저 혼자만 일방적으로 알게 되었을 따름입니다.”

“……오빠에게요? 실례지만 어떤 관계시죠?”

“저와 레인 님은 미슬라에서 유학을 하던 때 학우였습니다. 당시에 무척 친밀하게 대해 주셨지요.”

“그랬습니까. 죄송하지만 바로 본론으로 들어가죠. 먼저 현 상황이 어떻게 된 일인지 설명부터 해 주시겠습니까? 어째서 고작 마을 한 곳을 이렇게나 많은 골렘으로 포위한 겁니까. ―게다가, **전투용** 골렘으로.”

“……아하, 그랬지요. 말씀하신 대로 이 상황은 제가 나서서 설명드려야 할 필요가 있겠습니다. 저쪽에 모여 계시는 분들께서도 오해를 하지 않도록 명확하게 말입니다.”

청년의 시선 저편에는 이변을 감지하고 온 마을의 수인들이 있었다.

모두 대단히 긴장한 낯빛이었고, 개중에는 활이나 나이프 등 무기를 꽉 부르쥔 인물도 있다.

“―소개가 좀 늦어졌군요, 저는 이곳 사렌느 지방의 영주를 맡고 있는 라시드라고 합니다. 평소에는 정치(행정)를 주된 직무로써 수행합니다만, 이 지방 일대를 관리하는 징세관들의 대표로서도 역할을 맡고 있지요. 즉, 오늘은 세무를 위한 **조사**차 방문하였습니다. 주변에

둔 골렘들은 무엇이느냐면 단순히 저의 호위입니다.”

“……호위라기에는, 숫자가 다소 많은 듯싶습니다만.”

“짐작할 수 있으실 터이나 이 나라에서는 저처럼 관직을 맡은 인물은 이래저래 원한을 사기 마련입니다. 성실하게 직무를 수행하려면 최소한 이 정도 숫자의 병력이 필요하지요. 다만 뭐, 이미 시찰 업무는 대강 끝마친지라 슬슬 복귀할 참이었습니다만. 이왕 온 김에 인사라도 드릴까 하여.”

“세금 관련의 조사입니까?”

“예. 아무래도 지금 현재 이 마을의 주민분들은 큰 자산으로 분류될 만한 보물을 갖고 계시는 듯하더군요. 백성들이 공평하게 세금을 부담할 수 있도록 정책을 펼치자면 이 마을의 주민들에게는 그간 **면제**받아 왔던 세금을 납부할 의무가 발생합니다. 그 또한 조사 결과로 상당한 자산 가치가 있다는 것이 판명된지라 통지를 겸하여 인사를 드리고자 했을 따름입니다.”

“요컨대 당신은 이 마을에 있는 시설(물건)에 새로 과세를 하러 왔다는 뜻입니까?”

“말씀하시는 바가 맞습니다. 린네부르크 님.”

달빛 아래에서 청년은 호인처럼 웃는 얼굴을 무너뜨리지 않았지만, 반면에 린은 줄곧 긴장한 표정이었다.

“저희가 엄정하게 조사를 마친 결과로 이 마을에는 작년에는 존재하지 않았던 광대한 『농지』가 있음을 확인했습니다. 따라서 사렌차의 상업 공동체가 제정한 법에 의거하여 예상되는 수익의 8할을 세금으로써 납부하는 것이 규칙입니다."

"네? 8할이요……?!"

"또한 새롭게 정비된 수로도 있었지요. 그쪽도 당연히 과세의 대상입니다만— 무엇보다도 『수원지』, 이것이 대단히 큰 가치를 보유합니다."

청년은 당황하고 있는 린의 눈을 빤히 바라보더니 미소 지으며 차분한 말투로 말을 이었다.

"잘 알고 계시다시피 저희 사렌차의 북부 지역에서 물은 대단히 귀중한 자원입니다. 게다가 이렇듯 맑은 물이라면 경우에 따라서는 황금을 아득하게 능가하는 고부가 가치의 상품도 될 수 있지요. 이 귀한 보물을 간과한다면 제가 징세관으로서 직무를 제대로 수행하지 않았음을 뜻합니다. 진심으로 유감이오나 묵인은 불가능하오니 부디 이해해 주십시오."

"참고로 여쭙겠는데 과세되는 자산의 금액은 어느 정도로 평가되어 있을까요."

"저희가 도출한 평가 금액은 이와 같습니다. 어디까지나 **현시점**의 평가입니다만."

청년은 뭔가 서류를 쓱 꺼내 들더니 린에게 보여 줬다.

그러자 린은 굉장히 놀란 기색이었다.

"……앗?! 세상에……! 이런 금액을 마을 주민들이 감당하는 건 도저히—."

"불가능하다? 저를 비롯한 정무 전반을 담당하는 사렌차 상회는 감히 자부하건대 법에 의거하여 공평하게 부담을 나누고자 진력합니다. 또한 다양한 금융 상품도 취급하고 있사오며 바로 세금을 납부할 수 없는 분들을 위하고자 저금리의 융자도 집행하지요. 달리 검토해 주실 만한 수단은 많습니다."

"……요컨대 세금을 내기 위해서 빚을 지라는 말씀입니까?"

"도저히 세금을 낼 돈을 마련하지 못한다면 현명한 대책이 될 수는 있겠지요."

웃는 얼굴의 청년이 어깨를 으쓱거리는 동시에 마을을 둘러싸고 있는 골렘들이 일제히 린을 향하여 돌아섰다.

"이웃 나라로부터 방문하신 분께는 기이하게 보일 수도 있겠습니다. 하오나 이것이 이 땅을 다스리기 위한 법(룰)입니다. 부디 이해해 주시면 감사하겠습니다."

"잠깐만요. 나라는 달라도 통치자의 징세 권한은 비호 의무와 한 몸이 아닙니까? 당신들은 이제껏 이 마을에 어떤 비호를 보장했죠?"

"어이쿠, 엄격하시군요. 이제껏 저희도 미흡하게나마 무력을 동원하여 이 마을에 안녕을 제공해 왔다고 자부할 수 있습니다. 비록 공헌이 눈에 띄지는 않을지언정 주민들이 외적에게 위협을 받지 않으며 안심하고 삶을 누릴 수 있도록 언제나 수호했지요."

"……그 외적은 대체 어디에 있습니까?"

"—도처에. 지금 당장은 눈에 보이지 않더라도 위협의 싹은 언제나 존재합니다. 외적이 발생하지 않도록 노력하는 것 또한 저희 통치자의 책무이며 평온을 유지하는 데도 막대한 비용(코스트)이 소모됩니다. 레인 님의 여동생 되시는 귀하께서도 이미 잘 알고 계시는 이치가 아니온지요?"

"그것은…… 그렇긴 합니다만."

조금 전부터 나는 도무지 대화를 이해할 수 없었지만, 보아하니 아무래도 린이 언변에서 조금 밀리고 있는 느낌이었다.

무척 박식한 아이인데 이렇게까지 논리로 궁지에 몰린 경우는 드물었다.

상대 청년이 한 말의 내용도 군데군데 의미를 잘 알 수 없었지만, 요컨대 보이지 않는 외적으로부터 이 마을을 지켜 주기 위하여 돈을 써야 하니까 그 대가를 지불하라는 것 같았다.

오호라. 그럼 저 청년의 주장도 이해할 수 있겠다.

또한 뒤집어 생각한다면—?

"……요컨대 주민들이 자기 안전을 자기들끼리 지킬 수 있다면 그 비싼 세금은 안 내도 된다는 말로 해석할 수 있겠군?"

나는 자신의 모자란 이해력을 보충하기 위해서 질문했을 뿐이었는데 달변가 청년은 갑자기 입을 꾹 다물더니 내 얼굴을 뚫어져라 쳐다봤다.

"재미있는 생각을 갖고 계시는군요, 그쪽에 계신 분. 린네부르크 님과 동행하여 클레이스 왕국으로부터 방문한 분으로 보입니다만."

"맞아. 노르라고 한다. 잘 부탁하지."

"다시 소개드리도록 하지요. 라시드입니다."

간단히 인사말을 주고받은 뒤 청년은 내 얼굴을 빤히 바라봤다.

청년의 고개 움직임에 맞춰 마을을 둘러싸고 있는 크고 작은 다양한 골렘의 고개도 일제히 나를 향한다.

도대체 뭐지, 저것들은.

"오호라. 확실히 일리가 있는 생각이기는 합니다. 일단 사리에 맞는 주장이라고 말할 수 있겠지요. 한데 그 주장을 관철하려면 여러분이 저희 『사렌차 상회』, 더 나아가서는 『사렌차 가문』과 검을 부딪치게 될 수 있다는 생각은 설마 못하시는 겁니까?"

"어째서 싸움부터 생각을 하지? 적이 될 이유도 없는데. 서로 사이좋게 지내면 그만 아닌가."

"이 토지를 저희 가문으로부터 비호를 받는 체제에서 분리시키고 독자적인 길을 걷도록 조장하겠다는 의도로도 들리는 발언이었는데 말입니다."

"잘 모르겠는데 그러면 뭔가 문제가 생기는 건가?"

"오호라. 아무래도 귀하는 본인에게 이미 충분한 힘이 있다고 생각하시나 봅니다. 재미있군— 샤우자. 저 인물을 『**심사**』하도록.”

“네.”

청년은 뭔가 납득했는지 고개를 끄덕거리더니 옆쪽에 선 남자에게 작게 중얼거렸다.

청년의 얼굴에서 표정이 사라지고, 동시에 남자의 모습도 사라졌다.

“【패리】.”

알아차렸을 때는 이미 내 뒤에서 키가 큰 외팔이 수인이 재빨리 단검을 휘두르고 있었다.

그 단검을 내가 있는 힘껏 『흑색의 검』으로 튕겨 내자 암흑 속에서 거하게 불꽃이 흩날리며 방금 전 청년에게 샤우자라고 불렸던 외팔이 남자의 얼굴을 밝게 비춰준다.

보아하니 저 남자는 한쪽 팔에 더하여 한쪽 눈까지 잃어버린 것 같았다.

사각으로부터 터무니없이 묵직한 일격을 날린 남자는 나와 눈을 마주치자 재빠른 동작으로 뛰어서 물러났다.

“노르 선생님?!”

“……도대체 무슨 생각이지? 기습이라니.”

어둠에 숨은 탓일까, 까만 옷차림 수인 남자의 모든 움직임이 전혀 보이지 않았다.

반사적으로 쳐내는 데 성공하긴 했는데 『흑색의 검』을 쥔 손이 아직도 찌릿찌릿 떨리고 있다.

"샤우자. 어떻던가? 저자의 **가치**는."

"지금 한 번의 공방으로는 알 수 없습니다."

"흐음, 알 수가 없다?"

"예. 적어도 섣불리 가늠할 수는 없다고밖에."

"그런가. 자네가 **섣불리 가늠할 수 없는** 인재인가. 저 친구, 정말로 재미있군."

외팔의 수인 남자에게 기습을 명령했던 청년은 그렇게 말한 뒤 유쾌하게 웃었다.

그것은 조금 전까지 린을 상대할 때 보여 주었던 가식적인 웃는 얼굴과도 다르게 조금 섬찟한 웃음이었다.

"……린네부르크 님. 아무래도 저 남자는 입만 산 부류는 아닌가 보군요. 어떤 경위로 저런 인재를 이 나라에 데려오셨습니까?"

"그 전에 먼저 선생님께 칼을 휘두른 이유를 설명해 보시죠."

"오호라, 이유 말입니까. 대충 개인적인 흥미 때문이었습니다만, 혹여나 불쾌감을 느끼셨다면 정중히 사죄드리겠습니다."

"흥미라고요?"

"예, 저도 명색이 상인이온지라. 대뜸 큰소리부터 치는 남자가 실제로 어느 정도의 『가치』를 보유하고 있을지 차마 궁금증을 억누르기 어렵더군요."

"겨우 그런 이유로 칼을 휘두른단 말입니까?"

"저희처럼 장사를 생업으로 삼아서 사는 부류에게 정보는 무엇보다도 큰 가치가 있는 법이지요. 일개 상인으로서 도저히 행동을 참을 수 없는 상황이 아니겠습니까."

"……라시드 님. 하는 말씀의 속뜻을 종잡을 수 없습니다. 설마 이렇듯 무례하게 타인의 **가치**를 가늠하기 위한 목적만으로 저희와 칼을 맞부딪치기를 바라시는 겁니까?"

느닷없이 내 뒤에서 칼이 날아들기도 했고, 이미 평화롭게 넘어가기는 어려운 분위기였다. 게다가 방금 전 공방을 보고 주위의 수인들이 더욱 웅성거리고 있는 데다가 린이 칼자루에 손을 가져가자 긴장은 더욱 고조됐다.

"그럴 리가요, 천만의 말씀이십니다, 린네부르크 님. 저희는 본디 폭력을 동원하는 방식은 선호하지 않습니다만……. 그나저나 난처하게 됐군요. 그쪽에 계신 분과 린네부르크 님도 우리나라의 정책에 적잖이 불만이 있으신가 봅니다."

"본인이 한 발언을 돌이켜 보시죠, 당연합니다."

"그러면 쌍방의 주장에 있는 엇갈림을 보다 원만하게 화해로 이끌기 위해 저희가 한 가지 **양보**의 제안을 드리고 싶습니다만."

"……양보의, 제안이요?"

고분고분한 언동과 웃는 표정을 청년은 끝내 무너뜨리지 않았으나 린은 오히려 더욱 긴장하고 경계하는 모습을 보였다.

청년이 린의 속마음을 꿰뚫어 보는 것처럼 온화하게 미소를 머금더니 호들갑스럽게 두 팔을 벌리고 말을 계속했다.

“이곳에서 중앙의 수도 사렌차로 향하는 중간에 『시간을 잊는 도시』라는 작은 관광지가 있는데 알고 계십니까?”

“……네. 이름만은 들어서 알고 있습니다.”

“그곳은 저희 사렌차 상회가 관리하고 있는 도시 중 하나인데 제가 일단은 그곳의 소유자(오너)입니다. 어떠십니까. 그곳에서 여러분과 제가 『재정 유희(트라이얼)』로 시비를 가려보는 것은.”

“……재정 유희? 그것은, 사렌차의 오래된 재판 방법이라는……?”

“예, 잘 알고 계시는군요. 역시 박식한 린네부르크 님이십니다. 말씀하신 대로 저희의 영토에서는 예로부터 의견 대립으로 분쟁이 발생했을 때는 폭력을 동원하는 대신에 **공평**하며 **공정**한 『유희(게임)』를 개최함으로써 해결책을 모색하는 멋진 관습이 있습니다. 많은 사람들이 지켜보는 앞에서 더욱 우수한 지혜를 증명하는 자에게 발언의 우위성을 인정해 주고 분쟁을 조정함으로써…… 화해를 권장하는 체계입니다. 무척 오래된 관습입니다만, 현대 사렌차의 법률로도 인정받는 수단이지요.”

“……그 말씀은 다시 말하면 도박과 비슷한 행위로 정당성을 결정짓겠다는 뜻입니까?”

“맞는 말씀이십니다. 오락적인 요소를 포함함으로써 『폭력을 사용하지 않는 결투』를 진행하는 것으로 생각해 주시면 더 이해하기 쉬우실 테지요. 괜찮으시다면 저희의 방식대로 여흥에 참여해 주시기를 바랍니다. 이번 협의를 더욱 원만하게 화해로 유도할 수 있을 겁니다."

"저희가 굳이 참여해야 할 이점이 있을까요?"

"물론 있고말고요. 여러분이 저희에게 승리를 거둘 경우에는 이 마을에 부과되어야 했을 세금을 당분간 면제하는 것으로 조치하면 어떻겠습니까. 저는 지방의 관리에 불과하오나 그 정도 권한은 가지고 있사온지라."

"그럼 만약에 저희가 패배한다면요?"

"한 가지 부탁을 들어주시면 좋겠습니다. 염려 마시길, 매우 간단한 부탁을 드릴 생각입니다. 원칙적으로 천칭에 올리는 것이 저희가 면제해 드릴 세금과 『동등한 가치』의 부탁이어야 할 필요는 있습니다만."

생글거리며 제안을 하는 청년과 마주하면서 린은 못내 망설이는 모습이었다.

"……도저히 저희에게 승산이 있는 방식으로 생각할 수 없습니다."

"방금 전에도 말씀드렸다시피 이것은 어디까지나 저희의 호의이자 **양보**입니다. 서로 의견이 일치하지 않아 폭력을 배제하기 위한 타협점을 찾고자 드린 제안이오니 도의상 수락해 주시는 것이 어떠신지요. 수락 여부는 물론 여러분께서 결정하시면 됩니다……. 판단에 따른 책임까지 저희가 감당해 드리지는 않습니다만."

린은 청년의 시선에 이끌리다시피 함께 주위를 둘러봤다.

시선의 저편에서는 수인들이 험악한 표정으로 수많은 골렘들과 대치하고 있다.

손이 떨리는 아이들도 활을 꽉 쥐고 아무래도 싸울 마음을 먹은 듯한 모습이었다.

"……노르 선생님께서는 이 제안을 어떻게 생각하십니까?"

"괜찮지 않나? 저 사람들도 더 이상 거친 행동을 할 생각은 없다고 하고, 우리가 가면 해결할 수 있는 문제니까."

"그렇군요."

린은 잠시 생각에 잠겼다가 실레느, 로로의 얼굴을 보고 함께 고개를 끄덕거리더니 또 청년을 마주 바라봤다.

"알겠습니다. 저희가 『시간을 잊는 도시』에 가도록 하죠. 그때까지는 이 마을에 일절 간섭을 하지 않겠노라 맹세해 주실 수 있겠습니까?"

"물론입니다. 현명한 판단에 감탄하는 바입니다."

"단 지금은 이동 수단이 없는 상황인지라 실제 방문은 내일 날이 밝은 이후가 될 것 같습니다."

"물론 상관없습니다. 그럼 대면하는 시간은 내일 정오로 알고 있겠습니다. 시간의 가치는 황금조차 넘어선다는 옛 격언도 있지 않습니까. 상호 간 문제의 해결은 빠르면 빠를수록 좋지요."

"네, 맞습니다. 저희도 이견은 없습니다."

"그럼 『시간을 잊는 도시』 관계자 일동은 여러분을 환영하고자 준비에 힘쓰며 기다리고 있겠습니다. 아버님 또한 클레이스 왕국에서 와 주신 손님과 만나면 정중하게 접대하라며 거듭 분부를 내리셨으니 말입니다."

"아버님이, 누구시기에……?"

"아차. 자기소개가 조금 늦고 말았군요. 저는 『사렌차 가문』의 가주 자이드 님의 장남인 라시드라고 합니다. 재정 유희의 천칭에 올릴 「마을의 모든 세금을 면제한다」라는 조건은 본디 용납되지 못할 특혜이오나 이웃 나라에서 방문해 주신 손님을 접대하기 위한 『유희』의 경품이라면 제 아버님에게도 기꺼이 양해를 구할 수 있을 겁니다."

"세금이, 경품이란 말입니까?"

"예. 어디까지나 이것은 『유희』니까요. 가벼운 여흥이라는 마음가짐으로 부담 없이 즐겨 주시면 기쁘겠습니다."

"도저히 즐기자는 기분은 들지 않습니다만."

시종일관 웃는 얼굴을 고수하고 있는 청년과 마주하면서도 린은 변함없이 경계를 늦추지 않는 모습이었다.

실레느도 로로도 줄곧 까만 옷을 차려입은 두 인물로부터 눈을 떼지 않는다.

“그러면 린네부르크 님. 밤늦은 시간이오니 이만 실례하겠습니다. 다시금 만나 뵐 때를 진심으로 고대하고 있겠습니다. 모쪼록 오라버니 되시는 **레인 군**에게도 라시드가 몹시 만나고 싶어 한다고—부디 안부를 전해 주시기 바랍니다.”

라시드라고 이름을 밝힌 청년은 그렇게 말한 뒤 웃음 지으며 일방적으로 작별을 고하고 까만 옷차림의 두 인물과 수많은 골렘들을 뒤에 거느린 채 한밤의 사막으로 소리도 없이 사라져 갔다.

137 상인의 아들 라시드

『—그 인물은 정말 라시드라고 말을 하던가? 린.』

린네부르크 왕녀는 마을을 포위했던 대규모 골렘 부대가 떠나간 뒤 소형화된 휴대용『신탁의 옥』을 숙소 개인실의 탁상에 올려놓고 왕도에 있는 레인 왕자와 연락을 취하는 중이었다.

"……네. 또한 오라버니를 만나고 싶다는 말을 전해 달라고도 했습니다."

『나로서는 가장 만나고 싶지 않은 인물인데 말이지. 특히 이 같은 상황에서는 더더욱. 네 설명을 듣고 판단하건대 그 녀석은 내가 아는 라시드가 틀림없구나. 사렌차 가문의 장남이라는 말도 사실이다. 다만 장남이기는 해도 우리나라와는 관습이 조금 달라서 다수의 이복형제 중 가장 빨리 태어난 맏이라는 의미가 있는 정도라고 하더구나.』

"그자는 미슬라에서 유학을 하던 때 오라버니의 학우였다고 들었습니다만."

『……그랬지. 학우라고 불릴 수 있는 정상적인 관계였는지는 차치하고, 같은 곳에서 2년간 함께 수학했던 것은 사실이다. 하나같이 떠올리고 싶지도 않은 기억뿐이다만.』

레인 왕자는『신탁의 옥』이 투영해 주는 영상 안쪽에서 씁쓸한 표정을 지었다.

“그토록 까다로운 인물입니까?”

『맞다, 나로서는 가능하다면 이후 평생토록 그 녀석과는 만나지 않은 채 살아가고 싶군. 게다가 조우를 한 시기도 상정했던 범위 중 최악이니.』

“……죄송합니다. 제 대처가 안이했던 탓에.”

『아니. 애당초 아버님께서 노르에게「용수의 원통」을 내어 주도록 허가를 하신 단계에서 이미 사렌차 가문이 수작을 부리는 것은 시간문제였다. 그 부분은 부왕과 협의를 맡았던 우리 집정부의 판단에 따른 결과일 뿐 네게 책임은 없지. 그렇다 해도 이토록 빨리 그 녀석과 부딪치게 될 줄은 생각도 하지 못했지만.』

레인 왕자는 미간을 주름지도록 찌푸리며 작게 한숨을 내쉬고 다시 의자에 깊이 몸을 누였다.

“……단지 짐작입니다만. 수인 마을에 설치한『용수의 원통』의 존재도 이미 눈치를 챈 것으로 추정됩니다. 아무것도 없던 곳에서 갑자기 맑은 물이 솟아나는『수원지』가 나타난 이유에 관해 부자연스러울 만큼 언급하려고 하지 않았으니까요.”

『동감이군. 네 말대로 녀석이 현재「시간을 잊는 도시」의 관리자를 맡고 있다면 라시드는 사렌차 영내에 있는「용수의 원통」 또한 관리하고 있다는 뜻이다. 그 유물이 사막에서 얼마나 큰 부를 산출할 수 있는지 누구보다도 잘 파악하고 있는 인물이지. 가장 먼저 떠올리지 않았을 리가 없어.』

"『시간을 잊는 도시』에도『용수의 원통』이 있다고요?"

『선선대 왕께서 사렌차에 제공했던 유물 중 하나가 도시의 건설 기반으로 쓰였다는 말을 들었다. 주된 용도는 부유층 대상의 오락 시설이라는 소문이다만.』

"당시의 유물이 그곳에 있었군요."

『그래. 설마 입국하자마자 너희가 그런 곳에 들르게 될 줄이야……. 문제가 한꺼번에 산처럼 쌓이니 머리가 아파지는구나.』

"저희는 내일 아침 그자와 재정 유희로 판가름을 내기 위해서『시간을 잊는 도시』로 갈 예정입니다. 하지만 저희 중 일부는 원통을 설치한 마을에 남겨 놓아야겠군요."

왕자는 잠시 침묵하며 생각에 잠겼다가 고개를 살짝 옆으로 흔들었다.

『……아니. 아마도 현시점에서 굳이 마을에 인력을 남길 필요는 없을 것이다.』

"그 말씀은, 어째서입니까?"

『그 작자가 일단 마을에 부과하고자 했던 세금을「도박」의 대상으로 선언했고 결판이 날 때까지 일절 손대지 않겠다고 말을 했다면 그 약속은 정말 지켜질 것이라고 받아들여도 괜찮다. 애당초 놈의 목적이 정말 「용수의 원통」이 맞는지부터 의문을 갖고 대처해라. 물론 도박의 대상으로 삼은 「세금」도 연막에 불과할 테지. 심야에 다수의 골렘을 이끌고 가서 위기감을 자극한 것도 너희의 전력을 분석할 수 있다면 이득이라는 정도의 생각을 갖고 행동했을 가능성마저 있다.』

"……달리 진정한 목적이 있다는 말씀입니까?"

『그래, 만만치 않은 녀석이야. 언제나 가장 중요한 부분은 입 밖에 꺼내지 않지. 쉽게 추측할 수 있는 곳에는 결코 진정한 목적을 노출시키지 않는다. 반대로 말하자면 단지 의심만 드는 범위에는 없다고 생각할 수도 있겠다만.』

"……단지 의심만 드는 범위에는 없다?"

『이것은 놈과 대치했던 전적이 있는 사람의 단순한 경험칙에 불과하다. 흘려들어도 상관없어. 다만 너희에게 제안했다는 승부는 아마 선언한 대로 이루어질 것이라고 간주해도 괜찮다. 그 녀석은 입 밖에 꺼낸 약속**만큼**은 제대로 지키는 남자이니까 말이지.』

"입 밖에 꺼낸 약속은 지킨다고요……? 의외로 신용할 수 있는 인물입니까?"

『아니, 잘못 짚었구나. 오히려 정반대다. 본인이 입 밖에 꺼내는 발언 이외에는 **일절 신용해서는 안 된다**는 뜻으로 해 준 말이다.』

"……네? 그게, 무슨……?"

왕자가 해 준 일련의 조언에 담긴 뜻을 가늠하지 못하고 왕녀는 고개를 살짝 갸웃거렸다.

『우직하게 바른 길에서 살아가는 네가 바로 이해하기는 어려울 터이나 그자는 「상인은 신용이 가장 큰 재산」이라는 말을 지껄이면서 일단 입 밖에 꺼낸 발언을 지키기는 한다. 그러나 정작 지키는 방식 전부가 궤변이나 마찬가지지. 놈이 입 밖에 꺼내는 말을 기억해 둘 필요는 있으나 그 말의 표면에 현혹되면 반드시 큰 봉변을 당하게 된다. 그놈은 같은 표현을 사용하면서도 분명 마음속으로는 너와 전혀 다른 생각을 할 테니까.』

"……네, 네에……?"

『미안하지만 내가 해 줄 수 있는 조언은 이게 전부다. 그 작자의 언동은 고찰을 거듭하면 거듭할수록 늪에 빠지지. 오히려 놈은 그러한 반응조차 즐기는 경향이 있다. —아무튼. 어떤 상황이 벌어져도 대처할 수 있도록 마음이나마 굳게 먹도록 해라. 더 이상 나는 할 말이 없구나.』

"……네. 알겠습니다."

왕자는 다시 의자에 고쳐 앉아서 자세를 바로 하더니 미간에 더욱 깊숙이 주름을 만들었다.

왕녀도 저 표정의 의미는 알고 있었다.

『그건 그렇고 하필이면 라시드와 재정 유희를 한단 말인가. 정말 머리가 아픈 귀찮은 사건에 휘말렸구나.』

"그 부분도 독단으로 결정을 내려 죄송합니다……. 그때는, 수인 마을의 주민들까지 휘말려서 전투가 벌어지는 상황을 회피하려면 달리 방법이 없다고 생각했습니다."

『현장에서 내리는 판단은 너를 믿도록 하마. 그러나 그것조차 놈이 구상한 계획대로 따라갔을 가능성이 있음은 머릿속에 넣어 두거라. 그 탓에 이미 상당한 리스크를 짊어지고 말았으니까 말이지.』

"……네."

『게다가「시간을 잊는 도시」에 진입하면 더는 이쪽에서 지원을 위한 수단을 강구하기도 어렵지. 사렌차에 입국한 시점에서 이미 어려울 대로 어려워지기는 했지만.』

영상 속에서 머리에 손을 가져가며 왕자는 다시 거하게 한숨을 쉰다.

"오라버니. 재정 유희에 대해서 저는 과거에 서적으로 읽었던 얕은 지식밖에 없습니다. 지금도 정식으로 존재하는 제도가 맞을까요?"

『그래. 예로부터 있었던 사렌차 특유의 재판 형식이며 아직껏 쓰이고 있는 제도라더구나. 당사자 쌍방에게 공평한 규칙을 설정한 뒤 수많은 사람 앞에서 겨루고, 다수의 증인이 승패에 근거하여 계약을 이행시키는 구조라던가.』

"공식적인 규칙에 따라 결투와 비슷하게 재판을 하는 건가요."

『명목상은 말이지. 다만 실상은「공정한 규칙」과는 거리가 멀 뿐더러 온갖 수단을 동원하는 추한 다툼이라고 들었다. 어떤 의미로는 무기를 쓰는 피투성이의 결투보다 더욱 악질이지.』

"그렇게나 치열한 응수가 이루어지는 건가요?"

『경기 자체는 극히 평범한「유희」로 진행하는 경우가 많다. 다만 공평과 공정을 강조하면서도 부정 출발, 협잡, 매수까지 갖가지 수단이 허용되지. 오히려 장외 전술이 진짜 관건이고 어떻게 악행을 들키지 않으며 교묘하게 더러운 짓을 추진할 수 있는가 잔꾀를 겨루는 행위라는 것처럼 어떤 만행도 저지른다. 승부의 내용도 공평한 것은 형식뿐이고 쌍방이 보유한 힘의 격차에 대한 배려는 일절 없으니 갓난아이와 거한을 주먹다짐 붙이는 식의 상황조차 아무렇지도 않게 밀어붙이지. 놈들은 그것들을 포함하여 「공정」이라고 주장한다. 따라서 너희가 향하는 곳에서 제대로 된 승부가 이루어질 것이라고 생각하기는 어렵군……. 다만 그럼에도 최소한 제시되는 규칙은 지키는 것이 옳겠다.』

"그 말씀은, 어째서인가요?"

『그 작자들은 스스로 공표를 한 규칙**만큼**은 철저하게 지키기 때문이다. 자신이 우위에 서는 상황을 만들어서 체결한 「계약」이야말로 사렌차의 고약한 상인들이 보유한 힘의 원천이니까. 규칙을 아예 무시하면 상대에게 약속을 이행시키기 위한 정당성도 사라져 버린다. 그만큼 보이지 않는 곳에서 온갖 수단을 동원하여 함정에 빠뜨리고자 시도할 테지. 너희가 이제부터 향하는 곳은 이렇듯 지저분한 투기장이다. 명심해라.』

"네. 아버님은 이 사안에 대해 뭐라고 말씀하셨나요?"

『부왕께서는 외교 측면의 부담은 본인이 모두 감당할 테니 이제부터는 자기 자신의 힘으로 해결해 보라시더구나. 사태를 수습하는 방법도 너희에게 일임하겠다고 하셨다. 그리고 그 남자에게도 잘 부탁한다는 말을 전해 달라고 하셨고.』

"네, 감사합니다. 노르 선생님께도 말씀 전해 드릴게요."

그렇게 왕녀 린네부르크는 『신탁의 옥』에 흘려 넣던 마력을 차단한 뒤 심야의 왕도에 있는 왕자와의 통신을 끝마쳤다.

138 출발 전

“그럼 잘 부탁하지. 작물을 키우다가 모르는 게 생기면 장로의 집에 놓아둔 『재배 계획서』를 참고해. 어지간한 내용은 쭉 적혀 있으니까.”

린이 말하기를, 일단 마을에서 나가 『시간을 잊는 도시』로 출발하면 당분간 다시 돌아올 만한 시간을 내기는 어렵다고 했기에 나는 이른 아침부터 마을 주민들과 함께 밭에 모여서 이것저것 주의 사항과 관리 방법을 알려 주고 있었다.

전부 예순네 구획이나 되는 농지를 가꾸려면 많은 일손이 필요하기 때문에 온 마을에서 희망자를 모집한 뒤 구획 하나당 몇 사람씩 대강 한 가족쯤 되는 인원에게 관리를 맡기기로 했다.

가족 단위로 담당하는 편이 더 효율적일 듯해서 가족끼리 밭일을 하는 것을 기본으로, 여유가 생길 때마다 다른 곳을 도와 주면 되고, 반대로 손이 부족할 때는 다른 사람들에게 도움을 받는 방식이다.

그리고 각각 담당하는 구획에서 기를 작물을 어떻게 관리해야 하는지 알려 주는 것이 내 역할이었다.

“그나저나 이토록 넓은 농지에서 수확하는 작물을 정말 저희가 마음껏 써도 괜찮다는 말씀이십니까?”

"맞아. 나는 시험해 보고 싶은 작업을 이것저것 시험했던 것으로 충분하거든. 오히려 힘든 일거리를 떠넘기는 모양새가 되어 버려서 미안한 마음이야. 그 대신이라기에는 뭐하지만 수확한 작물은 자유롭게 먹거나 팔아도 좋아."

"알겠습니다. 맡겨 주신 이 밭은 저희가 대대손손 일족의 긍지를 걸고 끝까지 지켜 나가겠습니다."

"……아니, 그렇게까지 할 필요는 없다니까."

카일을 포함하는 사막 태생의 주민들은 농사일을 한 경험이 전혀 없다기에 내가 어린 시절부터 길러 왔던 경험은 이때 대단히 큰 역할을 했다. 그래도 나 또한 전문적인 지식은 잘 알지 못하는 터라 종자상 청년이 만들어 준『재배 계획서』에 많이 의지했다.

결국 내가 한 것은 막 만든 수로의 사용 방법을 가르쳐 준 정도.

짧은 시간에 세세한 부분까지 다 알려 주기는 어려워서 마을 주민들이 밭일을 하기 위해서 꼭 알아야 하는 요령만 간단하게 전달한 뒤 작물을 키우는 방법은 종자상 청년이 보내 준『재배 계획서』를 열심히 읽어서 익힐 수 있도록 장로와 카일에게 맡겨 놓았다.

처음에 말을 꺼냈던 내가 일단은 밭 전체의 책임자로 이름을 올려두었지만, 이제부터는 그림까지 첨부된『재배 계획서』만 있으면 이대로 내가 마을에 다시 돌아오지 않더라도 분명 주민들끼리 알아서 밭을 잘 가꿀 수 있을 것이다.

마을 주민들은 성실하고 이해력도 좋다. 특별히 뭔가 더 해 주지 않더라도 종자상 청년이 손수 만들어 준『재배 계획서』를 읽어 필요한 지식을 학습할 테지.

그런 관계로 내 역할은 출발 예정 시각보다 훨씬 이르게 전부 완료됐다.

"밭은 이제 괜찮아, 린. 언제든 출발할 수 있어."

"감사합니다, 노르 선생님. 그러면 남은 건 『경비대』의 작업이 끝나기를 기다리는 것뿐이네요."

손이 비는 마을 주민들에게 골고루 일거리를 배정할 수도 있겠으나 린의 발상에 따라 『밭에서 작물을 키우는 「농업조」』와 『마을을 수비하는 「경비조」』, 이렇게 두 집단으로 나눠서 임무를 분리하기로 했다.

각각 잘하거나 못하는 분야가 있을 테고, 담당 임무를 딱 결정짓는 편이 공부해야 할 범위도 줄어서 편해진다고 판단했으니까.

그렇게 나와 린이 『농업』을, 마을 『경비』는 실레느와 로로가 담당하게 됐다.

나는 처음에 로로가 경비를 가르친다는 말을 듣고서 조금 의외라는 생각을 했었는데, 로로는 손재주가 무척 좋은 데다가 세밀한 도구를 제작하는 능력이 대단히 우수하다고 한다. 마을에 있는 잡동사니를 재료로 써서 함정도 만들 수 있다던가.

내가 밭에서 『농업조』와 이야기를 나누고 있는 동안에 린은 장로, 카일과 대화 중이었다. 마을을 효율적으로 지킬 수 있는 경비 방안을 상의하면서 간결하게 도면을 작성하기 위함이다.

이미 린의 계획에 따라 망루를 건설하는 공사가 시작됐다.

수인들은 시력이 무척 좋아서 마을 안쪽에 높은 구조물을 마련해 놓기만 해도 상당히 넓은 범위를 내다볼 수 있다. 실레느가 말하기를 지금 주민들은 보이는 범위에 있는 어디로도 화살을 날릴 실력을 갖췄기에 망루 하나만 추가하더라도 대폭 전력이 증강된다고 했다.

건축 자재는 마을에 있는 물자만 가지고는 조금 부족하다기에 몇몇 주민이 내가 건네줬던 돈을 써서 통나무 및 튼튼한 밧줄 등 재료를 더 사러 달려갔다. 그 사람들이 물건을 확보해서 돌아오는 대로 단박에 건물을 올릴 계획이다.

"실레느 선생님! 망루를 건설할 위치는 이곳으로 괜찮겠습니까아?!"

"아, 네. 적당한 위치네요. 하지만, 음, 제게 일일이 확인하지 않으셔도 도면에 적힌 곳에 건설하시면 괜찮지 않을까요—?"

"애들아아, 다들 들었냐아! 실레느 선생님께서 허가를 내려 주셨다아! 각자 제 위치를 찾아 이동해라아아아, 준비이이잇! 굴사아아아악, 개시이이이이이!!"

""""""으랴아아아아아아아아!!""""""

곧 높은 건물을 지을 테니까 준비부터 마치고자 『경비대』 소속 모두가 긴 기둥을 세우기 위한 굴삭 공사를 시작하려나 보다.

어젯밤 느닷없이 마을이 골렘 부대에 포위당하면서 충격을 받았을 테지.

경비를 담당하는 마을 청년들은 몹시 진지했다.

개중에서도 고르바라는 유난히 체격이 좋고 목소리가 큰 수인이 앞장서서 다른 인원들의 지휘를 맡아 적절하게 경비대의 대표(리더) 역할을 수행해 주고 있다.

……그나저나 모두가 너무 일심동체처럼 뭉쳐 다녀서 좀 무섭기까지 했다.

"실레느 선생니임! 첫 번째 구머엉, 굴삭 완료했습니다아아아앗!!"

"아, 네. 수, 수고하셨습니다……?"

"이어서엇, 다음 지시를 부탁드립니다아아앗!!"

"그, 그럼요, 다음은 저쪽을 부탁드립니다……. 저, 저기요? 아까 말씀드렸다시피 저에게 묻지 마시고 도면에 적힌 위치대로—."

"얘들아아, 다들 들었냐아! 저쪽이다아아아!"

""""""으랴아아아아아아아아!!""""""

경비대 인원들은 이후에도 무시무시할 만큼 씩씩한 기백으로 구멍을 파고 실레느에게 지시를 요청하며 눈 깜짝할 사이에 기둥을 세우기 위한 준비를 전부 끝내 버렸다.

본래 활을 사용해서 싸우는 것이 특기라고 들었는데.

이대로 경비대원들에게 삽이나 곡괭이를 들려 주고 전투에 내보내도 강할 것 같다.

참고로 나는 경비대의 청년 고르바와 아침 식사 시간대에 추가 배식을 받고자 서는 줄에서 마주친 뒤 잡담을 나누는 김에 어째서 이렇게나 체격이 좋은지 물어본 적이 있었다. 그러자 고르바는 마을 주민들이 결코 먹으려고 하지 않는『사독 전갈(데스 스콜피오)』이라는 마물을 즐겨 사냥해서 먹어 왔다고 대답했다.

그 덕분에 줄곧 식량이 몹시 부족한 처지였는데도 고르바 한 사람만큼은 음식을 잔뜩 확보할 수 있었고 이렇게나 좋은 체격을 갖게 되었다던가. 그럼에도『신수』의 독에는 끝내 버티지 못한 듯싶다만……. 다 회복된 지금은 마을을 위해 부지런히 일하고 있다.

고르바의 말에 따르면『사독 전갈』이라는 마물은 껍데기는 단단한데 잘 구우면 파삭파삭해지며 향기도 좋고 독샘도 사실 구우면 먹을 수 있을 뿐 아니라 오히려 가장 맛있는 부위라고 한다.

어째서 다른 주민들이 먹으려 하지 않는지 항상 이상하게 생각했다던가. 이 친구와는 음식 관련의 이야기로 마음이 잘 맞을 것 같았다.

나중에 다시 이 마을에 오게 된다면 느긋하게 대화를 나눠 보고 싶다.

“실레느 씨가 맡아 준 작업도 무척 순조롭네요.”

“린네부르크 님 덕분입니다……. 무섭도록 순조롭습니다.”

“지시자 역할 맡느라 고생 많았어요. 저는 이제 마을 바깥으로 나가서 로로의 일을 도와주려고 해요. 실레느 씨도 같이 가 주시겠어요?”

“네. 알겠습니다. 그, 그럼 여러분, 전 이만 다른 곳을 살펴보러 가 보겠습니다. 더는 안 따라오셔도 괜찮답니다……?”

"네, 알겠습니다앗, 실레느 선생니임!! 저희는 멀리서나마 무운을 빌도록 하겠습니다아아앗!!"

"아뇨, 딱히 싸우러 가는 게 아닌데 말이죠……?"

실레느는 기운 넘치는 경비대 청년들과 의사소통을 하는 데 조금 고생을 하는 모습이었지만, 작별을 고한 뒤 우리와 함께 마을 바깥으로 이동했다.

잠시 걸어가자 마을로부터 조금 떨어져 있는 위치에서 로로가 카일 및 몇몇 수인들과 함께 작업을 하는 광경이 보였다.

장로도 옆에서 지켜보고 있었고.

"로로, 고생이 많아요. 부탁드렸던 작업은 순조로운가요?"

"응. 내가 준비한 함정은 카일 씨한테 주고 사용법도 설명해 줬어. 이제 린이 모래 방벽만 세워 주면 끝이야."

"알겠습니다. 그럼 실레느 씨. 마을 방벽의 위치는 이쯤이면 괜찮을까요?"

"네. 이 정도 거리면 활의 사선을 방해하지도 않을 테니까 적당한 위치입니다."

"그럼 조금 떨어져 주세요. 시간이 많지 않으니 단숨에 끝내야겠습니다. ―【석벽(스톤 월)】."

린이 두 손을 펼치며 뭔가 【스킬】을 발동시키자 눈 깜짝할 사이에 마을 주변을 빙그르 둘러싸는 수많은 돌담이 쭉 솟아났다.

린의 마법은 언제 봐도 놀라울 따름이다.

물론 그동안 본 마법들도 굉장했지만, 미슬라에 갔던 때보다도 더 성장했다는 인상을 받는다.

나와 로로는 이 같은 광경에도 많이 익숙해졌지만, 린의 마법을 자주 보지는 못했을 실레느를 비롯하여 카일은 굉장히 놀란 모습이었다. 내 옆쪽에 서 있던 장로는 아예 다리가 후들후들 떨리고 있다.

"실레느 씨, 이런 형태로 세워 놓으면 괜찮을까요?"

"네, 네에. 충분하다고 보입니다. 이, 이런 게 정말 가능했군요……?"

"조금 조잡한 구조로 만들 수밖에 없었지만, 이후에 차츰 보강해야겠지요."

"린. 저쪽에서 마차가 오고 있어."

"이네스예요. 역시 예정했던 시간에 딱 맞춰 와 주네요."

우리가 예정했었던 모든 작업을 끝낸 무렵에 마침 마을로 이네스가 마차를 몰아 도착했다.

"지금 복귀했습니다, 린네부르크 님."

"고생 많았어요, 이네스."

"현 상황은 레인 님께 들었습니다. 바로 출발하시지요."

"네. 하지만 먼저 한 가지 물어볼 게 있는데 괜찮으실까요? 실레느 씨."

"네, 네엣. 말씀하십시오."

린은 고개 돌려서 실레느의 얼굴을 빤히 바라봤다.

"주제넘은 참견일 수 있다는 생각은 했습니다만……. **기회**잖아요, 마을 주민분들께 여쭤보지 않아도 괜찮겠어요?"

린이 실레느에게 얼굴을 가까이 가져가서 작은 목소리로 귀엣말했다.

실레느는 무슨 소리냐며 일순간 고개를 갸웃거리는 반응을 보이다가 곧 린의 시선이 향한 위치를 보고는 무엇인가를 이해한 듯했다.

"혹시 이 목걸이를 말씀하시는 겁니까? 분명 기회가 있다면 누군가에게 물어보고 싶은 생각은 있었습니다만……. 앗, 어째서 린네부르크 님께서 알고 계시는 거죠?"

"미안느 선생님께 들었습니다."

"……스승님 입이 좀 가볍죠. 아무한테도 말 안 한다고 약속했는데."

"출발 전 미안느 선생님께서 「그 아이는 절대 자신이 먼저 나서서 행동하는 성격(타입)이 아니니까 억지로 등을 밀어서라도 힘이 되어 주면 좋겠어」라고 부탁을 하셨거든요."

"그 말씀은, 확실히 듣고 보니까 맞기는 한데 말이죠."

"기왕에 우호 관계의 지인들이 생긴 참이잖아요, 이곳에 계신 분들께 여쭈어보는 것도 좋은 방법이지 않을까요."

"하지만, 괜찮습니다. 가족을 찾는 건 임무 중 충분히 여유가 있을 때 시간을 내 볼 생각이었습니다."

"그럼 지금이 마침 적당한 시기 아닐까요?"

"……정말이십니까? 하지만, 저 때문에 출발이 지체되는 것은."

"그 정도 시간은 있답니다. 장로님. 혹시 잠시만 지혜를 빌릴 수 있을까요?"

"예, 무엇이 궁금하십니까? 이 늙은이가 아는 것이라면 무엇이든 대답해 드리겠습니다."

린에게 불린 마을의 장로가 앞으로 걸어 나왔다.

"실레느 씨의 목걸이를 보시고 뭔가 짚이는 것이 있다면 꼭 가르쳐 주시면 좋겠습니다."

"글쎄요. 목걸이라? 흠흠, 오호라. 어딘가에서 본 기억이 나는 문장이군요. 어쩌면 미력이나마 도움이 되어 드릴 수도……?! 저, 저 문장은?! 설마 아가씨는『미오족』출신입니까……?!"

장로는 목걸이를 보더니 눈이 휘둥그레졌고, 린과 실레느는 노인의 반응에 얼굴을 마주 바라보며 밝은 표정을 지었다.

"보세요, 시험 삼아 물어보길 잘했죠?"

"네. 설마 이렇게 금세 단서를 찾게 될 줄은 생각하지 못했습니다."

"시, 실례되오나……. 실레느 님은, 그 목걸이를 어떻게 구하셨습니까?"

"이 목걸이는 제가 어린 시절에 사렌차 국내에서 헤어졌던 오빠에게 받은 물건입니다. 그 이후 한 번도 만나지 못했지만요. 임무로 사렌차에 들어올 수 있다기에 겸사겸사 찾아볼까 생각을 했습니다만, 이것이 유일한 단서입니다. 이게 무엇인지 알 수 있겠습니까?"

"예, 예에. 분명히 알고 있기는 합니다. 다만, 저 문장은."

"……뭔가 문제라도 있는 겁니까?"

표정으로 의문을 내비치는 린과 실레느와 마주하며 장로는 어두운 얼굴로 입을 열었다.

"……마을의 은인께 이런 말씀을 올리자니 몹시 마음이 갑갑합니다만. 그 문장이 새겨진 목걸이는, 이곳이 아닌 다른 곳에서는 되도록 사람들 눈에 띄지 않도록 조심하는 것이 좋겠습니다."

"눈에 띄면 안 되는 물건입니까?"

"예. 젊은이들 중에는 이제 아는 녀석도 거의 없습니다만, 늙은 수인들 다수는 저 문장에 별로 좋은 감정을 가지고 있지 않습니다."

"그 말씀은, 뭔가 이유가 있습니까?"

"10년 조금 전, 이 나라에서 수인이 커다란 난을 일으킨 적이 있었습니다. 그 전란을 선두에서 이끌었던 주축이 바로 아가씨가 갖고 계시는 손톱자국의 문양을 부족의 증거로 삼았던『미오족』입니다."

"……전쟁, 말입니까?"

노인의 말을 듣고서 모두 실레느의 목걸이로 시선을 보냈다.

그곳에는 확실히 세 개의 손톱자국을 닮은 문양이 새겨져 있다.

"실레느 씨도 들어 본 적이 있는 이름인가요?"

"……아니요. 어머니는 아마 문양의 의미도 포함해서 전부 알고 계셨을 것 같습니다만, 줄곧 이야기하는 것을 피하는 기색이었습니다. 아무리 물어봐도 저에게는 무엇 하나 가르쳐 주시지 않았습니다."

"……분명 그것이 더 현명한 판단이었을지도 모릅니다. 평온하게 살기 위해서는 어쩔 수 없었겠지요. 단지 가지고 있기만 해도, 아니요, 입 밖에 꺼내기만 해도 큰 화를 불러올 우려가 있으니 말입니다."

"무슨 뜻입니까?"

"그들『미오족』은 본래 수인들 중에서도 특히 신뢰가 두터운 부족이었습니다. 무예가 뛰어나고 용감한 일족으로서 잘 알려졌으며 큰 회합에서 중재자 역할을 맡는 부족이었지요. 당시에 최유력 파벌 중 하나였습니다만……. 그들은 어느 날「학대당하는 수인들의 해방」을 주장하며 많은 수인들을 끌어들여서 사렌차의 지배 계층과 개전을 했던 겁니다."

"……그런 사건이 있었습니까? 저희는 이웃 나라인데도 이렇다 할 소식을 아무것도 듣지 못했습니다만."

"아마 소문이 퍼지지 못하도록 국경을 드나드는 인물들에게 특히 엄중히 함구령을 내렸을 테지요. 통치자들의 입장에서 국외로 퍼진다면 전혀 달갑지 않은 사건이지 않겠습니까. 저희도 풍설 정도의 내막이나마 간신히 귀로 들었을 뿐입니다."

"그 전쟁은…… 어떻게 되었습니까?"

린의 질문에 노인은 머리 숙이고 살짝 고개를 흔들었다.

“저희의 형편을 떠올리시면 쉽게 짐작할 수 있으시겠지요. 그들은 전쟁을 벌였다가 끝내 패배했습니다. 그 결과 수인의 지위는 향상되기는커녕 오히려 더 핍박받는 처지로 악화되었고, 전쟁 행위에 전혀 가담하지 않았던 저희 같은 약소 부족마저도 『미오족』의 반란을 이유로 똑같이 혹독한 법에 신음하는 처지가 되고 말았습니다. 이 같은 까닭에 위정자들뿐 아니라 수인들 중에도 그들을 원망하는 부류가 적지 않습니다.”

“그 부족의 사람들은 패전 후 어떻게 되었습니까?”

“단 한 명의 생존자도 없이 멸망했다고 들었습니다. 전쟁을 주도했던 족장과 아들은 잔혹하게 처형당했고, 잔당도 모두 철저하게 사냥당했다더군요.”

“……그랬습니까.”

실레느는 린과 노인의 이야기를 들으며 줄곧 목걸이를 꽉 붙잡고 있었다.

린은 고개 돌려서 딱딱하게 표정이 굳은 실레느에게 말을 건넸다.

“……죄송합니다, 실레느 씨. 설마 이렇게 안 좋은 상황이었을 줄은 몰랐어요.”

“아뇨, 괜찮습니다. 애초에 딱히 가족과 행복한 재회를 기대하면서 온 것은 아니었습니다. 오히려 일찍 알았으니 다행이죠. 아니면 단서를 찾겠다며 무용한 노력으로 시간만 보낼 뻔했습니다.”

“실레느 씨?”

"전 정말 괜찮습니다. 그보다 이제 출발하는 편이 좋겠지요? 정오까지 도착할 예정이니 서둘러야겠습니다."

실레느는 일행 모두가 걱정스럽게 시선을 보내고 있는데도 밝게 행동하고자 애쓰는 모습이었으나 어딘가 어색했다.

"……그래야죠, 하지만."
"린네부르크 님. 실레느의 말대로 마차를 출발시키는 편이 좋겠습니다. 이동 중 불의의 사태가 발생하는 경우도 대비해야 합니다."
"……알겠습니다, 이네스. 그래요, 바로 출발하죠."

우리는 재촉하는 이네스의 말에 따라서 마차에 올라탔다.
린에 이어서 로로와 실레느, 그리고 내가 올라타며 출발 준비는 끝났다.

"그럼 이네스, 잘 부탁드려요."
"조금 서둘러서 달리겠사오니 다소 흔들려도 양해해 주시길."

그렇게 주변에 있던 마을의 주민들에게 간단히 작별을 고한 뒤 우리는 마차를 타고 해가 떠오르기 시작한 사막을 서둘러 달려 나갔다.

139 시간을 잊는 도시 1

출발 전 이네스가 「서두를 테니 마차가 다소 흔들릴지도 모른다」라며 경고의 말을 해 줬기에 나도 나름대로 각오는 하고 있었다.

그런데 막상 겪어 보니 다소가 아니었다. 엄청나게 흔들렸다.

"—프읍."

내가 출발 전 기운이 솟을 것이라는 생각에 로로가 만든 『신수』요리를 먹여 줬던 말들은 정말 힘차게 마차를 끌어 줬다. 『흑색의 검』의 무게조차 부담이 되지 않는 듯 엄청난 속도로 사막을 쭉 달려 나가고 있다.

창밖으로 흘러가는 풍경이 무척 상쾌했던 덕분에 나는 잠시나마 이런 상황도 즐길 수 있었지만……. 하지만 점점 여유를 부릴 상황이 아니게 되어 갔다.

사막 여행을 위한 큰 마차를 끄는 말들은 튼튼한 데다가 힘도 굉장했다. 사막에 있는 온갖 울퉁불퉁한 지형을 전혀 거리낌 없이 돌파했다.

다만 마차의 바퀴가 뭔가 자그마한 장애물에 걸릴 때마다 차체는 거하게 기울어지며 덜컹덜컹 흔들렸고, 그 진동이 무척 버거웠다.

다른 일행들은 괜찮은 것 같은데 나는 마차가 격하게 상하 운동을 반복하는 동안에 점점 더 속이 메스꺼워지기 시작했다.

약간의 흔들림이라면 그나마 버틸 수 있다.

다만 커다란 모래 언덕으로 접어들었을 때 말들은 두려워하지 않고 경사면이 있는 언덕을 힘껏 달려서 올라갔고— 결과, 마차가 마치 하늘을 달리는 것처럼 떠올랐다.

당연히 안에 탄 나의 신체도 둥실둥실 공중에 뜬다.

조금 뒤 착지를 하는 순간에도 내 위장을 비롯해서 장기가 격렬하게 요동을 쳤고 뭔가 이것저것 속에서 울컥거린다.

나는 흔들리는 마차 안에서 입을 부여잡은 채 이대로 가면 큰일 나겠다고 생각을 했다.

말이 전력으로 달리는 까닭은 급히 이동해야 하는 탓이니 어쩔 수 없었지만, 그렇다면 마차를 잠깐만 멈춘 뒤 나만 내리고 전력으로 말을 따라서 같이 달려가는 것이 차라리 편하지 않겠는가…… 하는 생각마저 들었다. 어서 이네스에게든 린에게든 나만 내려달라고 부탁하고 싶은데 입을 열고자 할 때마다 위장의 내용물이 자꾸 울컥거리는지라 결국 아무런 말도 꺼내지 못했다.

그런 관계로 어느 시점부터 나는 자신의 몸속에서 솟구쳐 올라오는 무엇인가와 끝까지 싸워 나가겠다는 각오를 했다.

그때부터는 도저히 정신을 차릴 수 없었지만……. 어찌어찌 간신히 버티고 있는 동안에 마차는 목적지에 도착한 듯했다.

마차가 속도를 늦춘 순간에 안도감이 솟아올랐다.

"벌써 도시가 보이는군요. 정말 놀랄 만큼 눈 깜짝할 사이에 왔습니다……. 노, 노르 선생님? 어디 안 좋으신가요? 아, 안색이……?!"
"……아니, 괜찮아. 이제 멀쩡해."

나의 이변을 알아차린 린이 말을 걸어 줬지만, 이미 나는 가장 큰 최후의 파도를 이겨 낸 다음이었다. 분명 장거리 이동을 한 시간치고 눈 깜짝할 사이였다는 생각이 들긴 한다만……. 내 입장에서는 드디어 끝났다는 느낌을 받을 뿐이다.
마차가 똑바로 움직이자 곧 속은 진정됐다. 하지만 질주 중 겪었던 곤경은 더 이상 떠올리고 싶지도 않다.
생각만 해도 이것저것 북받치는 것이 좀 있다.
기분을 전환하고자 마차의 창문으로 주변을 쓱 살펴봤더니 보이는 것은 눈이 번쩍 뜨일 만큼 새하얀 광채를 발하는 건물들이 쭉 늘어선 낯선 도시의 광경이었다.

"저곳이 이번 목적지인가. 뭔가…… 하얗군."
"네, 저곳이 사렌차의 수도에 다음가는 대도시로서 잘 알려진 『시간을 잊는 도시』로군요. 언뜻 보아도 왕도와 미슬라, 어느 쪽과도 구조가 전혀 다릅니다."
"그러게나 말이야."

멀리서 봐도 이제껏 방문했던 어느 도시와도 전혀 판이한 분위기임을 알 수 있었다.

도시를 지키기 위한 방벽인 듯 모래색의 벽 위로 꼭대기가 내다보이는 건물들은 무척이나 높았고, 하나같이 하얀 회반죽 같은 무엇인가로 빈틈없이 칠을 한지라 햇살을 받아 눈부시게 반짝반짝 빛나고 있다.

사막에 내리쏟아지는 강렬한 햇빛의 반사 때문에 쳐다보면 눈이 아프다.

사렌차의 큰 도시라는 말을 들었던 터라 막연하게 수인들의 마을이 비슷하게 큰 규모로 자리를 잡은 곳일까 하는 생각을 했었는데, 뭐라고 할까, 상상했던 모습보다 훨씬 더 하얗고 아름다운 도시였다.

"저기가 도시의 입구인가. 안쪽에 노점 비슷한 모습이 보이는군."

"네, 아마도 시장이겠지요. 상업의 나라답게 거주구 근처 도시의 입구에 큰 상업 지구를 조성했군요."

길 없는 길을 달려왔던 마차가 도시로 가까워짐에 따라 돌바닥으로 평평하게 포장한 길을 나아가게 되었고, 더 이동하자 모래색의 벽에 활짝 열려 있는 커다란 목제 문이 보였다.

그곳을 지키고 있던 경비에게 린이 뭔가 서류를 보여 주자 곧 안으로 통과시키더니 이대로 도시 안에서 가장 큰 건물이 있는 곳으로 가면 된다고 안내해 줬다.

고맙다는 말을 전하고 마차를 몰아 도시로 진입한 뒤 나아가자 곧장 또 새로운 풍경이 펼쳐진다.

하얗게 칠된 높은 건물이 쭉 늘어서 있는데 각 건물의 옥상을 서로 연결하는 모양새로 하얀색 커튼 같은 거대한 장막을 쳐 놓았고, 그것이 건조한 바람에 하늘하늘 흔들리며 거리에 일렁거리는 그림자를 드리우고 있다.

이렇듯 위쪽에 덮어 놓은 천은 아마도 햇빛을 차단하는 지붕의 역할을 해 주는 것이겠다. 바람에 펄럭이는 하얗고 큰 장막 아래에 소매점으로 보이는 가게가 잔뜩 늘어서 있고, 진열대 위쪽에는 다양한 색깔의 과일 및 어디에 쓰는지 알 수 없는 갖가지 도구류가 빼곡하게 놓여 있다. 뭔가 맛있을 것 같은 음식의 냄새도 풍기고, 음료로 보이는 마실 거리도 여기저기에서 팔고 있다. 천 아래의 그늘에서는 온갖 연령의 사람들이 제각각 시간을 보내고 있는데 제법 쾌적한 듯 보였다.

역시 사렌차는 상인의 나라인 만큼 시장에 활기가 가득한 모습이었다.

어떠한 상품이 진열되어 있을까 궁금해져서 마차를 내린 뒤 자기 다리로 걸어 다녀 보고 싶었지만.

마차가 전진함에 따라 포장된 길 저편에서 한층 더 눈에 띄는 하얗고 거대한 벽이 우뚝 서 있는 광경이 눈에 들어왔다.

"지금 우리가 가는 곳은 저 커다란 벽 너머인가?"

"네. 엄밀하게는 저 벽처럼 보이는 곳이 사실은 하나의 건물이라고 하더군요."

"저게 하나의 건물이라고?"

하나의 건물이라는 말을 듣고서 천천히 둘러봤더니 확실히 벽이 아니라 상자와 닮은 형태임을 알 수 있었다. 하지만 오래 쳐다보면 번쩍번쩍 빛나는 순백의 벽 때문에 눈이 좀 아픈 데다가 너무나 높은 탓에 목까지 뻐근해질 것 같다.

"『시간을 잊는 도시』라는 호칭 자체가 본래 저 시설 하나만을 가리키는 것이었다고 합니다. 저희가 지금 막 통과한 시가지는 『시간을 잊는 도시』에 체류하는 유복한 방문객들에게 장사를 하고자 상인들이 독자적으로 만들어 낸 부속 지역으로써 생겨났고, 본래는 전혀 계획한 것이 아니라고 합니다만……. 지금 와서는 상업 지구까지도 포함해서 『시간을 잊는 도시』라고 불리며 친숙한 곳이 되었다더군요."

"요컨대 그냥 하얀색 벽으로만 보이는 저곳이 목적지라는 말인가."

"네, 저도 소문으로 듣긴 했습니다만, 실제 마주하니 굉장히 놀랍습니다. 설마 이렇게까지 거대한 시설인 줄은 몰랐어요."

"저런 커다란 건물을 어떻게 지었을까……?"

린은 저 하얗고 큼지막한 상자 같은 구조물이 하나의 건물이라고 가르쳐 줬지만, 언뜻 봐서는 어떤 공법을 동원해야 저런 시설을 사람의 손으로 만들 수 있는지 상상조차 안 되는지라 실감이 솟지 않았다.

"제가 들었던 이야기에 따르면 사렌차에는 골렘을 활용하는 독자적인 건축 기술이 있다더군요. 다만 골렘을 사역할 수 있는 권한을 가진 인물은 사렌차에서도 극히 일부로 제한되는지라 저런 대규모 시설이 일반적이지는 않을 겁니다. 적어도 클레이스 왕국에서는 따라 할 수 없겠지요. 사람의 손만으로 저런 건물을 짓겠다면 아예 불가능하지는 않더라도 상당히 어려울 테니까요."

"……동감이군."

하얀색 벽은 일말의 틈도 없이 하얀색 도료로 반듯하게 칠이 되어 있었다.

창문 하나도 없는지라 마치 거대한 요새와 같은 인상이라서 내부가 편안하게 지낼 수 있는 곳인지는 알 수 없지만, 아무튼 감탄이 자꾸 나오는 아름답고 거대한 건물이었다.

성이라고 표현하기에도 너무나 크고, 내가 아는 어떤 건물보다도 커다란 벽이 저렇게 이음매 없이 만들어졌다는 것이 그저 오로지 감탄스럽다.

골렘이라는 도구를 쓴 덕분이라는 설명은 들었지만, 어쨌거나 인간의 의지로 만든 건축물이라니까 놀랍고도 굉장하지 않은가.

저것이『시간을 잊는 도시』의 주인 라시드가 우리를 접대해 줄 곳이라고 한다.

그저 감탄을 거듭하며 마차로 가까이 다가가자 건물의 바로 앞쪽에 또 하나 관문 비슷한 장소가 있었는데 경비로 짐작되는 인물이 우리를 불러 세웠다.

“멈춰 주십시오. 이 앞은 특별 구획이온지라 일반 방문객의 출입은 제한되어 있습니다.”

“저희는 클레이스 왕국에서 온 사람들입니다. 통과할 수 있겠습니까?”

“소식은 이미 전달을 받았습니다. 절차상 신분 증명서를 보여 주십시오.”

“네, 여기 있습니다.”

“—감사합니다, 확인 완료되었습니다. 자, 들어가시지요.”

린이 뭔가 서류를 내밀자 문지기는 딴소리 않고 안으로 들여보내줬다.

그대로 이네스가 마차를 몰아 전진했고, 하얀 거대한 벽에 뻥 뚫려 있는 자그마한 입구 비슷한 구멍이 눈에 들어온다.

그런데 멀리서는 작게 보였던 구멍이 막상 가까이 다가갔더니 우리가 탄 커다란 마차도 여유롭게 열 대는 동시에 지나갈 수 있을 만큼 거대한 구멍이었다.

건물이 너무 지나치게 큰 탓에 크기를 가늠하는 감각이 어긋나는 기분이다.

입구 부근까지 마차를 몰아가자 또 한 명의 인물이 마중을 나왔다.

“어서 오십시오, 『시간을 잊는 도시』입니다. 저는 찰나나마 여러분의 안내 역할을 담당하게 된 쿠론이라고 합니다.”

그 남성은 어제 수인들의 마을에 나타났었던 두 사람과 똑같은 까만 옷을 입고 있었다.

기다란 머리카락을 머리 뒤쪽에서 묶어 놓았고 눈초리가 약간 매서운 남자는 장갑을 낀 한쪽 손을 가슴에 가져다 대며 우리에게 정중히 인사했다.

"여러분의 방문 소식은 라시드 영주님께 들어서 알고 있습니다. 먼 길을 오시느라 고생 많으셨습니다. 이제부터 시설 내부로 안내해 드리겠습니다. 마차는 담당자가 곧 대기소로 이동시켜서 관리하겠사오니 이대로 두고 들어가셔도 괜찮습니다."

"알겠습니다. 잘 부탁드립니다."

우리는 다 같이 타고 온 마차에서 내린 뒤 까만 옷 남자가 안내해 주는 대로 하얀색 벽에 뻥 뚫린 커다란 터널 같은 입구를 지나 거대한 시설 안으로 들어갔다.

다만 안으로 한 발짝 걸음을 들여놓는 순간에 나는 놀라서 멈춰서고 말았다.

"이게…… 도대체 어떻게 된 거야?"

건물 바깥쪽이 하얀색 벽만 보이고 창문도 없이 살풍경했기에 자연스레 안쪽도 비슷한 느낌일 것이라고 생각했지만, 한 발짝 내부로 발을 들여놓았더니 그곳에는 도저히 믿기지 않은 신기한 광경이 펼쳐져 있었다.

"저건 새인가? 안쪽에는 작은 동물도 있군. 게다가 저쪽에 흐르는 건 혹시 강인가? 물고기도 잔뜩 헤엄치고 있고……. 산이나 숲 같은 지형도 보인다만."

바깥은 분명 불모의 사막이었는데 건물 안쪽에는 다종다양한 식물이 우거지게 자라났고, 작은 냇물로부터 맑은 물이 흘러드는 연못 둘레에는 갖가지 색을 띤 꽃이 흐드러지게 피어나 있다.

주변에는 제법 오랫동안 나이를 먹은 나무가 쭉 늘어서서 숲과 다를 바 없었고, 가지 위에서는 새가 둥지를 틀어 놓았는지 갖가지 울음소리가 들려온다.

귀를 기울이면 우리의 등장에 놀란 동물이 바위 위를 뛰어서 도망치는 듯한 발소리도 들리고, 부근에 떠다니는 마른 잎과 흙의 냄새며 살짝 축축한 공기의 흐름도 진짜 숲속에 온 듯한 느낌이다.

……이곳이 도저히 건물 안이라는 생각은 들지 않았다.

마치 길을 잃었다가 뜻하지 않게 낯선 휴양지로 잘못 들어온 것 같았다.

"도대체 뭐가 어떻게 된 거야……?"

신기해서 주변을 두리번두리번 살펴보는 나에게 안내 담당이라는 긴 머리카락 직원이 설명해 준다.

“저것들은 세계 각지에서 저희 시설이 수집(컬렉션)한 동식물입니다. 개중에는 희소가치가 대단히 높은 품종도 있사오나 모두 이렇듯 개방된 곳에서 사육하고 있지요. 본 시설에 방문해 주신 손님들의 눈을 즐겁게 해 드리는 것도 저희 시설의 목적 중 하나인 까닭입니다.”
“그런가. 굉장하군.”

사막 한복판의 건물 내부에 온갖 생물이 자리를 잡고 살고 있으며 전혀 다른 토지의 환경이 재현되어 있다. 하지만 내가 그 이상으로 놀란 부분은 건물 내부의 쾌적함이었다.
안쪽이 무척 밝다는 생각은 했는데 위를 올려다보면 멀리 저편에 보이는 천장 전면이 유리처럼 투명한 판으로 덮여 있었다. 구름 한 점 없는 푸르른 하늘을 훤히 둘러볼 수 있는 데다가 저 위쪽으로부터 내부로 강한 햇살이 비쳐 들어온다.
그럼에도 불구하고 전혀 덥지가 않다. 그뿐 아니라 어딘가에서 기분 좋은 바람이 불어와 주변에 자라난 나무들의 잎을 살랑살랑 흔들고 있다.
이게 도대체 어떻게 된 노릇인가. 내가 무의식중에 걸음을 멈추고 멀리 천장을 올려다보고 있자니 옆쪽에서 린도 나와 비슷하게 천장을 올려다보며 묻는다.

“왜 그러시나요? 노르 선생님.”
“이렇게 실내에 강한 햇빛이 비치는데도 이곳이 시원한 건 무슨 이유 때문인지 궁금해져서 말이야.”

"그렇군요. 혹시 얼음과 바람의 복합 마법으로 냉방을 하는 걸까요? 왕도에도 비슷하게 실내를 쾌적하게 유지하기 위한 온도 조절 기술은 있습니다만, 이토록 대규모로 구현한 사례는 저도 본 적이 없습니다."

"아하? 우리가 타고 왔던 마차에 달린 냉방기와 비슷한 원리인 건가."

"네, 기술의 수준이 전혀 다르긴 합니다만."

"—역시 영민하십니다."

내가 불현듯 떠올린 의문에 린 다음으로 까만 옷 남자도 설명을 시작했다.

"저희 시설은 시설 전역을 항상 쾌적하게 유지하기 위하여 주로 『망각의 미궁』에서 산출되는 미궁 유물을 활용하는 섬세한 공조 설비를 가동 중입니다. 컬렉션된 동식물도 서식지와 유사한 환경이 아니면 오래 살아가지 못하는 터라 제각각 생태에 맞춰 전문 직원이 하루도 거르지 않고 온도와 습도를 관리하고 있지요."

"아마도 건물 바깥에 창문이 보이지 않는 까닭도 내부에서 조정한 공기가 바깥으로 빠져나가지 않도록 막기 위함이겠군요. 게다가 이렇게나 많은 동식물이 살 수 있도록 환경을 조정하는 섬세한 기술이라니……. 정말 굉장합니다."

"칭찬의 말씀을 듣게 되어 영광입니다."

나는 알지 못했는데 린에게 듣자 하니 클레이스 왕국에도 비슷한 기술은 있었나 보다. 이네스가 착용한 갑옷에도 비슷한 장치가 있다고 하고.

쭉 무더운 사막을 오가면서도 이네스가 어떻게 두꺼운 갑옷을 입은 채 시원한 표정을 지을 수 있었는지 줄곧 의문을 느꼈었는데 뜻밖의 장소에서 수수께끼가 풀렸다.

확실히 그런 장치라도 마련해 두지 않으면 사막에서는 더위 때문에 도저히 갑옷을 입고 다니지 못할 것이다.

더워도 편안하게 지낼 수 있는 기술이 제법 다양하게 있었다는 사실에 내가 감탄하면서 모두의 뒤를 따라 걸어가던 중 안내 담당 남자가 갑자기 멈춰 섰다. 걸음을 멈춘 남자의 뒤쪽 하얀색 벽에는 무슨 재질인지 알 수 없는 투명하고 커다란 문이 있었고, 그 안쪽으로 기다란 통로가 쭉 이어져 있는 광경이 보인다.

"이 너머는 『본관』의 내부에 해당되는 곳입니다. 따라서 부득이하게 여러분의 소지품을 맡아 두고자 하는 바입니다."

"소지품을, 말입니까? 저희는 꼭 필요한 물품만 챙겨 들어왔습니다만. 그 말씀은 요컨대—."

남자의 말에 린은 당황하는 모습이었다.

"바로 알아차리셨군요. 손님들께서 갖고 계시는 무기류는 잠시 저희가 **전부**를 보관하고자 합니다. 이후에 더 안쪽으로 이동하신 뒤 다른 담당자의 안내에 따라 저희가 준비한 의상으로 갈아입고 시설을 즐겨 주시면 됩니다.”

“그 말씀은 대체……. 무슨 의도입니까?”

“달리 속셈이 있지는 않습니다. 단지 이곳은 많은 손님들께서 방문해 주시는 유흥 시설이온지라 시설 내부로 입장하실 때는 다른 손님들께 해를 끼칠 우려가 있는 **위험물**의 반입을 금지할 뿐입니다. 모든 손님께서 안심하고 저희 시설을 이용하실 수 있도록 아무쪼록 양해를 부탁드리겠습니다.”

“……자신의 몸을 지키기 위한 최소한의 물품도 소지가 안 되는 겁니까?”

“—예외는 없습니다. 모든 손님께 같은 규칙이 적용됩니다. 저희에게는 방문해 주신 모든 손님분들의 안전을 지켜 드릴 책무가 있습니다. 대단히 송구하오나 멀리 다른 나라로부터 오신 손님일지언정 특별 대우를 해 드릴 순 없군요. 당연히 뭔가 불의의 문제(트러블)가 발생했을 경우에는 저희 직원(스태프)들이 책임을 지고 대응하겠사오니 모쪼록 안심해 주십시오.”

그렇게 말한 뒤 장발의 까만 옷 남자는 린을 향하여 정중하게 예를 갖췄다.

“—아울러 저희 시설에는 내빈분들께서 즐거운 시간을 보내실 수 있도록 다양한 기구를 갖춰 놓았습니다. 라시드 영주님께서 『재정 유희』를 개시하기 전까지 손님들께 최대한 정성을 다해 접대하도록 분부를 내리셨습니다. 물론 비용은 일절 발생하지 않사오니 모쪼록 편안하게 즐겨 주시기를 바라는 바입니다."

우리를 이곳까지 안내해 준 남자는 신사적인 웃음을 지은 채 시설을 마음껏 즐기라며 말을 건네고 있지만.

린의 표정은 무척 불안해 보였다.

"……혹시 노르 선생님께서는, 어떻게 생각하시는지요?"

"딱히 상관없지 않나? 무슨 일이 생겨도 직원들이 대응해 준다고 하고. 게다가 이네스도 같이 있잖아?"

"……그랬지요."

이네스는 본래 무기를 아예 소지하지 않는지라 맡기고 말고 실랑이를 할 필요도 없다.

뭐, 내가 보기에는 이네스 본인이야말로 주변에 있는 어떤 무기와도 비교가 안 될 만큼 터무니없는 위험물인지라 괜한 짓이라는 생각만 들 뿐이지만.

……물론 이런 소리는 본인 앞에서는 입이 삐뚤어져도 못한다.

"린네부르크 님, 확실히 노르 공의 말처럼 저는 장비 없이도 임무에 지장은 발생하지 않습니다. 혹여나 무슨 일이 발생하면 제가 대응하겠습니다."

"그렇죠, 알겠습니다. 실레느 씨, 로로도 괜찮겠어요?"

"네. 린네부르크 님의 지시라면 저는 물론 상관없습니다."

"응, 나도 괜찮아."

"양해해 주시겠다니 다행이군요. 그럼 소지품을 맡아 두도록 하겠습니다."

린은 나와 이네스의 대답에 납득한 듯 언제나 갖고 다니며 사용했던 검과 허리춤에 달아 놓았던 단검, 그리고 푸른 보석이 박혀 있는 작은 지팡이를 장발 직원에게 내밀었다. 린에 이어서 실레느는 활을, 로로는 요리를 할 때 쓰던 단도(나이프)와 호완을 각각 건넸고, 남자는 받아 든 물건들을 벽 앞에 설치된 비싸 보이는 고급 천이 깔린 선반 위쪽에 정중히 올려놓았다.

"자, 다음은 손님 차례이십니다."

그렇게 나도 일행들을 따라서 장발 직원에게 『흑색의 검』을 건네주고자 했지만.

직전에 문득 생각이 미쳐서 손을 멈췄다.

"왜 그러십니까? 손님."

"정말 이 녀석을 덜컥 건네줘도 괜찮을지 걱정이 돼서 말이야."

"……그 말씀은, 저희를 신용할 수 없다는 뜻으로 해석해도 되겠습니까?"

장발 직원은 갑자기 눈을 번뜩이며 미간을 잔뜩 찌푸리고 나를 쳐다봤다.

아무래도 내가 직원에게 검을 건네고 싶어 하지 않는다는 의미로 받아들인 것 같았다.

"아니, 그런 뜻은 아닌데……. 이 검이 굉장히 무겁거든? 혼자 들어서 옮길 수 있을지 조금 불안한데."

"――허, 무슨 말씀을 하시는 겁니까."

내가 걱정하는데도 남자는 피식 웃더니 어깨를 으쓱거렸다.

"……실례, 배려에는 대단히 감사하는 바입니다. 하오나 부디 걱정하지 마시길. 저희는 평소부터 다소 거친 업무도 수행하는 입장상 제법 단련되어 있습니다. 손님의 소지품이 아무리 무거울지라도 전혀 문제는 되지 않습니다."

"그런가. 그럼 건네줄 텐데……. 정말 조심해 줘. 겉보기보다 많이 무거우니까."

"손님. 저희도 프로입니다. 손님의 귀한 소지품에는 흠집 하나도 내지 않습니다. 걱정은 전혀 할 필요가 없으십니다."

"검에 흠집이 날 걱정은 전혀 안 하는데……. 제발 다치지 않게 조심해 주면 좋겠군?"

"걱정할 필요 없다고 지금 막 말씀드리지 않았습니까. 아니면 달리 저희에게 건네주고 싶지 않은 이유가 있는 겁니까?"

"아니, 아무것도 없다만."

"그렇다면 어서 맡겨 주십시오. 결코 함부로 취급하지는 않겠습니다."

내가 검을 건네도 되나 망설이고 있자니 직원 남자는 대번에 언짢아하는 내색을 했다.

말은 정중한데 이마에 핏대가 섰고, 한층 더 매서운 눈으로 나를 노려본다.

이 남자는 성질이 꽤 급한 인물인지도 모르겠다.

내가 손에 들고 있는 『흑색의 검』은 모두들 처음 무게를 겪어 보면 무척 놀라는 터라 조금 더 자세하게 설명을 한 뒤 건네주는 편이 좋다는 생각도 들었지만……. 뭐, 실력에 제법 자신이 있는 듯하니 괜찮겠지.

아마도.

"혹시 무거워서 버티기 힘들면 그냥 바닥에 떨어뜨려도 괜찮아. 위험하니까 바로 손에서 놔 버려. 자기 안전을 챙기는 것을 첫 번째로 생각해 줘."

"명심하겠습니다, 손님. 그런데 한마디만 말씀을 드려도 괜찮으실지요? 이것은 제가 올리는 사소한 **충고**로써 받아들여 주시기를 바라는 바입니다만."

남자는 장갑을 낀 한쪽 손을 내밀면서 날카로운 눈으로 나를 노려

봤다.

“아무리 **미개**한 이웃 나라에서 오신 손님일지언정 저희 『시간을 잊는 도시』 소속의 직원을 우습게 보는 발언은 그닥 달갑지 않군요. 저희 직원들도 프로로서 긍지(프라이드)를 가지고 있습니다. 저희의 일상 업무에는 손님의 신변 경호뿐 아니라 업무 시간의 중간중간에 근방의 무뢰배 집단을 처리하는 것 또한 포함되는지라. 기껏해야 검 한 자루의 대처에 곤경을 겪을 나약한 작자는 단 한 명도 없단 말입니다. —아니면 이것은 설마 클레이스 왕국 출신끼리 통하는 농담(조크)입니까……? 글쎄요, 차마 이해가 되지 않는 유머 감각이군요.”

남자는 또박또박 정중하게 말은 하고 있는데 목소리는 으르렁거리는 것처럼 나지막하고 이마에는 아까보다 더욱 뚜렷하게 핏대가 선 모습이다.

아무래도 상당히 화난 듯싶다.

“어, 뭔가 미안하군……? 알았어, 진짜로 준다? 조심해야 한다?”

“아닙니다. 저도 본 시설의 보안 부문 책임자인지라 다소 강하게 말씀을 드리고 말았습니다. 아무쪼록 양해를 부탁드리겠습니다. 그럼 저에게 맡겨— 흐엉끄읍흐아아압?!”

나를 향해서 내미는 손바닥 위로 살며시 『흑색의 검』을 올려놓은 순간, 아니나 다를까, 남자는 검과 함께 바닥으로 푹 꺼져 들어갔다. 다만 놀랍게도 남자는 무릎 부근까지 바닥을 파고 들어갔는데도 검을 떨어뜨리지 않고 제대로 서서 버티고 있다. 그러나 역시 『흑색의 검』이 상상보다 무거웠는지 표정은 고통에 차서 일그러졌고, 목구멍 안쪽으로부터 자꾸 기괴한 소리가 나오기 시작했다.

이대로 두면 아무래도 위험할 것 같았기에 나는 남자를 도와주고자 손을 뻗었으나 남자는 오히려 매서운 눈길로 나를 노려보면서 견뎌 냈다.

"—끄엉, 하아압!"

경탄스럽게도 남자는 자세를 유지한 채 검을 떠받치고 있다.

이상한 목소리가 새어 나오고, 하체는 안짱다리이고, 이마에 핏대가 불끈 섰고, 얼굴은 죽을상인데도 끝끝내 검의 무게에 저항하고 있다. 제법 단련을 했다는 말은 진짜였나 보다.

다만 잠깐이나마 『흑색의 검』의 무게를 견딘 것은 대단하나 분투를 한 보람도 없이 곧바로 검은 남자의 손을 빠져나가서 굉음을 울리며 바닥으로 파묻혔다.

그 충격으로 건물 바닥과 벽에 커다란 균열이 생긴다.

"괜찮나?"

"……."

걱정돼서 무심코 말을 건넸는데 장발 직원은 내가 왕도의 공사 현

장에서 힘자랑을 하던 동료에게 처음 『흑색의 검』을 들려 줬을 때와 똑같이 감정이 싹 사라진 눈빛으로 갈라진 바닥을 바라보고 있었다.

그 동료는 그때 이후로 『흑색의 검』을 볼 때마다 몹시 겁에 질려서 질색할 뿐 아니라 나에게도 전혀 다가오려고 하지 않으며 거리를 두게 되었지만……. 이 남자도 그때의 동료와 완전히 같은 표정을 짓고 있다.

"……조금 위험했군. 아무튼 다치지는 않아서 정말 다행이야."

아주 살짝만 떨어뜨린 위치가 어긋났다면 검은 남자의 다리를 묵직한 칼 몸으로 부숴 버렸을 것이다. 이런 사태를 예상했던지라 사전에 거듭 「조심해라」라고 말은 했지만, 역시나 말로 온전히 진심을 전하는 것은 많이 어렵다.

"시, 실장님? 무슨 일입니까……?! 바, 방금 전 흔들림은……?! 시, 실장니이임?!"

검이 낙하한 충격으로 이변을 감지했는지 수많은 까만 옷 직원들이 달려와서 바닥에 푹 파묻힌 『흑색의 검』을 들어 올리고자 했으나 결국 아무도 검을 들어 올리지 못했다.

아무래도 내가 나서서 도와줘야 할 상황 같기는 한데……. 가만히 서서 굳어 버린 남자는 조금 전 본인들에게도 직업상의 긍지가 있으니 우습게 보지 말아 달라고 말을 했었다.

잠시 망설였지만 남자의 지난 언행을 떠올리면 괜히 돕겠다고 나서 봤자 오히려 민폐를 끼칠 수 있겠다는 생각이 들어서 뒷수습은 직원들에게 맡기기로 했다.

"그럼 미안하지만 뒷일은 부탁하지. 무거워서 못 옮기겠으면 되도록 사람을 많이 부르는 게 좋겠군. 다만 억지로 옮기려고 하면 위험하니까 정 감당이 안 되면 그냥 바닥에 묻힌 채 놔둬. 나중에 내가 꺼내러 올 테니까."

"……예, 예에?"

"오래 기다렸지. 미안하다, 린. 이제 가볼까."

"네, 네에."

바닥에 파묻힌 『흑색의 검』을 어떻게 수습해야 할지 당황하는 수많은 직원들에게 뒷일을 맡긴 채 나는 가만히 기다려 주고 있던 나머지 일행들과 함께 다른 담당 직원이 대기 중이라는 시설의 안쪽으로 향했다.

140 시간을 잊는 도시 2

"건물 안에도 식물을 참 다양하게 심어 놨구나."

"네. 하나같이 클레이스 왕국에는 없는 식물입니다. 저도 도감으로만 봤던 품종이 잔뜩 있군요……. 이렇게나 희소한 식물을 폭넓게 수집했다는 것이 정말이지 놀랍습니다."

우리는 건물 안쪽에서 만난 몸집이 작은 직원에게 안내받아서 끝없이 이어지는 것 같다는 생각이 드는 긴 복도를 걷고 있었다.

그런데 복도가 정말 굉장했다.

복도 자체는 그냥 똑바로 만들어 놓은 통로인데 양쪽 벽면의 거의 모든 부분에 투명한 자재를 써서 그곳으로 다양한 색깔을 띤 동식물을 구경할 수 있는 구조였고, 거대한 건물의 안쪽 깊숙한 곳으로 나아가는 우리의 눈을 끊임없이 즐겁게 만들어 주었다.

가끔 박식한 린이 동식물의 생태에 대해 자세하게 설명을 해 주고, 감탄한 우리가 고개를 끄덕거리며 걷고 있자니 차츰 복도의 저 너머로 짙은 푸른색을 띤 벽이 나타나기 시작했다. 처음에는 그냥 도료로 파랗게 칠한 벽이겠거니 생각을 했었지만, 가까이 다가가자 벽 안에 여태껏 본 적이 없는 크고 작은 갖가지 다양한 종류의 물고기가 헤엄치고 있는 광경이 보였다.

“……설마, 벽을 수조로 만들었나?”

수조라는 표현을 써도 되는지 망설여질 만큼 거대하고 투명한 벽은 긴 복도의 저편까지 끊임없이 이어지고 있는 모양새였다.

바로 앞쪽에 서서 바라보니 마치 어딘가 호수 밑바닥에 서 있는 듯한 기분이었다.

다시금 건물의 내부 같지가 않은 신기한 광경이 눈앞에 출현한 터라 우리가 멍하니 멈춰 서 있던 때 어느 틈인가 우리를 이곳까지 안내해 줬던 작은 몸집의 직원은 모습을 감췄고, 그 대신 낯익은 까만 옷을 입은 여성이 등장했다.

“어서 오십시오, 방문을 환영합니다. 본 시설의 지배인을 맡고 있는 멜리사라고 합니다”

불쑥 나타난 저 인물은 어젯밤 한쪽 눈이 없는 수인 남성과 함께 라시드의 뒤쪽에 서 있었던 훌쭉한 여성이었다. 여성은 우리를 향해 미려한 동작으로 인사를 올린 뒤 간단히 자기소개를 하고 가만히 서서 해설을 하기 시작했다.

“보안 책임자 쿠론도 여러분께 설명을 했을 터이나 이제부터 본 시설을 이용할 때 착용해 주시고자 하는 의상을 안내해 드리겠습니다.”

“의상, 말입니까?”

“예, 본 시설에서는 방문해 주신 손님께 고품질 서비스를 제공하기 위하여 각각의 환경에 적합한 의상을 다수 구비하고 있습니다. 손님에 따라서는 선호하는 복장을 직접 지참하시는 경우도 있습니다만, 이번에는 급히 예약을 받은 방문이었기에 저희가 성심껏 준비했습니다. 모쪼록 확인하신 뒤 수령해 주십시오."

멜리사라고 이름을 밝힌 작은 몸집의 까만 옷 여성은 비싸 보이는 고급 가죽 가방(트렁크)을 내밀었고, 이네스가 앞에 나서서 받아 들었다.

곧이어 내용물은 확인한 린은 놀라서 눈이 동그래졌고, 이네스는 살짝 눈살을 찌푸렸다.

"저희가 안에 들어가려면 이 옷으로 갈아입을 필요가 있단 말인가요?"

"물론 강제는 하지 않습니다. 다만 곧 안내해 드릴 공간은 물놀이를 즐기기에 적합하도록 환경을 설정한 곳입니다. 아울러 다른 손님들도 계시는 곳이니만큼 평상복 차림으로 입장하시면 주변과 어울리지 않을 것입니다."

"그 안에 뭐가 들어 있는데?"

두 사람의 떨떠름한 반응이 의아했기에 무심코 끼어들어서 물었더니 린이 당황하는 표정으로 내게 답했다.

"……이것은 이른바 수영복이군요."

"수영복?"

"요컨대 저희가 곧 안내를 받아 입장하는 곳은 물속에서 헤엄을 칠 수 있는 장소라고 생각하면 되는 겁니까?"

"그렇습니다. 물론 물놀이를 꼭 강권하는 것은 절대로 아닙니다. 어떤 방식으로 즐기시든 저희는 손님의 자유를 전적으로 존중합니다."

"……이네스, 어떻게 할까요."

걱정이 담긴 눈빛으로 린이 이네스를 바라보자 멜리사가 말을 덧붙인다.

"—부디 오해는 마시기를 바라며 먼저 말씀드립니다. 혹여 걱정하고 계실 것으로 짐작되는 이후 『재정 유희』에서 여러분께 불리하게 작용할 만한 **장치**는 일절 없습니다. 이것은 어디까지나 본 시설의 주인 라시드 님께서 굳이 먼 곳까지 와 주신 손님분들께 표시하는 접대의 마음으로 이해해 주시면 감사하겠습니다."

"……접대, 말입니까."

"예. 『재정 유희』의 준비가 끝날 때까지는 다소 시간이 걸릴 예정입니다. 그때까지 부디 편안하게 휴식을 취하시기를 바라는 배려의 마음으로 사료됩니다. 이쪽 구획은 본래 본 시설의 상급 회원에게만 입장이 허락되는 곳인지라 비회원이신 분들을 안내해 드리는 것은 대단히 특별한 사례인 줄 압니다. 물론 안전의 측면도 저희가 보증하오니 안심해 주십시오."

"……잠시 내용물을 확인해 봐도 괜찮으실까요."

"물론입니다, 충분히 시간을 들여 확인하십시오."

린은 이네스와 눈을 마주친 뒤 꼼꼼하게 트렁크의 내용물을 확인했다.

"어떤가요, 이네스."

"……아무래도 정말 아무것도 없는 듯합니다."

"알겠습니다. 이 의상은 저희가 받아 가도록 하죠."

"이해해 주셔서 감사합니다. 그럼 복장을 갈아입을 수 있는 방이 이쪽 복도의 끝 쪽에 위치하오니 안내해 드리겠습니다. 남성용과 여성용 둘로 나뉘어 있습니다만, 그곳에서 바깥의 출구는 같은 장소로 연결됩니다. 각각 자유롭게 이용해 주시기 바랍니다."

그 말에 돌아봤더니 넓은 복도의 안쪽에 각각 남자와 여자처럼 생긴 그림을 그려 넣은 금속판이 있다.

자주 이용하는 왕도의 공중 목욕탕과 비슷한 구조라서 쉽게 알아볼 수 있었다.

"아울러 여성분들께서 옷을 갈아입으실 곳에는 저 또한 동행하겠습니다. 건네드린 의상은 다소 착용에 요령이 필요한지라. 다만— 대단히 죄송하오나 남성분들은 스스로 환복을 마쳐 주십시오. 여성용과 달리 착용하는 데 특별히 안내가 필요한 의복은 아닙니다만, 혹시 도움이 필요하시다면 담당 직원을 보내 드리겠습니다. 부담 없이 분부해 주십시오."

"알았어, 고마워."

내가 남성용 트렁크를 받아 들고서 감사의 뜻을 전하자 멜리사는 또 살짝 몸을 굽혔다.

"그럼 나와 로로는 저쪽이군."

"네, 로로, 노르 선생님. 잠시 후 뵈어요."

"그래."

그렇게 우리는 곧바로 갈라진 뒤 제각각 탈의실에 들어가서 옷을 갈아입기로 했다.

막 건네받은 가죽 가방의 내용물은 대강 무릎까지 오는 반바지였는데 언뜻 보기에는 평범했지만 고급품인지 촉감이 무척 좋았다. 멜리사의 말대로 착용하는 데 딱히 요령이 필요하지 않은 평범한 반바지였고.

나와 로로는 금세 환복을 마치고 여성 일행들과 합류하기 위해 탈의실에서 나온 뒤 안내 간판을 따라 긴 계단을 올라갔는데 그렇게 어둑어둑한 통로를 쭉 나아가던 중 갑자기 밝은 장소가 나타났다.

이 건물은 놀라움의 연속이었던지라 이제 어지간한 광경을 보고 놀라지는 않을 것이라고 생각했었지만.

"……건물 안쪽에 호수가 있다?"

긴 복도를 지나 나가자 그곳에는 태양의 햇살을 받아 반짝반짝 빛나는 큰 호수가 있었다.

호수 안쪽에서는 아슬아슬한 의상을 입은 남녀가 시끌벅적 떠들며 물을 차거나 내리쬐는 태양 아래에서 즐겁게 놀고 있다.

위를 올려다보면 저 멀리 투명한 천장이 보였기에 이곳은 여전히 건물 안이고 몹시 큰 놀이방 비슷한 곳임은 알 수 있었지만.

건물의 내부라는 사실을 자꾸 잊어버릴 것 같았다.

"노르 선생님. 오래 기다리셨습니다."

목소리가 들린 방향으로 돌아보니 린과 이네스, 실레느가 있었다.

모두 우리와 마찬가지로 옷을 갈아입고 수영복 차림이다.

"이런 차림으로 남성분들과 함께한다는 게 조금 이상한 느낌이네요."

"그러게. 뭐, 나도 다소 위화감은 느껴지는데 왕도에도 이렇게 헤엄을 치기 위한 목욕탕이 있다는 말은 들어 봤어. 아마 익숙해지기만 하면 별문제는 없겠지."

"그렇겠죠. 왕도의 연병장에도 비슷한 훈련 시설이 있습니다. 그런 곳이라고 생각하면 저도 특별히 신경이 쓰이지는 않아요."

저마다 피부 노출이 제법 많은 의상을 입었지만 린과 이네스는 당당하게 행동하고 있다.

한편 실레느는 이런 차림새가 도무지 적응되지 않는 탓인지 후드가 달린 하얀색 겉옷을 걸치고 다른 두 사람의 뒤쪽에 숨다시피 하며 끊임없이 주위의 시선을 신경 쓰는 모습이었다.

실레느의 경우는 평소와 피부 노출이 거의 다를 바 없는 것 같기도 한데.

"여러분, 모두 굉장히 잘 어울리십니다. 이 구획은 저쪽에 있는 물속에 들어가셔야 쾌적해지는 것을 전제로 설계되어 있사오니 혹여나 몸이 뜨겁게 느껴지시면 이대로 물놀이를 즐기시는 것을 검토해 주십시오."

멜리사의 설명대로 이 공간은 상당히 덥다.

물놀이에 딱 적당한 기온으로 조정했다는 말이 맞을 것이다.

멜리사 본인은 여전히 까만 옷 차림이라서 더워 보였지만, 처음 만났을 때부터 지금까지 쭉 차분한 표정을 짓고 있었다. 저 복장에도 이네스의 갑옷처럼 체온 조절을 위한 편리한 기능이 달려 있는 것일까.

이렇듯 딴생각을 하던 중 나는 문득 물속에서 움직이는 형체를 발견했다.

호수로 가까이 다가가서 들여다봤더니 감탄이 나올 만큼 깨끗하고 맑은 물 안쪽으로 갖가지 색을 띤 물고기가 유유히 기분 좋게 헤엄 치고 있는 모습이 보였다.

"혹시 저건 아래쪽 수조에서 봤던 물고기들인가?"

"짐작하시는 바가 맞습니다. 호수 전체가 내부로부터 연결되어 있는 구조지요."

"전체가? 정말 굉장하군."

"눈으로 즐기는 한편 물고기와 함께 장난을 칠 수도 있는 이 수조는 본 시설의 자랑입니다."

"꽤 많은데 몇 마리쯤 잡아서 먹어도 별로 문제는 없겠군?"

"……관상용입니다, 부디 자제해 주시길 바랍니다."

"그런가. 아쉽게 됐군."

쓱 봤더니 살이 통통하게 붙었고 기름져서 무척 맛있어 보이는 녀석도 있는지라 정말 아쉽기는 한데 관상용이라고 상대가 못을 박았으니 어쩔 수 없겠다.

"그러면 저는 이만 실례하겠습니다. 여러분의 시중을 담당할 직원은 항상 바깥에서 대기 중이오니 무엇이든 용건이 생기시거든 바로 분부를 내려 주십시오."

"네, 감사합니다."

"적당히 시간이 지난 이후에 다시 맞이하러 오겠습니다. 그때까지 모쪼록 편안하게 즐겨 주시기를 바랍니다."

멜리사는 다시 인사를 올린 뒤 약간 불안감이 담긴 시선으로 나를 바라보면서 커다란 호수가 있는 공간의 바깥으로 나갔다.

그렇게 떠나가는 모습을 지켜보다가 린은 한 차례 작게 한숨을 쉰다.

"……그나저나 적의 속셈에 꼼짝 못하고 당해 버린 기분이네요. 『재정 유희』의 내용도 분명하지 않은데 말이죠. 지금까지 딱히 함정이라고 할 만한 수작은 발견하지 못했습니다만, 별로 마음을 놓은 채 즐기고 싶은 마음은 들지 않아요."

아무래도 린은 이곳에 오고 나서도 줄곧 긴장을 늦추지 않았나 보다.

다만 이곳은 아무리 봐도 물놀이를 하기 위한 곳이고 우리도 완전히 놀러 온 복장이다. 인공 호수가 있는 널찍한 공간 안으로 즐겁게 떠들어 대는 목소리가 울려 퍼지고 있다.

"이왕 왔는데 그냥 즐기면 되지 않을까? 내가 보기에 이곳은 클레이스 왕국에는 없는 재미있는 요소가 굉장히 많고, 다른 데서는 못 보는 볼거리도 꽤 있어. 마음껏 즐기지 않는 게 손해 같은데."

"……그 말씀도, 맞습니다. 확실히 선생님의 말씀대로 다른 나라의 우수한 문화를 흡수해서 귀국한 뒤 보고하는 것도 저희의 역할 중 하나였지요. 게다가 승부 이전에 너무 긴장하면 괜히 지치기만 할 뿐이니까 좋을 게 없습니다. 알겠습니다. 합리적으로 생각해서 저도 즐겨야 할 때는 즐기도록 하죠."

"그래, 잘 생각했어."

린은 곧바로 기분을 전환했는지 웃는 얼굴로 반짝이는 호수를 바라봤다.

그 시선이 향하는 곳에는 물가에서 당황하는 실레느가 있었다.

"수, 수심이 너무 깊지 않나요……? 앗. 여기에 들어가는 건가요? 정말로?"

"네. 이왕 왔으니 헤엄쳐 보죠, 실레느 씨. 이 구획의 더운 공기는 물놀이에 맞춰 설정해 놨다잖아요."

실레느는 조금 전부터 겁먹은 표정으로 수면에 발끝을 폭폭 담갔다가 떼어 냈다가 하고 있었는데 어떤 마음인지는 나도 대강은 이해가 됐다.

호수의 물이 너무나 깊고 투명한지라 언뜻 보기에는 높은 곳에 서 있는 듯한 착각이 든다.

그래서 물가로 접근하는 것을 은근슬쩍 피하고 있었지만.

혹시 실레느도 나와 비슷한 걸까. 아니면 단순하게 헤엄을 못 치는 걸까.

"린네부르크 님. 저는 사양하겠습니다. 먼저 들어가시지요."

"아니에요, 저는 나중이어도 괜찮아요. 어서, 사양하지 말고요. 먼저 들어가세요."

"아, 아뇨! 배려에는 감사드립니다만. 사, 사실은 제가 사양하는 게 아니라, 도저히……. 히야아악?!"

"앗?"

린이 가볍게 등을 톡 밀어 주자 실레느는 요란하게 물보라를 일으키며 머리부터 물속으로 빠졌고, 그대로 석상처럼 몸을 경직시킨 채 바닥으로 잠겨 들어갔다.

잠시 기다려도 떠오르질 않는다.

"……전혀 떠오르질 않는군."

"시, 실레느 씨?!"

놀란 린은 곧바로 물속에 뛰어들어서 돌처럼 가라앉은 실레느를 구하러 갔다.

한편 이네스는 그런 두 사람의 행동을 팔짱을 낀 채 냉정하게 바라보고 있었다.

"이네스는 구하러 가지 않아도 괜찮은 건가?"

"아니, 나는 헤엄칠 수 없다."

"그런가. 뜻밖이군?"

"……헤엄이 서툴다는 뜻은 아니다. 호위 담당인 나까지 물에 들어가서 논다면 부적절한 행위라고 말한 것이지. 게다가 이미 린네부르크 님께서 구조하러 행차하셨다. 걱정을 할 이유가 아무것도 없잖나."

"뭐, 그렇긴 하군."

이네스와 둘이서 물속을 가만히 바라보고 있자니 린이 바닥에서 실레느를 꽉 안아 올라오는 모습이 보였다.

"오히려 실레느가 【왕도 육병단】 소속인데도 제대로 헤엄조차 못 친다는 것이 더 문제군. 특기 분야가 확실한 만큼 서투른 분야도 있다는 것이 이해되지 않는 건 아니지만……. 이후의 임무 수행을 고려하면 조금은 두려움을 극복하려는 노력도 해야 할 테지. 저런 꼴이어서야 여차할 때 지장이 발생한다."

"뭐, 그럴 수도."

헤엄을 잘 치지 못하는 사람은 자주 만나 본 경험이 있지만, 저런 경우는 처음 봤다.

보통 사람의 몸은 아무것도 하지 않으면 조금은 떠오르기 마련인데 방금 전 실레느는 어떻게 된 영문인지 똑바로 물속에 잠겨 들어갔다.

하지만 나 또한 서툴거나 두려운 것은 있지 않던가. 정 싫다면 어쩔 수 없다는 생각도 들기는 한다. 높은 곳을 싫어하는 내 약점도 요즘은 라라에게 단련을 받은 덕분에 예전보다 조금이나마 나아졌지만……. 무섭기는 역시 무섭다.

"그럼 이네스는 헤엄을 잘 치는 건가?"

"그래. 업무상 필요한 정도의 소양은 있지. 게다가 좋고 싫고를 따져 말하자면 좋아하는 편이고 더 나아가서 잘하는 축에 속한다."

"그럼 잠깐은 물에 들어가도 괜찮지 않나? 지금은 온도 조절이 되는 갑옷을 입은 것도 아닌데 가만히 서 있으면 덥잖아."

"……마음은 고맙지만 이 정도라면 나는 괜찮다. 조금 덥다는 이유로 직무를 방기할 순 없지."

그렇게 말한 뒤 팔짱을 끼는 이네스는 이마에 축축하게 땀이 배어난 모습이다.

왠지 사막에 있던 때보다 더 더워 보이는 느낌이었다. 아무래도 이네스는 그 은색의 갑옷을 장비하고 있는 상태가 더 쾌적한가 보다.

우리가 말을 주고받는 사이에 린이 실레느를 안아 들고서 수면까지 올라왔다.

"죄, 죄송합니다! 설마 실레느 씨가 헤엄을 전혀 못 칠 줄은……!"

"—코, 콜록! 아, 아니요. 『사냥꾼 병단』에서는 수영 훈련을 딱히 안 하는지라, 이제껏 물속에 들어갈 기회가 거의 없던 탓입니다……. 아, 앞으로는 열심히 훈련을 해야겠습니다."

뜻밖이었지만 실레느는 헤엄을 친 경험이 거의 없었나 보다.

그러고 보니 로로도 내 옆에서 바닥에 앉아 있을 뿐 물에 들어가려고 하는 기색이 없구나.

"로로도 헤엄을 못 치는 건가?"

"아니. 못 치는 건 아닌데."

"그럼 저쪽에 가서 같이 헤엄을 치는 게 어때? 여기는 덥잖아."

“하지만 나는 헤엄을 제대로 배운 게 아니라 그냥 물에 떠 있는 게 전부거든……. 어릴 때 발이 안 닿는 늪지에서 방치당한 적이 있어서. 그때 자연스럽게 익힌 게 다야.”

“그랬군……. 힘들었겠어.”

그러고 보니 나도 헤엄은 딱히 누군가에게 배웠던 것이 아니라 살던 산속의 오두막 근처에서 민물고기를 사냥하려고 애쓰던 중에 익히게 된 재주였다.

지금 와서는 수영이 나의 특기 중 하나이지만, 익숙지 않던 무렵에는 정말 고생을 했다.

어떤 때는 강의 물결에 밀려 떠내려가서 하류의 큰 폭포 아래로 굴러떨어졌고, 어떤 때는 미련하게 폭풍 이후의 잔뜩 불어난 물속에서 물고기를 잡으려다가 비 온 뒤 탁류에 쓸려 내려온 커다란 바위와 부딪혀서 물길에 덜컥 빠져 버리기도 했다.

몇 번이나 죽기 직전의 위기를 겪었기에 두 번 다시 똑같은 경험은 하기 싫었지만, 그런 실수를 거듭하는 사이에 자연스럽게 수영 실력이 향상되었다.

돌이켜 보면 왕도에서 자리를 잡고 살아가게 된 이후부터는 헤엄을 칠 기회도 전혀 없어졌지만.

“그럼 실레느 씨. 마침 좋은 기회이니 제가 헤엄치는 방법을 가르쳐 드릴까요?”

“앗……. 린네부르크 님께서요?”

"네, 이래 보여도 헤엄은 제법 잘 치는 편이거든요."

"아, 안 됩니다. 저 때문에 굳이……?! 소, 송구한걸요."

"괜찮아요. 실레느 씨라면 살짝 요령만 알려 드려도 금방 익힐 테니까요."

"그, 그렇습니까? 그, 그럼, 감사한 마음으로……?"

"네. 처음이니까 우선은 물에 익숙해지는 단계부터 시작하죠."

"아, 알겠습니다. 모, 모쪼록 살살 부탁드립니다……!"

그렇게 첨벙첨벙 물속으로 들어가는 두 사람을 나와 로로는 물가로부터 조금 떨어진 장소에 앉으며 바라보고 있었다. 이네스는 여전히 직립 부동의 자세를 유지하고 있었지만, 두 소녀를 눈으로 좇는 표정에는 은근한 부러움이 있는 듯 보이기도 했다.

참을 수 있다고 말은 했음에도 역시 덥기는 더운 까닭이겠지.

바깥보다는 훨씬 나을지언정 건물 안으로 비쳐 들어오는 햇볕이 강한지라 단지 가만히 앉아 있기만 해도 축축하게 땀이 배어 나오는 환경이다.

반면에 저 물속은 무척 기분이 좋아 보였다.

이네스에게는 미안한데 나도 슬슬 물에 들어가려고 생각을 한 그 때였다.

"꺄아앗?! 뭐, 뭐야, 저거?! 대체 어떻게 된 거야?!"

어딘가에서 큰 비명이 울려 퍼졌다.

너무나 긴박감이 가득 찬 여성의 외침에 나는 뭔가 사고로 맹수라도 이곳에 쳐들어온 것인가 싶어 급하게 주변을 둘러보며 경계했지만 딱히 위험한 요소는 없었다.

"뭔가, 갑자기. 무슨 일이야?"

"지, 짐승이야! 상급 구획에 짐승이 들어왔어!!"

고개 돌려서 바라봤더니 막 비명을 지른 여성은 내가 상상했던 대상과는 전혀 다른 누군가를 손가락질하고 있다.

여성의 손가락 끝이 가리키는 것은 물속에 있는 린과 손을 붙잡고 있는 실레느였다.

"어째서 이곳에 수인이 있는 건데?! 부, 불결해……. 이봐요, 이딴 더러운 물 빨리 교체해 줘요!"

"이보게, 직원들은 뭘 하고 있는 겐가?! 경비원은 어디에 있지?! 당장 저것을 쫓아내게나!"

조금 전까지 즐겁게 헤엄치며 놀던 사람들이 일제히 언성을 높여 외친다. 그들의 싸늘한 시선 앞에서 린과 실레느는 물속에 뜬 채 어리둥절하며 마주 바라볼 따름이었다.

141 시간을 잊는 도시 3

"쯧, 암컷 수인이라고? 어디에서 온 정신 나간 별종이 저딴 녀석을 가지고 왔지……? 이곳은 상급 특권층을 위한 구획이란 말이다."

"아앗……. 특별히 주문(오더 메이드) 제작을 맡긴 수영복이 더러워졌어……! 이거 한 벌을 맞추는 데 얼마나 들었는지는 알아?! 못 참아, 배상을 청구할 거야! 짐승을 데리고 온 주인까지 고소할 테야!"

린과 실레느는 물에 뜬 채로 주위의 상황을 살펴보고 있었다. 자신들에게 욕을 퍼붓는 사람들이 진정하기를 기다리는 듯한데 아무래도 멈출 것 같지는 않았다.

"……죄송합니다, 린네부르크 님. 지금 소동은 제가 동행을 한 탓인 듯합니다. 역시 저는 바로 나가서 사람들 눈에 안 띄는 곳에서 대기하고 있겠습니다."

"잠깐만요, 실레느 씨. 제가 잠시만 저 사람들과 대화를 나눠 볼게요. 이 같은 부조리한 처사는 납득할 수 없습니다."

"괜찮습니다, 린네부르크 님. 이곳은 다른 나라이니 공연히 분쟁을 일으킬 필요는 없으니까요. 제가 순순히 사람들 눈에 안 띄는 곳으로 가면 해결할 수 있는 문제입니다……. 아니, 오히려 죄송합니다. 저는 처음부터 이렇게 말썽이 생길 수 있다는 것을 막연하게나마 알고 있었습니다. 들떠서 방심을 한 탓입니다.”

“……실레느 씨?”

“폐를 끼쳤습니다. 저는 바깥에서 대기할 테니 아무쪼록 신경 쓰지 마시길.”

실레느는 마음을 굳게 먹은 표정으로 물에서 나온 뒤 바깥을 향해 나가고자 했다. 그 뒤쪽에서 계속 욕설이 쏟아지는 와중에 로로가 앉은 자세로 실레느의 팔을 붙잡는다.

“실레느 씨. 잠깐만 기다려 줄 수 있을까?”

“로로?”

“아직 바깥으로 갈 필요는 없어. 아마도 내가 해결할 수 있을 테니까.”

그렇게 말한 로로는 천천히 일어난 뒤 멀리서 욕설을 퍼붓고 있는 사람들의 얼굴을 빤히 쳐다봤다.

“여기 사람들은 수인을 싫어하나 봐. 하지만 훨씬 더 미움받는 『마족(녀석)』이 같이 있었는데도 키가 작아서 안 보였던 걸까……?”

로로는 혼잣말처럼 작게 중얼거리더니 인공 호수의 바로 근처까지 걸어가서 물속을 들여다보며 뭔가 속삭였다.

“기분 좋게 헤엄치고 있는 중인데 미안. 조금만 힘을 빌려 주면 좋겠어.”

대체 로로가 누구에게 말을 건네는지 알 수 없어서 불안했지만, 조금 시간을 두었다가 곧 대화를 나눈 상대가 물속 깊숙한 곳으로부터 수면으로 우르르 몰려나오는 광경이 보였다.

“……물고기?”

그것은 크고 작은 다양한 색깔을 띤 물고기 떼였다.

모두가 물 아래에서 발생한 이변을 알아차리고 시끄럽게 소리를 높이던 때 물고기 떼는 단박에 수면 위로 뛰쳐나와서 넓은 호수에 거대한 물기둥을 세웠다.

그 광경을 보고 사람들이 비명을 터뜨린다.

“뭐지……?”

“히익?!”

“무, 무슨 일이 일어난 거냐…?!”

수면 위로 날아오른 물고기의 수는 대략 수백이나 천 가까이.

크고 작은 갖가지 신기한 색깔을 띠고 재미있는 문양이 있는 물고기들이 호쾌한 물보라와 함께 햇살을 받아 반짝반짝 빛나는 광경은 장관이었다.

물고기들은 공중에서 태양의 빛을 받아 아름다운 비늘을 한바탕 우리에게 자랑한 뒤 또다시 요란한 소리를 울리며 본래 있었던 물속 바닥으로 되돌아갔다.

결국 물고기들은 단지 수면 위로 뛰어올랐다가 다시 본래 위치로 돌아간 것이 전부였지만.

단지 그뿐인데도 정말 굉장한 박력이었다.

모두 너무나 놀라서 말을 잃었고 조금 전 소란도 잊고서 쥐 죽은 듯이 조용해졌지만.

"이봐~! 여기, 여기를 봐!"

그런 와중에 로로는 혼자 호숫가에 서서 어떻게 된 영문인지 주변에 있는 사람들더러 자신을 알아봐 달라는 듯이 손을 힘차게 휙휙 흔들고 있다.

"여기에『마족』이 있어~!"

그리고 자신에게 시선이 확 몰린 상황에서 거듭 사람들을 향해 힘차게 손을 흔들고 저 멀리까지 들릴 수 있도록 쩌렁쩌렁한 목소리로 외쳤다.

그 후도 로로는 뛰거나 달리거나 손을 흔들거나 하면서 무척 열심히 자신이 이곳에 있음을 알리려고 하는 모습이었다.

나는 처음에는 로로가 저러는 이유를 전혀 알 수 없었다.

주위에 있던 일행도 모두 이것이 무슨 상황인지 잘 이해하지 못하고 멍한 반응만 보였지만, 로로의 모습을 목격한 사람들이 차츰 동요하기 시작했다.

"마족이라고? 저 아이가?"

"서, 설마, 진짜야……?!"

"그, 그럴 리 없잖아. 이곳은 보안이 철저하게 지켜지는 『시간을 잇는 도시』의 상급 구획인걸. 그런 사고가 일어날 리는……!"

"하, 하지만?! 방금 전 소동은 어떻게 설명할 건데?"

몇몇 사람은 거의 도망치다시피 호수가 있는 공간에서 나갔다.

다만 대다수는 제자리에 머무른 채 마른침을 삼키며 로로의 다음 행동을 지켜봤다.

"처음 뵙겠습니다. 저는 로로라고 합니다. 방금 전 말했듯이 『마족』입니다."

로로가 또랑또랑한 목소리로 자기소개를 하자 시끄러웠던 주변이 조용해졌다.

자신을 피해 순식간에 멀어지는 사람들을 바라보면서 로로는 계속 말했다.

"이곳에 있는 사람들 모두 알고 있을지도 모르겠는데……. 『마족』은 사람의 마음속을 들여다볼 수 있거든. 그러니까 너희가 마음속에 숨겨 둔 비밀도 나는 가까이 다가갔을 뿐인데 전부 알아 버리게 돼. 물론 난 다른 사람한테 떠들 생각은 없지만. 그래도 다들 싫지? —너희는 다른 사람에게 말 못할 비밀이 많을 것 같기도 하고."

그렇게 말한 뒤 로로가 호수 주변의 사람들을 쓱 훑어보자 조금 전과는 비교도 되지 않을 만큼 큰 혼란이 발생했다.

"트, 틀림없어……! 저 머리카락, 눈 색깔. 지, 진짜 마족이다!"

"지, 진짜 마족이라고?! 대체 어떻게 『시간을 잊는 도시』의 상급 구획으로 들어온 거야?! 여기 경비는 눈뜬장님인가?!"

"기가 막히는군……! 지금 사태는, 수인과는 비교도 안 되게 심각하잖나?!"

"이봐, 경비 직원은 도대체 뭘 하고 있나?! 이곳에 출입하는 인물은 모두 고액의 연회비를 지불했단 말이다?!"

"겨우 출입 관리조차 제대로 못 하는 건가, 무능한 것들! 제길, 당장 해약해 주마!!"

"여, 여기서 꺼져!! 여기는 너 같은 존재가 있어도 되는 곳이 아니다!"

적의가 담긴 시선과 욕설이 로로에게 쏟아진다.

다만 로로는 아무 동요도 내비치지 않고 차분하게 말을 받아칠 뿐이었다.

“그래, 맞아. 하지만 우리는 여기에서 놀아도 된다고 분명 허락을 받았거든……. 나랑 같은 곳에 있는 게 너무 싫다면 오히려 너희가 나가야 하지 않을까? 마침 물놀이를 하고 싶었던 참이야. ……별로 헤엄을 잘 치는 건 아니지만.”

“헛소리 마라! 누가 허락을 한단 말인가! 지금 당장 꺼져라!!”

“옳다! 마족이 어찌 이 땅에 출입하는가. 용납할 수 없다!”

사람들은 저마다 로로에게 악담을 퍼부었지만, 로로는 아랑곳 않고 욕설을 흘려들으며 쭉쭉 준비 운동을 시작했다.

“여기서 나가라고? 글쎄, 너희가 결정할 수 있는 건 아니지 않아? 자기가 어떻게 행동할지는 자기 스스로 결정하는 거야.”

“뭐, 뭣이라……?!”

“—자! 마음에 알려지고 싶지 않은 비밀이 있는 사람은 바로 떠나는 게 좋아! 곧 『마족(나)』이 물속(그쪽)으로 뛰어든다!!”

힘껏 숨을 들이마셨던 로로가 마르고 작은 체격과 어울리지 않는 큰 목소리로 외쳤다.

이어서 로로는 몸을 낮췄다가 사람들의 시선을 한 몸에 집중시키며 바닥을 강하게 차고 높이 도약했다.

천장에 닿을락 말락 힘차게 뛰어오르는 멋진 점프였지만.

태양을 등진 로로는 안면부터 착수해서 요란하게 물보라를 일으키며 세차게 물속으로 잠겨 들어갔다.

"……오오?"

얼마 전 로로는 물에 떠 있는 것이 전부라고 말을 했는데 저런 기세로 뛰어들어도 괜찮은 걸까.

내가 속으로 걱정을 하던 중 주변에서 또 커다란 비명이 터져 나온다.

"꺄, 꺄아아아아아아아?!"

"—흐억?! 서, 서둘러라! 도, 도망쳐야 한다! 저것이 가까이 와서 무슨 짓을 할지 모른다고!"

"젠장, 괘씸한 것……! 이 만행은 엄중히 항의할 테다아앗!"

물속에 남아 있었던 사람들은 저마다 이래저래 욕설과 비명을 쏟아 내며 앞다투어 물 바깥으로 나간 뒤 짐을 챙겨서 이곳으로부터 도망치다시피 떠나갔다.

잠시 후, 딱히 긴 시간이 걸리지도 않았는데 넓은 물놀이 공간에는 우리 이외에 아무도 남지 않았다.

"—푸하앗."

물속으로 세차게 잠겼던 로로는 슬슬 걱정이 될 만큼 한참을 가만히 잠겨 있었지만, 조금 더 기다리자 수면으로부터 무사히 얼굴을 내밀고 우리에게 손을 흔들어 줬다.

넓은 호수 안쪽에 혼자 덩그러니 남겨진 로로는 느긋하게 개헤엄과 비슷한 모양새로 우리가 있는 곳으로 돌아오더니 멍한 표정을 짓고 있는 실레느를 향하여 물속에서 살짝 웃음 지었다.

"……봐, 전부 알아서 나가 줬지?"

실레느는 잠시 멍하니 로로의 얼굴을 쳐다보다가 퍼뜩 정신을 차리고 작은 목소리로 감사의 말을 전했다.

"……고, 고마워……?"

"별거 아니야. 린. 아무 문제 없겠지? 모두 자기 의사로 이곳에서 나가 준 셈이니까."

"네. 멋진 활약이었어요, 로로."

린과 로로 두 사람은 서로 시선을 마주하더니 엄지손가락을 척 세우고 함께 웃었다.

으음, 린이야 원래 배짱이 상당히 좋다는 것은 알고 있었는데 방금 전 로로의 행동에는 조금 놀랐다.

처음 만났던 무렵과 비교하면 몰라볼 만큼 씩씩해졌다는 생각이 든다.

하지만 예전의 로로는 필요 이상으로 자신감이 없고 지나치게 비굴할 지경이지 않았던가. 로로가 가지고 있는 다양한 특기를 생각하면 분명 이 정도가 딱 적당할 것이다.

과거에 나와 막 만났던 무렵의, 안색은 침울하며 낯가림도 심하고 옆 사람조차 제대로 듣지 못할 만큼 소곤소곤 작은 목소리로 말하던 답답한 인상의 소년(로로)을 더는 두 번 다시 볼 수 없다고 생각하니 조금 섭섭한 마음도 든다만……. 이것이 분명 나이에 맞는 성장이 아니겠는가.

뭐, 기쁜 변화라고 생각하자.

이렇듯 나의 사소한 감상은 넘어가기로 하고.

“역시— 이곳은 덥군.”

주변에 우리 말고 아무도 남지 않은 이때 내 마음을 차지하고 있는 생각은 단 하나였다.

—이곳은, 굉장히 덥다.

물속에 들어갔을 때 기분 좋게 놀 수 있도록 환경을 조성했다는데 아무리 그래도 좀 과하게 더운 것 같다.

게다가 그냥 덥기만 한 것이 아니라 습기가 있는 탓에 찜통 같았다.

그런 상황에서 조금 전 로로가 멋진 점프로 잠수까지 선보였잖은가.

‘방금 전 점프는— 상당히 괜찮았지.’

그것은 지금 무엇보다도 강하게 나를 사로잡은 광경이었다.

생각해 보면 왕도의 목욕탕에서는 결코 시도할 수 없는 행동이다. 이곳처럼 수심이 놀랄 만큼 깊은 구조여야 누릴 수 있는 사치가 아닐까.

물론 이곳에서도 다른 사람이 있었다면 시도할 생각은 하지 않았겠지만.

지금은 로로 덕분에 아무도 없다.

—그렇다면 이 기회를 이용하자.

나도 방금 전 로로가 했던 것처럼 **점프**를 선보이고 싶다.

절대 물속에 들어가지 않기로 결심한 듯한 이네스에게는 미안하지만, 이제는 나도 좀 슬슬 진지하게 물속에 들어가고 싶은 마음이 든다.

뭐랄까, 멋진 다이빙 장면까지 바로 앞에서 봤더니 더는 자제가 안 된다.

"좋아, 그러면 나도 로로를 본받아서 헤엄을 치도록 하지. 응, 맞아. 그렇게 하자."

"노르 선생님?"

"—그래, 괜찮을 거야. 간다."

이어서 나는 세심하게 준비 운동을 마친 뒤 방금 전 로로와 마찬가지로 천장에 닿을락 말락 한 높이까지 도약을…… 할 생각이었는데 생각보다 힘이 더 과하게 들어간 탓에 하마터면 투명한 천장과 격돌할 뻔했다.

하지만 나는 반사적으로 공중에서 몸을 비틀어 반쯤 회전한 다음 발바닥을 천장에 잘 갖다 댐으로써 충격을 누그러뜨린 뒤 반대로 천장을 가볍게 걷어참으로써 낙하의 기세를 더하며 있는 힘껏 물속으로 뛰어들었다.

몸이 세차게 수면에 부딪쳤을 때 가벼운 충격과 함께 기분 좋은 물의 온도가 느껴졌다.

그렇게 쭉 잠겨 들어간 물속 밑바닥은 수면보다 훨씬 차가웠으며 무척이나 상쾌했다.

막 방금 전까지 찜통처럼 더운 불쾌한 장소에 있었던 만큼 더더욱 후련해진다.

'괜찮군……. 생각보다 훨씬 기분이 좋아.'

광대한 인공 호수의 밑바닥을 둘러봤더니 방금 물 위로 뛰어올랐던 물고기들이 힘차게 헤엄치고 있는 모습이 보인다.

내가 무척 거세게 수면을 내리찍은 뒤 물속 밑바닥까지 쭉 갈라 들어온 터라 대부분의 물고기 떼는 갑자기 무슨 소동이냐는 듯 놀라서 우왕좌왕하며 잠시 침입자를 경계하는 모습을 보였다. 하지만 내가 물속 바닥에 달라붙어서 마치 바위처럼 꼼짝도 않고 얌전하게 구경만 하자 본래부터 사람에게 익숙한 까닭인지 점점 더 많은 물고기들이 가까운 곳까지 다가온다.

'—가깝군. 손만 뻗어도 잡을 수 있겠어.'

각양각색의 신기한 물고기들이 손만 뻗으면 쉽게 잡을 수 있는 거리에서 유유히 헤엄치고 있다. 개중에는 먹으면 꽤 배가 차오를 듯한 커다란 물고기도 있었기에 자꾸 이대로 손을 뻗어서 잡아 버리고 싶은 마음이 들었지만.

멜리사의 말에 따르면 이 물고기들은 어디까지나 『관상용』이라니까 사냥은 포기하고 나는 물속 밑바닥에서 단지 멍하니 수면을 올려다보기만 했다.

그런데 이게 또 굉장히 기분 좋았다.

깊은 호수의 바닥에 벌렁 드러누워서 멀리 수면을 올려다보면 물이 태양의 빛을 적절하게 산란시키고 있는 까닭인지 시야 전체에 반짝이는 커튼이 일렁일렁 퍼져 나가는 광경이 보인다.

차가운 물속에서 환상적인 빛의 장막이 일렁거리며 춤추는 광경을 딱히 무엇도 하지 않은 채 단지 멍하니 바라보고 있을 뿐인데, 단지 그뿐인데도 마음이 무척 편안해졌다.

이런 곳에서 마음껏 헤엄칠 수 있다는 것은 확실히 최고의 호사(접대)일지도 모른다는 생각이 든다.

그렇게 나는 잠시간 호수 밑바닥에서 물고기와 함께 유영을 실컷 즐긴 뒤 깊은 물속으로부터 수면까지 단박에 부상했지만.

'……이런, 사고를 쳤나 보구나.'

내가 수면에서 얼굴을 내밀어 둘러봤더니 주변 상황이 조금 달라졌다.

아무래도 내가 요란하게 물을 가르고 잠수했던 충격으로 수면에 거한 파도가 일어나서 주변을 확 휩쓸어 버렸나 보다.

주위에 인영은 없는지라 언뜻 보기에 딱히 큰 피해가 발생한 것 같지는 않았지만, 호숫가에서 직립 부동으로 서 있었던 이네스가 머리부터 물을 뒤집어쓰고 흠뻑 젖은 채 수면에서 얼굴을 내민 나를 빤히 쳐다보고 있다.

조금 큰일이 난 것 같았다.

"미안하다, 이네스."

"괜찮아, 문제없다. 나는 말이지."

아무래도 정말로 화난 기색은 아니었기에 일단 안도를 했다. 그런데 직립 부동 상태의 이네스가 시선을 보내는 곳에서는 겁먹은 표정을 지은 실레느가 무릎을 끌어안고 주저앉은 채 어깨를 부들부들 떨고 있었다.

아마도 내가 일으켰던 파도에 휩쓸려 밀려나며 실레느가 느닷없이 봉변을 당했나 보다.

물에 약한 실레느에게 못할 짓을 해 버렸다는 생각이 들었다.

린이 아직껏 주저앉아 있는 실레느에게 손을 뻗어서 다정하게 안아 일으켜준다.

"실레느 씨, 괜찮은가요?"

"네, 네엣. 역시 아직은 물이 익숙하지 않아서요. 하지만 덕분에 조금씩 적응이 되고 있기는 합니다. 애당초 물에 들어가 본 경험이 거의 없었던 탓에……."

"그런가요. 역시 실레느 씨는 몸을 움직이는 감각이 우수하니까요, 조금만 더 익숙해지면 헤엄이야 금방 익힐 수 있을 거예요."

"그, 그럴까요……?"

"네. 그러니까, 로로 덕분에 이상하게 비난을 하는 사람들도 다 사라졌잖아요. ―흔치 않은 기회이니 이번에 한번 과감하게 극복해 보죠."

"네, 감사합니다. ―앗. 과감하게요?"

당황하는 표정을 짓는 실레느를 린이 두 팔로 꽉 안아 들었다.

흔히 공주님 안기라고 불리는 자세였다.

"……저기, 이 상황은 대체?"

"방금 전 말씀드린 대로 우선은 물에 익숙해지는 단계부터 시작하고자 해요."

"무슨 말씀이신지 이해는 했습니다. 그런데, 왜 린네부르크 님께서 저를 공주님 안기로 들어 올리셨을까요?"

"흔치 않은 기회니까요. 로로와 노르 선생님처럼 휭~ 뛰어 보려고요."

"아하, 어쩐지, 그런 이유가……. 앗. 정말요? 저, 저기, 린네부르크 님? 마음은 정말로 많이 감사합니다만. 방금 전 점프는, 저는 도저히……?”

“괜찮아요. 이번에는 저도 함께할 테니까요. —바로 뛸게요. 잠시만 숨을 멈춰 주세요.”

“자, 잠깐만 기다려 주십시오. 아, 아직, 마음의 준비가— 삐갸아앗?!”

그렇게 린은 독특한 비명을 지른 실레느를 안아 든 채 높이 뛰어올랐다.

불쌍한 실레느는 자신을 꽉 끌어안고서 웃는 린과 함께 물속으로 잠겨 들어갔다.

다만 두 사람이 함께 수면에 뛰어듦으로써 제법 큰 물보라가 일어나기는 했지만, 린이 실레느를 배려했는지 별로 세차게 힘껏 뛰어오르지는 않았던 터라 수면에도 생각한 만큼 큰 파도가 일어나지는 않았다.

물가에 서 있던 이네스의 발밑으로 찰랑거리며 물이 살짝 닿았을 뿐이었다.

표정이 전혀 바뀌지는 않았는데 어쩐지 아쉬워하는 것 같아 보였다.

한편 린과 실레느는 곧바로 둘이서 함께 떠올랐다.

“푸핫?!”

“어땠나요? 실레느 씨.”

“……네. 생각보다, 많이 무섭진 않았습니다.”

"원래 수영은 물에 들어가기 전부터 무섭다는 생각을 해서 무서운 거예요. 이렇게 몸부터 일단 적응을 시켜 버리면 의외로 금방 익숙해지기 마련이죠. 오히려 실레느 씨라면 오늘 중 바로 헤엄이 능숙해질 수도 있겠어요."

"혹시 정말로 그렇게 된다면 기쁘겠네요."

"그럼 한 번 더 뛰어 볼까요?"

"흐엑."

실레느는 겁먹은 듯 끙끙거리면서도 방금 전처럼 기겁하지는 않았다.

오히려 살짝 기뻐하는 듯하니 정말 잠깐 사이에 물에 꽤 익숙해진 듯싶다.

이네스는 여전히 말없이 무표정으로 서 있을 뿐이지만, 시끌벅적하게 물속으로 들어가는 두 사람을 조용히 바라보는 모습은 어쩐지 쓸쓸해 보였다.

본래 헤엄치는 것을 좋아하는데도 지금은 임무 중이라서 물속에 못 들어간다고 말을 했었지.

그래— 그렇다면.

단순히 내가 한 번 더 다이빙을 즐기고 싶은 것이 아니라 혼자 열심히 임무에 집중하고 있는 이네스를 위해서.

다시 한번 커다란 파도(빅 웨이브)를 일으켜 줄 필요가 있다고 생각된다.

"—그런 이유다, 로로. 괜찮겠어?"

"응, 알았어."

우리는 미리 어떠한 상의도 하지 않고서 단지 눈을 마주친 것만으로 순식간에 의사소통을 하고 호수의 물가에 둘이 나란히 섰다.

이런 때 로로의 마음을 읽는 능력은 정말 편리하다는 생각이 든다.

대화를 아예 안 해도 내가 무엇을 하고 싶은지 전부 알아차려 준다.

"—그래, 가자."

"응."

그렇게 나와 로로는 동시에 높이 뛰어올랐다.

거대한 호수 유원지의 높은 천장에다가 둘이서 같이 발을 댔다가 동시에 가볍게 찬다.

우리가 목표로 하는 지점은 인공 호수의 중심이었다.

그곳으로 있는 힘껏, 세차게 둘이서 같이 몸을 던진다.

이렇게 하면 틀림없이 조금 전보다 훨씬 큰 파도가 일어날 것이라는 계산이었다.

하지만 착수 직전에 나는 불현듯 어느 생각을 떠올리고 말았다.

충돌하며 수면을 손으로 때리면 조금 더 큰 파도를 만들 수 있지 않겠느냐고.

"【패리】."

생각과 행동은 동시에 이루어졌다.

나는 팔을 뻗어서 손날을 쭉 펴고 가볍게【패리】로 수면을 때렸다.

그러자 팔에 느껴지는 것은 상쾌한 저항감.

동시에 눈앞의 물이 전부 다 사라져 버렸다.

"아."

"—엥."

그 순간, 아차 싶었다.

충격 때문에 로로가 수평으로 휙 날아가는 모습이 보인다.

수면을 가격할 때 힘이 너무 과했다.

결국 나와 로로는 이상해진 자세를 수습하지 못한 채 착수했고, 몸을 날렸던 기세를 주체하지 못하고 물속 밑바닥까지 푹 가라앉았다.

"……푸핫."

나는 곧바로 로로를 안아 들고 수면으로 올라와 사과했다.

"미안하다, 로로. 계획하지 않은 행동을 충동적으로 저지르고 말았어. 몸은 좀 괜찮나?"

"응, 괜찮아. 조금 놀랐지만 아무렇지도 않고."

"……좋아. 그럼 한 번 더 해볼까?"

"물론 난 상관없지만."

쓴웃음 짓는 로로의 시선을 따라가 보면 실레느가 또 린에게 꽉 껴안겨서 덜덜 떨고 있었다.

이네스는 전혀 표정에 변화도 없고 특별히 화가 난 기색은 아니었지만, 땅바닥 위까지 밀려 나와서 펄쩍펄쩍 뛰는 물고기를 묵묵히 물속으로 돌려보내 주고 있었고.

이래서야 나도 좀 민망한지라 곧장 물 바깥으로 나와서 자신이 날려 보내 버렸던 물고기들을 물속으로 다시 넣어 주는 작업에 참가했다.

그 이후는 조금 자중하면서 그냥 무난하게 물속에 몸을 담그거나 헤엄을 치거나 잠수하거나 물고기를 구경하거나 했고, 그것만으로도 충분히 즐거웠지만.

그중 무엇도 역시 천장에서 뛰어들기의 쾌감은 대체할 수 없었다.

'로로, 지금은 신중하게 다음 기회를 노리도록 하자.'

"……으, 응."

'다음번에는 저지르기 전에 신중하게 잘 허락을 맡는 편이 좋겠군.'

"……그, 그러게."

그러므로 다음에는 일행 모두에게 내가 무엇을 할지 신중하게 허락을 받은 다음에 물고기가 땅바닥까지 밀려 올라와 곤경을 겪지 않도록 더욱 괜찮은 방법을 찾아서 다시 한번 도전하도록 하자. 이렇듯 나는 남몰래 마음속으로 로로와 상의하면서 때를 기다리는 한편 표면상은 무난하게 즐기는 모습을 보여 주며 놀고 있었는데 문득 주변에서 우리가 아닌 인물의 기척이 느껴졌다.

“하하. 즐겁게 시간을 보내고 계시는 듯하여 기쁩니다, 린네부르크 님.”

어딘가 낯익어 보이는 저 인물은 걸음을 옮겨 우리에게 가까이 온 뒤에 쾌활하게 말을 걸어왔다.

갈색 피부의 남자는 나와 로로와 마찬가지로 아래는 반바지, 상반신에는 요란한 꽃무늬 셔츠를 입었다. 또한 머리에는 색이 들어간 안경을 걸쳐 놓은 채 별난 색깔의 음료가 든 유리잔을 두 개 들고 있었다.

“조금 전 뜻하지 않게 불쾌한 경험을 하셨던 건은 본 시설의 소유자로서 깊이 사죄의 말씀을 드리겠습니다. 감히 폭언을 내뱉었던 자들은 예외 없이 전 재산을 몰수한 뒤에 맨몸으로 이 도시에서 추방하였사오니 아무쪼록 마음을 풀어 주시면 좋겠습니다. 지금쯤 사막 한복판에서 반성하고 있을 테지요.”

그렇게 말한 뒤 음료가 든 두 개의 유리잔을 들어 올리며 린을 향하여 시원스럽게 웃어 보이는 반라의 남자는 우리를 이곳에 초대한 인물, 즉 라시드였다.

142 시간을 잊는 도시 4

"재산을 몰수한 뒤 추방했다고요? ……너무, 혹독한 조치가 아닌지요."

린은 라시드의 말이 당황스러운 듯했다.

확실히 그 사람들은 실레느와 로로에게 심한 말을 퍼부었지만, 린의 말처럼 맨몸으로 사막에 내쫓길 만한 잘못까지는 하지 않았다고 나도 생각한다.

"아니요. 천만의 말씀이십니다, 린네부르크 님. 그자들은 사렌차의 국빈께 폭언을 퍼부었습니다. 보통은 즉각 사형에 처했을 테지요. 다만 듣자 하니까 그들도 국빈이 방문했다는 사실을 알지 못한 관계로 실수를 저질렀음을 파악할 수 있었지요. 따라서 대폭 감형이 이루어졌기에 관대한 처분을 받은 것입니다."

"감형을 받아 재산을 전부 몰수당했다는 말입니까?"

"—부디 간청하건대 이곳까지 안내를 맡았던 멜리사를 책망하지 말아 주십시오. 그자들을 이곳에 남겨 놓았던 것은 저의 판단이기도 합니다. 하나같이 사렌차에서도 대단히 힘 있는 상인들인지라. 그런 유력자들이 설마 이렇듯 큰 문제를 일으킬 줄은, 후, 전혀 예상하지 못했습니다. 부디 저희의 실수를 용서해 주시면 감사하겠습니다."

"사과는 이제 됐습니다. 조금 전 겪은 문제는 저희가 알아서 대처했으니까요. 다만 저희가 원했던 것은 어디까지나 화해였으니 지나치게 과한 처분은 필요 없었다고 생각합니다."

"너그러우신 마음 씀씀이에 대단히 감탄하는 바입니다. 그자들도 지금쯤 사막 한복판에서 자기 자신의 어리석은 행동을 몹시 반성하고 있을 테지요. 거듭거듭 저희의 실수를 사죄드립니다. ……아, 그나저나. 이미 실례를 저지른 김에 한 가지 부탁을 드리고자 합니다만."

"……이번에는 또 뭡니까?"

"옆쪽에 두신 종자를 잠시 빌려도 되겠습니까? 분명 이름은 노르라고 했지요."

"노르 선생님을요?"

"나를?"

대화의 주제가 갑자기 나를 향한지라 무심코 린과 눈을 마주 바라봤다.

"예. 얼마 전에도 말씀드렸다시피 저는 저 남자에게 흥미가 있사온지라. 아주 잠깐이나마 둘이서 대화를 나눠 보고 싶습니다. 따라서 먼저 고용주 되시는 린네부르크 님의 허가를 구하고자 합니다."

"……노르 선생님께서는, 어떻게 하시렵니까?"

"뭐, 대화 정도야 상관없지만."

린은 걱정스럽게 내 낯빛을 살폈지만, 그냥 이야기를 나누는 것이 전부인데 딱히 고민을 할 이유는 없다고 생각한다.

“대화에 응하겠다고 말씀하시는군요.”
“감사합니다. 그러면 노르. 저쪽 의자에 앉아서 같이 음료나 마시도록 할까.”

그렇게 말한 뒤 라시드는 손에 든 유리잔 두 개를 치켜들며 생글생글 웃어 보였다.

◇

몸을 누이다시피 앉을 수 있는 형태의 의자가 둘 나란히 놓여 있고, 가운데에는 하얗고 작은 테이블이 있다. 라시드는 그곳에 두 개의 유리잔을 올려놓았다.
의자 위에는 큼지막한 흰색 우산이 씌워져 있어 강한 햇볕을 차단해 주었다.
멀리서 린과 이네스도 우리가 손에 든 음료를 멜리사로부터 유리잔으로 받아 들면서 이쪽을 뚫어져라 쳐다보고 있는 모습이 보였다.
라시드가 린과 이네스를 향해서 싹싹하게 웃는 얼굴로 손을 흔들자 두 사람 모두 살짝 떨떠름한 표정을 지었다.

"어땠나, 노르. 이 도시는. 즐거움을 느껴 줬다면 나 또한 기쁠 거야."

"글쎄. 일단 난 제법 즐겁게 시간을 보내고 있어."

"반가운 말이야. 일부러 가서 초대를 한 보람이 있군."

"특히 저 인공 호수와 연결되어 있는 수조는 굉장하더군. 한 번도 못 봤던 물고기가 잔뜩 있었고, 게다가 높이 뛰어서 다이빙을 하면 정말 상쾌한 기분이 들어."

"그렇지? 사막 한복판에서 작열하는 태양의 빛을 받으며 차가운 물에 마음껏 몸을 담글 수 있는 곳이니까. 굉장한 호사라고 생각하지 않나?"

"맞아, 정말로 같은 생각이야. 솔직한 심정으로 물고기를 직접 사냥해서 곧장 구워 먹을 수 있다면 더 좋았겠지만."

"……괜찮아, 상관없어. 먹어도. 또 들여오면 그만이니까."

"그런가? 좀 미안한데."

"한 마리가 아니라 전부 다 사냥해도 괜찮아."

"아니, 다 잡을 생각은 안 했다만."

초대면 때 받은 인상을 떠올리면 조금 더 성격이 까다로울 것 같았는데 막상 얘기를 나눠 봤더니 의외로 평범하고 도량이 넓은 인물이었다.

그 후도 우리는 둘이서 나란히 의자에 편히 앉은 채 차가운 음료를 마시며 이것저것 적당히 잡담을 나눴다만.

"나랑 이야기를 나누고 싶다며 일부러 불러냈잖아. 그냥 잡담을 하고 싶었던 건가? 그럼 저쪽에서 다른 사람들과 같이 떠들어도 괜찮았을 텐데."

"날카롭구나. 자네 말처럼 본론은 따로 있어."

라시드는 다 마셔서 비운 유리잔을 테이블에 놓은 뒤 푸른 하늘이 보이는 투명한 천장을 올려다보며 말했다.

"있잖아, 자네. **이쪽**으로 넘어올 생각은 없어?"

"그게 무슨 소리지?"

"자네가 우리 쪽으로 넘어와 주면 **원하는 만큼 주겠다**는 말이야. 보아하니 그냥 고용된 모험가 같던데? 어느 정도의 금액으로 의뢰를 받아 줬어? 밝히고 싶지 않다면 대답은 안 해도 상관없지만."

"……말뜻이 전혀 이해되지 않는데."

내가 이렇게 대꾸하자 라시드는 즐겁다는 듯이 웃었다.

"나는 말이야, 자네의 실력을 대단히 높이 평가하고 있거든. 설마 샤우자가 『알 수 없다』라고 답할 줄이야. 그 친구가 그래 보여도 사렌차에서 세 손가락에 들어가는 실력자란 말이지. 이런 경우는 진짜 처음이야. 그 친구가 나한테 가늠할 수 없다고 답을 한 것은."

"……그래, 그 외팔 외눈의 수인 말인가. 뭔가 굉장히 큰 부상을 당한 것 같던데……. 많이 강한가?"

"조금 사연이 있는 녀석이거든. 싸우다가 입은 부상은 아니야."

"……그러고 보니 이 주변에서는 수인이 많이 구박을 받는 것 같더군? 뭔가 아까도 같이 물에 들어갔을 뿐인데 엄청 소동이 벌어졌지만."

"맞아. 나처럼 가까이 두고 일하는 건 소수파지. 과거에 이래저래 일이 있어서 말이야……. 나는 굳이 따지자면 단순히 능력주의야. 출신과 국적은 물론이고 사상과 신념도 딱히 신경을 쓰지 않아."

"그렇군."

"그래서 방금 한 제안 말인데. 저 아가씨한테 얼마를 받고 고용된 거야? 솔직하게 가르쳐 주면 이후 계획에 많이 참고를 할 생각인데."

라시드의 말대로 나는 린에게 고용된 입장이다.

하지만 정작 계약 관련의 협상은 길드 마스터 아저씨한테 전부 맡겨 놓았기에 사실 난 세세한 내용을 전혀 알지 못한다.

꼭 말을 해야 한다면 이렇듯 사렌차라는 다른 나라를 방문한 것이 나에게는 가장 큰 보수이지만.

이 남자가 묻고자 하는 것은 구체적인 금액일 테니 대답은 못 되겠군.

"미안한데 나는 대답을 해 줄 수 없군. 알고 싶다면 린에게 직접 물어보도록 해."

"……후후, 그런가. 입도 무겁구나. 성품도 훌륭한걸. 뭐, 자네가 지금 얼마에 고용되었는지는 상관없이 말이야. 나는 자네한테 날마다『왕금화』한 닢을 기꺼이 지불할 수 있어. 자네한테는 그만한 가치가 있어 보이니까."

"왕금화라면, 그거 말인가? 작고 단단하고 무지개색으로 빛나는."

"맞아, 잘 아는구나. 어지간한 사람은 만져 보지도 못하는 화폐인데, 흠, 자네는 아무래도 직접 받아 본 경험이 있는 것 같군?"

"그래. 몇 닢 정도는."

"오호라. 그럼 클레이스(저쪽) 왕국에서 부당하게 박한 대우를 받는 것은 아니겠고."

"그나저나 날마다 왕금화를 한 닢인가. 조금 심하지…… 않나?"

"어라, 금액에 불만이 있나? 그러면 두 닢? 아니면 세 닢이면 만족하겠어?"

"그게 아니라, 과하게 많아. 그런 큰돈은 필요하지 않아."

분명 왕금화라면「한 닢으로 근사한 성을 한 채 지을 수 있다」라고 설명 들었다.

만약에 라시드가 말한 조건으로 고용된다면 매일매일 성이 한 채씩 늘어나는 셈이다.

열흘이면 열 채.

즉 100일이 지나면 성 백 채를 지을 수 있는 자산이 나의 소지금으로써 불어난다.

나는 애당초 너무 많아진 지갑의 내용물을 줄이고자 이 나라에 오지 않았던가.

오히려 불리는 것은 목적과 조금 다르다.

라시드는 이런 생각을 하는 내 얼굴을 빤히 쳐다봤다.

“흐음. 그만한 힘을 보유했는데도 의외로 욕심이 없구나. 아니면 뭔가 달리 특별한 보수를 받는 건가?”

“……특별한 보수인가. 확실히 맞는 말이군. 나는 이렇게 서로 문화가 다른 사렌차라는 나라를 자기 눈으로 보고 경험할 수 있다는 게 무척 좋았지. 무엇을 구경하든 전부 새롭거든. 솔직히 이게 가장 큰 보수였어.”

“……그런가. 자네는 거짓말을 할 때도 얼굴에 티가 안 나는 사람이었군.”

“……진심으로 한 말인데.”

“그렇다고 치고 넘어가도록 하지.”

라시드는 의미심장하게 웃는 표정을 짓고 어깨를 으쓱거렸다.

나는 솔직하게 대답을 해 줬는데 아무래도 믿지 않으려는 듯한 기색이었다.

“그래, 막 생각났는데. 자네가 직원들에게 맡겨 놓은『검』말이야. 조금 전 살펴보고 왔는데 굉장하더군, 정말. 보물로 취급되는 도검은 나도 이것저것 꽤 질릴 만큼 봤다고 자신할 수 있거든? 그런데 재질조차 전혀 짐작할 수 없었어. 도대체 뭔 재료를 써서 만든 검이야?”

“글쎄, 선물로 받은 검이라서 뭐로 만들었는지는 나도 잘 몰라……. 혹시 가지고 싶나?”

"아니. 흥미가 있기는 한데 나한테 딱히 필요한 물건은 아니지. 보유하는 메리트를 관리에 쓰이는 수고(코스트)가 훨씬 더 압도할 테니. 이대로 자네가 갖고 다니는 편이 나아. 물론 **자네와 함께**라면 이야기가 많이 달라지겠지만."

"……나와 함께?"

"맞아. 『**흑색의 검**』을 자유자재로 다룰 수 있는 자네가 함께 와 주면 터무니없는 가치를 산출할 수 있는 도구잖아. 내가 원하는 건 전시가 아닌 활용이야. 그러니까 적절한 시기가 오면 모자람 없는 거금을 들고 자네를 찾아갈 생각이었는데. 얼마를 받고 싶어? 내가 지금 당장 동원 가능한 자산에는 한계가 있기는 한데, 그래도— 조금 힘을 쓰면 이 도시를 한두 개 건설할 만한 돈은 거뜬히 마련할 수 있어."

"아니, 애당초 그런 큰돈은 필요가 없고, 아무리 많은 돈을 줘도 팔 생각은 없는데?"

"그런가. 그럼 자네의 마음이 바뀔 만한 금액을 준비하도록 하지."

돈은 필요 없다고 말을 했는데도 라시드는 진지하게 귀를 기울여 주지 않았다.

그리고 라시드는 유리잔 안 내용물을 쭉 들이켜고 테이블에 놓은 뒤 일어섰다.

"고마워. 즐거운 대화였어, 노르. 조금 뒤 『재정 유희』도 기대하도록 할게. 자네의 고용주인 린네부르크 님께도 잘 전해 줘."

그렇게 말한 뒤 거의 일방적으로 떠들었던 라시드는 곧장 혼자서 신이 난 모습으로 떠나갔다.

143 사렌차의 유희장 1

우리는 호수가 있는 커다란 공간에서 나온 뒤 다시 원래 복장으로 갈아입었고, 이어서 호화로운 식사를 대접받으며 잠시 쾌적하게 시간을 보냈다.

처음에는 차려 준 식사 앞에서 린도 이네스도 못내 경계하며 입에 넣으려 하지 않았지만, 내가 모든 음식을 먼저 맛보고 독이나 이상한 약이 섞이지 않았다는 것을 확인해 주자 그때부터는 다 같이 식사를 즐길 수 있었다. 사실 난 뭔가 특별한 진미가 하나 정도는 숨어 있는 것을 기대했었던 터라 솔직히 조금 아쉬웠다.

"이제부터 금일 『재정 유희』 행사 때 쓰이는 유희장까지 안내해 드리겠습니다."

그렇게 우리는 멜리사에게 안내를 받아 『유희장』으로 향했다.

입구 앞에서 또 멜리사가 『본 유희장에는 드레스 코드가 있습니다』라는 말을 꺼내며 우리 전원을 의상실 같은 방으로 들여보냈고, 미슬라에 갔을 때처럼 격식을 차린 복장으로 갈아입은 뒤 유희장 안으로 입장했다.

"이곳도 상당히 넓구나."

조금 전 물놀이를 했던 호수가 있는 공간과 비슷하게 이곳도「하나의 실내 공간」이라고 한다. 다만 이번에는 아예 도시가 하나 통째로 들어 있는 것 같다는 생각마저 들었다.

앞서 투명한 천장을 통해 태양의 빛이 잔뜩 들어왔던 공간과 달리 이곳 내부는 분위기가 확 바뀌어 어둑어둑한지라 마치 밤의 거리 같았다. 기온도 몹시 쾌적하게 유지되고 있기에 편안한 기분이 든다.

넓은 통로의 옆에는 유희를 하기 위한 장소를 다양하게 마련해 놓았고 곳곳마다 뭔가 기구가 쭉 늘어서 있다. 그 주위에서 남녀노소를 가리지 않고 모두가 저마다 이것저것 많은 종류의 게임을 즐기고 있는 모습이었다.

여러 신기한 유희에 시선을 빼앗기며 멜리사의 안내에 따라 걸어가던 중 우리는 문득 수많은 사람들이 모여서 떠들썩하게 소리를 높이고 있는 어느 시설로 눈을 고정시켰다.

"사람이 유난히 많군?"

"저곳은 본 시설의 인기 종목인『투기장(콜로세움)』입니다. 중앙에 있는 무대 위에서 철저하게 단련된 전사들이 대결을 벌이고, 누가 승리를 거둘지 미리 예측을 하는 방식의 유희이지요"

"그런가, 그런 놀이도 있는 건가."

"흥미가 있으시다면 잠시 관전하시겠습니까?"

"린, 잠깐 들러도 괜찮겠어?"

"네. 클레이스 왕국에도 비슷한 경기 시설은 있습니다만, 저런 방식은 본 적이 없으니까요. 저도 참고삼아서 잠시나마 살펴보고 싶습니다."

"요청 확인했습니다. 여러분께서 참가하실 『재정 유희』가 시작되기 전까지 아직 시간에 여유가 있사오니 그동안은 모쪼록 자유롭게 관람해 주십시오."

우리는 곧장 투기장 가까이 다가갔는데 라시드도 그곳에 있었다.

"오오, 린네부르크 님. 일행분들과 투기장을 관전하러 오셨습니까?"

"네. 우리나라에는 없는 종류의 시설이니까요. 후학을 위해 견문을 넓히고자 합니다."

"역시 린네부르크 님입니다. 언제나 공부에 열심이시군요. 마침 메인 이벤트를 할 시간입니다. 여러분은 정말로 운이 좋아요. 이왕 만났으니 제가 직접 안내해 드리겠습니다. 사실 이 유희를 기획한 사람이 바로 저라서 말입니다. 관심을 가져 주시다니 정말 영광이군요."

그렇게 말한 뒤 라시드가 슬쩍 웃으며 린에게 가볍게 인사를 했다.

저 얼굴은 내가 보기에는 자꾸만 뭔가 꿍꿍이가 따로 있는 듯 느껴진다만.

아무튼 잠깐 딴생각을 하던 중 넓은 유희장으로 큰 목소리가 울려 퍼졌다.

『오늘 「시간을 잊는 도시」의 유희장을 찾아 주셔서 진심으로 감사드립니다. 방문객 여러분들께 알려 드립니다. 오늘「투기장」의 이벤트 최종 시합,「벽옥의 녹룡(그린 드래곤)」대「부동의 방랑자 신」의 대결이 곧 개시됩니다. 도박(베팅)에 참가하고자 희망하는 손님께서는 제한 시간 이내에 담당 직원으로부터 승패권을 구입해 주십시오. 반복합니다—.』

“베팅……? 그게 무슨 뜻이지?”
“노르. 자네는 이런 도박(게임)은 처음인가?”
“맞아. 해 본 적 없어.”
“쉽게 말하자면 단순한 투표 게임이야. 양측의 인기에 따라 이겼을 때 돌려받는 금액이 결정되고, 더 약해 보이는 쪽에 돈을 걸면 더욱 큰 보상을 받을 수 있지. 요컨대 이기는 쪽에 걸면 소액이든 고액이든 돈이 벌리는 놀이야. 어때, 간단하지?”
“아하?”

주변이 온통 들끓으며 이곳저곳에서 사람들이 즐겁게 소리 높인다.
갑자기 유희장이 열기에 휩싸였다.

『—자! 투기장에 군림하는 최강, 60전 60승의 전승 무패「벽옥의 녹룡」이 새로운 도전자를 또다시 박살 낼 것인가. 아니면 통산 전적 15전 14승 1무의 신인 기대주「부동의 방랑자 신」이 영예로운 승리의 관을 손에 넣을 것인가. 여러분, 집중해서 예측을 마쳐 주십시오. 도박을 위한 남은 시간은 120초입니다—.』

주변에 울려 퍼지는 목소리를 신호로 큰 환성이 터져 나온다.

시합을 관전하러 온 사람들은 재빨리 승패권이라는 것을 구입하고 있는 듯했다.

가운데에 있는 높은 벽으로 둘러싸인 원형 무대가 대결의 참가자가 싸우는 곳이겠지. 그곳 근처에 설치된 까만색 간판 같은 물건에 붉게 빛나는 숫자가 표시됐다.

『판돈(베팅)의 잠정 금액이 산출되었습니다. 최강「벽옥의 녹룡」《326만 1,000》 대 도전자「부동의 방랑자 신」《18만 4,700》입니다. 이 숫자를 근거로 모두 마음껏 도박을 즐겨 주십시오. 남은 시간은— 60초.』

"저 숫자는 뭐지?"

"먼저 손님들이 구입한 승패권의 총액을 표시해 준 거야. 요컨대 저게 두 대전자 각각의 인기지. 이번 시합의 경우에는 대부분의 손님이 도전자가 이길 가능성을 낮게 예상하고 있다는 말이 되겠군."

"아하, 그런 뜻인가."

"재미있지? 저 물건은 골렘과 마찬가지로『망각의 미궁』에서 발굴된 유물인데 지금 봤다시피 빠르게 숫자를 계산해서 곧장 결과를 보여 주거든. 쓰는 데 익숙해지면 무척 편리해."

"그렇군."

라시드가 설명해 주는 것은 하나같이 클레이스 왕국에서는 한 번도 못 봤던 신기한 문물뿐이었다.

『제한 시간이 지났습니다. 승패(베팅) 예측을 마무리하겠습니다. 최종 판돈의 금액을 발표합니다. —최강「벽옥의 녹룡」《1,510만 7,000》대 도전자「부동의 방랑자 신」《29만 6,900》. 최강이 매우 유리합니다.』

승패 예측이 끝났다는 알림 이후로 주변에서 한층 큰 환성이 터져 나왔고, 유희장 내부의 열기도 더욱 고조됐다.

『자, 최강과 도전자가 투기장에 입장합니다. 박수와 환성으로 맞이해 주십시오. 아울러 이후 본 시설에서 손님께 어떤 손해가 발생하든 저희는 일절 책임을 지지 않사오니 이 부분은 미리 양지하시고 본 대결을 즐겨 주시기 바랍니다.』

안내 방송 중간에 투기장 입구로 짐작되는 곳에서 수인 남자가 한 명 들어오는 광경이 보였다.

체격은 제법 훌륭한데 손에 든 검은 허름하고 척 봐도 몹시 지친 기색이었다. 한편 다른 한쪽의 입구에서는 누군가가 무척 큼지막한 녹색의 용이 갇혀 있는 우리를 안으로 들여놓더니 곧바로 문을 열어 놓는다.

“혹시 저 남자와 용이 대결하는 건가?”

“맞아. 오늘 시합 중에서 가장 인기를 끄는 조합이지.”

“하지만 저래서는—.”

『시합을 개시합니다.』

일대일 대결이라고 들었는데 신체의 크기만 봐도 상당히 차이가 난다.

시합으로써 문제가 있지는 않나? 내가 조금 걱정하며 지켜보던 중 곧바로 승부가 시작됐다.

하지만 역시 전개는 내 예상대로였다.

수인 남자가 재빠른 움직임으로 녹색 용의 공격을 잘 피하며 싸우고 있기는 한데 역량의 차이는 뚜렷했다.

처음 잠깐이나마 기민했던 움직임도 점점 둔해졌기에 곧 승패가 갈리기 시작했다.

"중지시키지 않는 건가? 이미 승패는 분명해진 것 같은데."

"중지는 없어. 제대로 결판이 날 때까지 투기장(이곳)의 시합은 끝나지 않아."

"하지만 더 싸우게 놔두면 정말 위험해질 텐데?"

"어쩔 수 없지. 저 무대에 서는 사람들은 위험성을 충분히 알고도 싸우기를 선택한 거야. 계약서에도 본인이 잘 읽고 서명을 했고."

"어차피 지금 상황에 저 남자에게는 승산이 없잖나. 크게 다치기 전에 승패를 선언해도 될 것 같은데."

"안됐지만 들어 줄 수 없는 요청이야. 어느 한쪽이 죽을 때까지 이 결투는 예외 없이 속행되거든. 그게 오늘 시합의 가장 중요한 흥행 요소니까."

"……어느 한쪽이 죽을 때까지?"

수인이 녹색 용의 두꺼운 꼬리에 맞아 날아가다가 요란하게 벽면에 부닥치는 광경이 보였다.

그러자 관객석에서 큰 환성이 터져 나온다.

한편 수인은 무대의 바닥에 힘없이 떨어졌고, 이미 꿈쩍도 못 하게 된 수인 남자의 몸을 노리고 녹색의 용이 천천히 걸어 나아간다.

"……정말 가만히 놔두겠다는 건가?"

"물론이지. 전부 합의된 규칙(룰)이니까. 본인도 다 알고 계약을 체결했어. 저곳에 서는 인물은 부와 명성을 얻고자 자기 자신이 바랐기에 무대로 올라서는 거야."

"……바깥에서 도움을 줘도 안 되나?"

"보통은 불가능하긴 한데. 하지만 자네가 정 원한다면 아주 불가능하지도 않지. 여기에 자네가 서명만 하면 당장에라도."

"그런가. 할 테니 이리 줘."

"—노르 선생님?!"

나는 라시드가 내민 서류에 곧장 서명했다.

"서명했어."

"그런가. 확인 끝, **계약** 완료다. 가 봐도 좋아."

"잠깐만요. 갑자기 무슨—?!"

나는 곧바로 수인 남자와 녹색 용이 싸우고 있는 무대 안으로 뛰어들었다.

동시에 녹색의 용이 신비로운 빛에 감싸였다.

내가 미슬라 교국에서 목격했었던『푸르른 빛』이었다.

용은 빛의 우리에서 억지로 움직임을 방해당하는 탓에 아무래도 화가 난 듯싶었다.

무대 위 상황이 갑자기 변화하자 주변에 웅성거리는 소리가 점점 커지고, 또다시 안내 방송을 맡은 여성의 목소리가 울려 퍼졌다.

『새로운 도전자가 나타났습니다. 용기 있는 무명의 도전자에게 박수를 보내 주십시오. 곧이어 이례적인 태그 매치가 시작됩니다. 대결 편성의 변경에 따라 다시금 승패 예측의 시간을 갖겠습니다. 그 후에 승패권을 재집계합니다. 선택을 변경하고자 하는 손님께서는 담당 직원을 불러 다시금 승패 예측을 진행해 주십시오. 변경을 원하지 않는 손님은 갖고 계시는 승패권을 그대로 보관해 주시기 바랍니다. 남은 시간은— 60초.』

"……뭐지?"

그렇게 여성의 목소리가 울려 퍼진 직후, 벽에 표시되는 숫자가 어지럽게 바뀌고 또 바뀐다. 아마도 내가 이곳에 올라섬으로써 또 도박의 대상이 변경된 까닭일 테지.

『현재 승패권을 재집계 중입니다. —결과가 나왔습니다. 「벽옥의 녹룡」《1,672만 9,000》 대 「무명의 도전자와 부동의 방랑자 신」《38만 5,200》으로 확정되었습니다. 여전히 최강이 유리합니다. 아울러 이번 승패 예측의 적중금 지급 기한은 결과가 나온 뒤 금일 영업 종료 시간까지입니다. 미리 고지드립니다.』

나는 투기장에 울려 퍼지는 환성을 들으며 바닥에 쓰러져 있는 수인을 안아 일으켰다.

"괜찮나?"
"미, 미안하다……! 누구인지는 몰라도 네 덕에 살았다."
"부상이 많이 힘들어 보이는군. 바로 치료하는 게 좋겠어."
"……허, 뭐야? 수인 동포인 줄 알았더니 그냥 인간이지 않나. 인간이 우리 수인에게 동정을 하는 건가? 마음은 고맙지만 나에게 치료비를 낼 돈은 없다. 돈이 있다면 애당초 이딴 곳에 오지도 않았다고."
"그럼 일단은 내가 치료할 테니 좀 견뎌 줘. 치료 속도는 좀 느려도 상처는 잘 아물 거야."
"뭐어……? 너, 무슨 소리를……?"

나는 일단 얼굴을 잔뜩 찌푸리고 있는 상처투성이 수인 남자에게 【로우 힐】을 써서 응급 처치를 했다.

"좋아, 끝났다."

"……어? 고, 고맙다. 잘 모르겠는데 뭔가 굉장히 편해졌어. 아니, 불편했던 몸이 구석구석까지 싹 회복된 것 같은데……? 넌 대체 뭐 하는 녀석이지……? 너 같은 인간이 어째서 검투 노예가 됐어?"

"검투 노예? 갑자기 무슨 소리지? 나는 모험가일 뿐 노예는 아니야."

"……아니. 뭔. 너야말로 무슨 소리를 하나. 이곳에 올라오는 녀석은 모두 사전에 노예 계약을 체결할 텐데?"

"……그런 건가?"

"그런 거냐니, 도대체……?"

우리가 잠시 대화를 나누던 중 뒤쪽에서 큰 소리가 났다.

고개를 돌려 바라보면 녹색의 용이 광분하며 고함을 지르고 있고, 푸르른 빛으로 된 감옥은 당장에라도 부서질 것 같았다.

"……하하, 뜻밖에도 구함을 받은 처지에 미안하게 됐군. 저놈은 도저히 감당할 수 없어. 설령 내가 만전의 상태였더라도 못 당한다. 장사에 실패해서 큰 빚을 졌다가 어떻게든 한 번 더 기회를 잡아 보자고 이런 곳까지 굴러들어 왔지만……. 역시 인생이 만만하지는 않아. 이럴 줄 알았다면 차라리 무기든 뭐든 다 버리고 단박에 편히 죽는 게 그나마 나았을 텐데……. 저 녀석은 이제 편안한 마무리를 허락해 줄 것 같지도 않구나."

"그럼 검을 잠시만 써도 되겠어?"

"그래, 뭐, 상관없다. 이 검 한 자루로 지긋지긋하게 싸워서 살아남아 온 탓에 칼날은 흠집투성이고 아무것도 제대로 베이는 게 없지만 말이지.”

“칼날이 상한 검이라면 많이 써 봐서 익숙해. 그보다 상처는 나중에 제대로 치료를 받는 게 좋겠군. 일행 중 실력 좋은 치료 스킬 사용자가 바깥에 있으니까 이 시합을 끝내면 부탁해 볼게.”

“……뭐? 이봐, 정말로 뭔 소리를 하는 거야?”

『여러분, 이제부터 최강「벽옥의 녹룡」대「무명의 도전자와 부동의 방랑자 신」의 재시합이 곧 개시됩니다. 주목해 주십시오.』

푸른색 빛이 사라지고 녹색의 용이 다시금 움직이기 시작한다.

“그래, 이번에는 나와 대결을 하자.”

나는 남자에게서 빌린 당장에라도 부러져 버릴 듯한 검을 손에 쥐고서 녹색의 용과 마주 섰다.

144 사렌차의 유희장 2

나는 빌린 검을 손에 쥐고서 눈앞의 용과 마주 섰다.

예전 같았다면 덜덜 떨 만큼 무서운 상황이었을 텐데 이제는 나도 여러모로 마비되어 버린 것 같다.

녹색의 용은 몸도 커다랗고 무척 박력이 있으나 왕도에 있는 마룡(라라)과 비교한다면 어쩔 수 없이 작다는 생각이 들었다. 따라서 별로 공포감은 느껴지지 않는다.

게다가 미슬라에서 마주쳤던 해골(스켈톤)과 비교하면 생김새도 해골이 몇 배나 더 무섭다.

'그나저나, 어느 한쪽이 죽기 전까지는 안 끝나는 건가.'

『크아아아아아아아아아아아아!』

가만히 생각을 하던 때 용이 내 머리 위에서 거대한 발톱을 내리 휘둘렀다.

"【패리】."

나에게 확 떨어지고 있는 용의 발톱을 검으로 힘껏 쳐낸다.

다만 갑작스럽게 힘을 쓰느라 위력 조절에 실수를 해서 빌린 검을 일격에 망가뜨려 버렸다.

아무래도 나는 비할 데 없이 무겁고 단단한 『흑색의 검』에 너무 익숙해져 버린 모양이다.

더 이상 이렇듯 평범한 검을 제대로 다루기는 어려울 듯싶었다.

『────크아────?』

검을 잃어 버린 탓에 조바심이 났지만, 녹색의 용은 괴상한 소리를 내더니 옆으로 벌렁 쓰러졌다.

주위가 어수선해지는 와중에 녹색의 용은 곧바로 일어서더니 또 우리를 노려봤다.

『크아──── 쿠오. 쿠어오오오오오오오────!』

다만 어떻게 된 영문인지 더 이상은 접근하려고 하지 않는다.

녹색의 용은 거대한 꼬리로 돌바닥을 세차게 가격해서 부수고 나지막하게 으르렁 소리를 내고 있다.

주위에 흙먼지가 흩날리고 관중들은 웅성웅성 떠들어 댔다.

"……무슨 일이지? 갑자기 그린 드래곤이 꼼짝도 하질 않는군. 조련을 제대로 안 한 건가?"

"뭐야? 오늘 투기장에서 가장 기대하라던 시합 아니었나."

내가 관객석에서 나오는 목소리에 귀를 기울이며 용에게 가까이 다가가자 용은 오히려 뒷걸음쳤다.

아무래도 조금 겁을 먹은 듯 보인다만.

차라리 잘됐나. 나는 뒤쪽에 서 있던 수인 남자에게 물었다.

"이 시합, 혹시 기권은 가능한가?"

"뭐? 기권? 당연히 안 되지. 이곳에 그런 친절한 규칙은 없어. 계약서에도 쓰여 있잖아……? 그나저나 너 방금 무슨 짓을 한 거야? 뭘 어떻게 해야 검이 아예 가루가 돼서 부서지지……? 저렇게 망가지는 꼴은 처음으로 보는군."

"미안해. 그냥 튕겨 내기만 할 생각이었는데……. 좀 과하게 힘이 들어갔군."

"좀 과하게 힘이 들어갔다고 가루가 될 리 없잖나, 아무리 생각해도. 아니, 그건 그렇고. 아무리 봐도 저 용이 잔뜩 겁을 집어먹은 것 같은데 나만 착각하는 건가?"

"그러게."

이 시합에는 「어느 한쪽이 죽어야만 끝난다」라는 터무니없는 규칙이 있기 때문에 나를 두려워하는 것인가. 그래도 나는 애당초 죽이려는 생각을 하지 않았다.

"괜찮아. 딱히 죽일 생각은 없어."

일단 안심시켜 주고자 용에게도 말을 걸어봤으나 전혀 알아듣는 낌새가 없다.

그뿐 아니라 용은 내가 가까이 다가가기만 해도 자꾸자꾸 벽으로 물러서다가 아예 폭 박혀 버리기까지 했다.

내가 겁먹은 용 앞에서 생각에 잠겨 있던 때 무대 위쪽으로 뭔가 작은 물체가 날아들었다.

뭔가 싶어서 봤더니 그것은 관객이 들고 있던 유리잔이었다. 음료를 담아 마시는 데 쓰여야 하는 잔들이 단단한 벽과 바닥에 부딪쳐서 소리를 내며 깨진다.

"장난하나! 예정대로 시합을 해라!"

"돈을 뱉어라! 당장 환불해라!"

"여기 운영진은 뭘 하는 거냐! 이러고도 행사를 제대로 진행한다고 말할 수 있나!"

"싸워! 죽여! 어느 한쪽이 진짜로 죽을 때까지 찔러라!"

흥분과 열기로 가득 찼던 투기장의 환성은 어느새 심한 욕설로 바뀌어 버렸다.

◇

“이런, 난처하게 됐군요, 린네부르크 님. 이래서야 큰 손해를 보겠습니다.”

눈에 보이는 모든 관객석에서 욕설과 함께 온갖 물건을 중앙 무대로 집어 던지고 있는 광경을 마주하며 청년은 옆자리에 앉은 검은 드레스 차림의 소녀를 향해 담담하게 말을 건넸다.

“예정했던 행사가 적절하게 진행되지 않으면『시간을 잊는 도시』의 명성에도 흠집이 나기 마련이죠. 이것은 상당한 타격입니다.”

그렇게 말한 뒤 한바탕 유쾌하게 웃더니 청년은 자신의 옆자리에 앉은 소녀의 얼굴을 빤히 들여다보았다.

“……아무튼 어찌하시렵니까? 린네부르크 님. 이웃 나라에서 온 손님들을 맞이하고자 일부러 이렇듯 특별한 시합을 편성했는데 말입니다.”

청년, 즉 시설의 소유자인 라시드와 린네부르크 왕녀는 둘이 나란히 관객석에 앉아 조용하게 투기장을 내려다보고 있었다. 그동안 두 사람은 일절 대화를 주고받지도 않았고, 미소 짓는 청년과 대조적으로 검은 드레스를 차려입은 소녀는 줄곧 싸늘하게 눈을 찌푸리고 있을 따름이었다.

"대단히 죄송하오나 저는 이렇듯 피비린내 나는 광경은 선호하지 않습니다."

"그렇습니까, 유감이군요. ―아무튼 방금 저 친구와 계약을 체결하였으니 이제부터는 제가 알아서 조치해도 무방하겠군요, 린네부르크 님."

"……그 계약, 어떠한 내용인지 저도 조항을 쭉 확인할 수 있겠습니까? 선생님의 현재 고용주로서 충분히 행사할 수 있는 권리라고 생각합니다."

"예, 물론입니다. 확인 정도야 아무 문제도 없죠. 다만 가능한 한 정중하게 다뤄 주십시오. 이 서류는 제가 저 친구와 맺은 중요한 약속의 증명이니까 말입니다."

"네, 물론이죠. 염려 마시길."

검은 드레스를 차려입은 소녀는 청년이 건네는 두꺼운 양피지를 받은 뒤 곧바로 작은 손바닥 위에 거대한 불덩어리를 만들어 냈다.

"―보시다시피, 가능한 한 정중하게 **처분**해드리겠습니다. 【멸섬극염】."

그렇게 왕녀의 손으로 넘어간 서류는 일순간에 흔적도 없이 불타

올랐다.

갑자기 관객석에서 천장에 닿을 만큼 큰 불기둥이 솟아오르자 주변이 온통 시끄러워진다. 다만 소녀는 전혀 안색조차 바뀌지 않았고, 막 소녀에게 서류를 건네줬던 청년도 담담하게 웃을 따름이었다.

"……이런, 놀랐잖습니까. 클레이스 왕국에서는 중요한 약속이 기록된 문서를 양해도 없이 불살라 버리는 겁니까? 조금은 문명의 빛이 비치는 지역이라고 알고 있었는데 말이죠."

"쌍방이 내용을 확인하지 않고 체결한 계약은 무효, 그렇게 사렌차(그쪽)의 법전에도 쓰여 있지요. 그렇다면 한낱 종잇조각에는 아무 가치도 없습니다."

차분하게 답하는 소녀를 보며 청년은 웃음 지었다.

"확실히 우리나라가 제정한 법률을 따르자면 방금 한 말씀이 옳습니다. 그러나 사전에 면책 조항을 서면에 기입하면 관례상 효력을 잃는 불상사도 피할 수 있습니다만……. 정작 조항을 써 놓은 계약서가 복원 불가능한 지경으로 재가 되어 버렸으니 이제는 확인을 할 방법도 없군요. 하하하, 한 방 먹었습니다. 역시 레인 군의 여동생분답습니다, 법률을 잘 공부하셨군요."

"오빠는 당신의 행동을 항상 경계하라더군요."

"아이고, 이런. 레인 군이 보내 주는 최고의 찬사로 해석하도록 하죠. 그 친구와 저는 옛날에 이런저런 일을 겪었습니다만, 아직껏 잘 기억해 주고 있다니 더없이 영광입니다.”

청년은 재미있다는 듯이 웃으며 관중들이 이것저것 물건을 던진 바람에 쓰레기장처럼 바뀐 무대의 위쪽으로 다시 눈을 돌렸다.

“……그건 그렇고 조금 이해가 안 되는군요. 지금 시합은, 저 흉포한 그린 드래곤이 이상하게 얌전합니다. 설마 **뭔가** 손을 쓰셨습니까? 린네부르크 님.”

“아니요. 저는 짚이는 것이 아무것도 없습니다.”

“—저 용한테 걸어 둔 광화(버서크) 마법이라면 이미 풀었어. 마법까지 써서 억지로 싸우게 만든 것 같아서.”

뒷자리에 앉아 있었던 소년으로부터 대답을 듣고 청년은 고개 돌리지 않은 채 웃음을 짓고 무대를 내려다본다.

“……그래, 알겠군. 네가 바로 『마족』 소년이구나. 확실히 너희는 마물을 자유롭게 조종할 수 있다고 했지. 지금도 네가 통제하고 있을까?”

“아니, 나는 용에게 걸어 놓았던 마법을 해제했을 뿐이야. 아마도 원래 겁 많은 성격이었을걸.”

“흠, 어느 틈에 마법을 풀어 줬지?”

“이 시합 초반에 용을 무대로 운반하기 조금 전. 그리고 지하에 갇혀 있는 불쌍한 마물들도 같이.”

"그런가, 정말 멋진 힘이구나. 전설에 등장하는 『마족』의 힘이 이렇게 대단한 줄은 몰랐어. 하지만 너무 지나치게 나서진 않는 게 좋아. 틀림없이 안 좋은 소문이 퍼질걸. 잔학무도한 『마족』이 또 마물을 조종해서 나쁜 짓을 꾸미고 있다고."

"그런 건 나도 싫은데. 네가 **진짜로 퍼뜨리지는** 않길 바랄게."

등 뒤에서 조용하게 답하는 소년의 목소리에 청년은 살짝 어깨를 부들거리며 우스꽝스럽다는 듯이 웃었다.

"너 생각보다 재미있는 녀석이구나. 로로 군, 맞지? 마음에 들었어."

그리고 다음 순간에는 얼굴에서 웃음을 싹 지우고 옆쪽에 앉은 소녀에게 시선을 보낸다.

"아무튼 린네부르크 님. 오늘 받은 손해는 누구에게 청구서를 보내면 되는 겁니까?"

"오늘은 저희를 환대해 주시는 것으로 말씀을 들었습니다만."

"하하, 그랬지요. 역시 빈틈이 없으십니다. 그럼 갑작스레 행사가 중지되어 입는 손해는 전액 환대를 위한 경비로써 가산 처리를 하겠습니다. 비용은 전부 아버지가 감당해 주실 테니 걱정하지 마시길."

"예, 배려에 감사드립니다."

"별것 아닙니다."

그렇게 일말의 미소도 없이 싸늘하게 응수를 마친 뒤 모두가 다시 조용히 관객석의 정면을 향하며 이미 욕설 이외에는 아무 소리도 들리지 않는 투기장의 중앙을 주시했다.

◇

"—장난하지 마라!"
"—입장료를 돌려 내라!"

우리는 원형의 무대 한가운데에서 귀가 찢어지는 듯한 욕설을 듣고 있었다. 이제는 말과 유리잔뿐 아니라 이것저것 다른 물건들까지 날아든다. 자꾸자꾸 날아드는 음료가 든 유리잔이며 식물을 심은 화분 따위를 수인 남자 신과 함께 손으로 쳐 내면서 제자리에 가만히 서 있었더니.

『투기장의 운영 측에서 협의를 한 결과, 금일의 최종 시합은 무효 처리를 결정했습니다. 본 시설에 방문해 주신 손님분들께 진심으로 사죄의 말씀 전해 드립니다. 승패권의 환불을 진행하겠사오니 각자 창구에서 수속을 밟아 주십시오. 아울러 주최 측의 사정에 의하여 금일 예정되었던 이후 프로그램은 모두 취소되었습니다. 방문해 주신 손님분들께 진심으로—.』

여성의 목소리로 시합 중지가 선언되자 유희장에 울려 퍼지던 욕설이 더욱 거세졌고 한층 더 많은 물건이 무대 위로 날아들었다. 하지만 잠시 기다리자 수인 남자 신이 들어왔던 방향의 게이트가 천천히 열리고 있는 광경이 보였다.

"음? 혹시 이렇게 시합이 끝나는 건가?"

"정말이냐? 설마 살아남은 거냐, 우리가."

"그런가 보군."

우리는 머리 위로 날아드는 여러 물건으로부터 도망치듯이 게이트를 지나서 투기장의 원형 무대를 뒤로했다.

그리고 나는 대기실에서 상처 치료를 자꾸 거절하는 신과 헤어진 뒤 복도에 있던 직원에게 길을 물으며 원래 있었던 관객석으로 돌아왔다.

얼굴이 보이는 곳까지 가까이 가자 린이 나를 맞이해 주었다.

"노르 선생님, 무사하셨군요."

"그래, 돌아왔어."

"어서 와. 투기장은 재미있던가?"

"별로 즐겁다는 생각은 안 들더군. 어쨌든 다친 사람이 없어서 다행이야."

"그래, 잘됐군. 다만 자네의 감상이 별로 즐겁지 않다는 게 유감이야. 이 투기장의 기획자[디자이너] 중 한 명으로서 무척 안타까운 마음이 드는걸.”

라시드는 그렇게 말한 뒤 몇 번째인지 모를 호들갑스러운 몸동작을 해 보이며 어깨를 으쓱거렸다. 본인의 말처럼 많이 아쉬워하는 모습은 아니었지만, 그 뒤쪽에서 린은 찌푸린 표정을 지은 채 서 있었다.

“무슨 일 있었나? 린.”

“……아니요. 특별히는.”

“그러게. 자네와 맺은 중요한 약속의 서류가 불타 버린 것 이외에는 특별히.”

“서류? 아, 방금 내가 서명했던 종이 말인가.”

“……선생님, 대단히 죄송합니다. 계약서는 제가 **실수로** 태워 버렸습니다.”

“실수로, 태웠다?”

“……독단으로 행동을 해서 죄송합니다. 하지만 아마 그 계약서에는 선생님께 불리한 내용이 다수 쓰여 있을 것으로 짐작되었기에 저도 모르게.”

“뭐, 나는 딱히 상관없는데……. 그러고 보니 그 종이에는 뭐가 쓰여 있었던 거야? 읽을 틈이 없었는데.”

“하하, 더는 신경 안 써도 괜찮아, 노르. 이미 사라져 버렸으니 어쩔 수 없지. 그 계약이 무효 취급을 당한 건 조금 아쉽긴 한데 원래부터 나도 겨우 잔꾀로 자네를 손에 넣을 생각은 하지 않았거든.”

"잔꾀, 입니까."

매섭게 시선을 보내는 린을 일별한 뒤 라시드는 즐겁게 미소 지으며 나와 마주 섰다.

"노르, 자네는 정말로 좋은 동료와 함께하는 복을 누리고 있구나. 더욱더 자네를 가지고 싶어졌어. 가능하면 이곳에 있는 전원이 **한꺼번에** 내게 와 주면 기쁠 텐데 말이지."

"라시드 님. 방금 전처럼 잔재주를 부려서 손에 넣을 수 있을 만큼 저희의 값이 싸지는 않습니다."

"물론 잘 알고 있습니다. 따라서 이제부터는 정정당당하게 기꺼이 정면 승부를 벌여서 아무 데서도, 아무도 불평을 하지 못할 형태로 『모든 것』을 받아 가고자 합니다. —누구의 눈으로 봐도 명백하게 결판을 낼 것입니다."

뭔가 이 인물은 아까부터 자꾸자꾸 기분이 좋아지는 것 같구나.

직후에 유희장을 비추고 있던 모든 조명이 일제히 꺼지며 주위가 한밤중처럼 어두워졌다.

갑작스러운 변화에 주변 전체가 시끄러워지는 와중에 라시드는 호들갑스러운 몸짓으로 두 팔을 벌리며 말했다.

"그러면 **시답잖은 여흥**도 대강 마무리가 되었으니 이제부터는 진정 즐거운 『유희』를 진행하도록 합시다. —멜리사, 손님들을 VIP룸에 안내하도록.”

“네.”

그렇게 우리는 멜리사를 따라서 드디어 『재정 유희』가 시작되는 곳으로 걸음을 옮기기 시작했다.

145 재정 유희(트라이얼) 1, 사전 협의

우리는 어둑어둑한 길고 좁다란 통로를 지나서 어느 방으로 안내받았다.

방 내부는 제법 널찍했고, 유희장 안에서 봤던 다양한 유희용 테이블이 몇십 개나 놓여 있었다. 벽면에는 수십 명의 까만 옷을 입은 직원이 쭉 늘어서 있는데 안쪽 벽에는 금색의 천칭을 그려 놓은 거대한 그림이 장식되어 있었다.

"린네부르크 님. 승부를 할 장소는 이곳으로 괜찮으시겠습니까."

"이곳에서 『재정 유희』를 하는 겁니까?"

"예. 이 방 안에는 다양한 유희에 대응하는 기구를 모자람 없이 구비해 놓았습니다. 또한 저쪽에 있는 『재정의 천칭』 벽화 앞에서는 수많은 명승부가 펼쳐져 왔지요. 오늘 승부에 잘 어울리는 장소가 아니겠습니까."

"……공평하게 승부가 진행된다면 장소는 어디든 상관없습니다만."

라시드가 거대한 천칭 그림 앞쪽에 놓인 의자에 앉자 멜리사가 손에 든 문서를 낭독했다.

"그러면 이제부터 『재정 유희』, 『시간을 잊는 도시의 오너, 라시드』 대 『클레이스 왕국에서 온 손님』의 사전 협의를 진행하겠습니다. 사회 및 진행은 저 멜리사가 담당하겠습니다. 서로 의견을 확인하는 과정에서 이견이 있는 분께서는 바로 말씀해 주십시오. 이견이 없다면 제시되는 의제를 함께 인정하는 것으로 하고 이후의 항의는 일절 접수하지 않사오니 미리 양지해 주시기 바랍니다. 여기까지 문제가 없다면 쌍방의 대표분께서 대답해 주십시오."

"물론 나는 이의가 없어."

"……저도, 지금 말씀해 주신 내용에 이의는 없습니다."

"그러면 쌍방의 합의를 확인했사오니 이대로 협의를 진행하겠습니다."

멜리사는 조용히 손에 든 서류의 페이지를 넘겼다.

"우선 쌍방의 『유희자(플레이어)』를 확인합니다. 먼저 『시간을 잊는 도시의 오너, 라시드』 측은 경영자 라시드 및 본 시설의 직원 일동이 상대를 맡고자 합니다. 이에 맞서는 『클레이스 왕국에서 온 손님』 측은 린네부르크 님, 이네스 님, 노르 님, 로로 님, 실레느 님까지 다섯 명. 명단에 누락이 없는지 확인해 주시겠습니까?"

"저희는 문제없습니다만. 그쪽은 이 시설의 직원 전원이 나선다는 말씀입니까?"

"예, 물론이죠. 뭔가 문제라도 있습니까?"

"그럼 게임의 내용에 따라서는 유불리가 심해질 텐데요."

린은 넓은 실내의 벽면에 쭉 늘어서 있는 까만색 정장 차림의 직원들을 둘러봤다.

“그 부분은 걱정하지 마시길. 재정을 위한 유희를 선정할 때는 쌍방의 합의를 필요로 합니다. 유희를 결정할 때 공평하게 즐길 수 있는 형태의 게임으로 골라 주시면 딱히 문제가 되진 않겠지요.”

“그럼 대등한 조건으로 겨룰 수 있는 유희를 선정할 것을 전제로 해서 받아들이겠습니다.”

“이해해 주셔서 감사합니다.”

“이제 쌍방이 확인을 마쳐 주셨으니 다음 의제를 진행하고자 합니다.”

천칭 그림의 앞쪽에 서서 멜리사는 또 한 장 손에 든 서류의 페이지를 넘겼다.

“다음은 이번 대결에서 책임지고 판정을 내릴 『재정관』을 확인하는 절차입니다만……. 본 재정에서는 피재정자의 입장에 있는 라시드 사렌차 님이 겸임할 것입니다.”

“……겸임이라고요?”

“네. 제가 이번 재정의 입회인을 맡게 됐습니다. 새삼스럽지만 잘 부탁드립니다, 린네부르크 님.”

“……잠깐만요. 재정에 직접 참가하는 인물이 『재정관』까지 겸한다는 것은 도대체 무슨 말씀이지요?”

"걱정 마시길. 우리나라에서는 자주 있는 일입니다. 『재정 유희』를 진행할 때는 재정의 결과를 증명하기 위해 법적으로 자격을 인정받은 존재가 반드시 입회해야 하는데, 그 역할을 이번에는 제가 맡았을 뿐입니다. 『재정관』이 유희의 내용이나 승패에 간섭하는 경우는 결코 없습니다. 원하신다면 지금 맹세를 할까요? 제가 재정관의 지위를 이용해서 부정을 저지르지는 않겠다고 말이죠."

"……그 말에 거짓이 있을 경우에는 조건 없이 저희의 승리를 인정하는 것으로 해 주신다면."

"물론 상관없습니다. 이해해 주셔서 감사합니다."

"지금 막 나누신 대화를 통해 쌍방의 합의를 확인했습니다. 그러면 다음 협의를 이행하도록 하겠습니다."

멜리사는 차분하게 손에 든 서류의 페이지를 넘겼다.

"다음은 『재정 유희』의 저울에 올릴 『쟁점(의제)』의 확인입니다. 이번에는 쌍방의 주장이 『사막 마을의 징세권』을 두고 엇갈림이 발생했습니다만, 본 재정의 쟁점은 세금 문제 하나임이 틀림없습니까?"

"내 인식에서는 맞아."

"예. 제 인식에서도 그렇습니다. ……제가 보았던 서류에 적힌 『징세 평가액』은 1년마다 48억 2,097만 가르드였습니다. 하지만 그 마을에 1년당 48억은 역시 정당한 숫자라고 생각할 수 없습니다."

"정확히 기억하고 계시는군요. 한데 말입니다, 린네부르크 님. 우리나라의 징세관인 제가 평가 금액을 결정했다면 이미 법적으로 인정받는 공정한 숫자가 되는 겁니다. 게다가 이 땅에서 사는 분이 아니라면 실감을 하기 어려울지도 모르겠습니다만, 그 마을에서 보유하고 있는『자산』에는 이미 그만한 가치가 있습니다. 왜냐하면— 클레이스 왕국의 지보라는『용수의 원통』이 반입되었으며 그곳에서 상수원으로 사용되고 있지 않습니까? **상당히 적게 어림하더라도** 수십억 단위의 부를 산출할 수 있다고 기대됩니다. 틀립니까?"

아무래도『용수의 원통』의 존재는 이미 파악당했나 보다.

웃음 짓는 라시드의 정면에서 린은 시치미를 떼고 있지만, 약간이나마 동요하는 기색은 발견할 수 있었다.

"……『용수의 원통』이 있다는 것은 인정해 주지 않으셔도 괜찮습니다. 다만 이 재정이 저희의 파격적인 양보라는 사실은 현명한 린네부르크 님이라면 이해해 주실 것이라고 믿습니다. 이 나라의 징세관을 두루 통솔하고 있는 제가 산정한 과세액이 뒤집힌다는 것은 본래는 용납되지 않으니까요. 이번『재정 유희』자체가 내빈 여러분을 접대하기 위해 마련된 특별한 자리임을 모쪼록 잊지 말아 주십시오."

"배려에 감사드립니다. 하지만 저희의 관점으로 봤을 때 지금껏 어떤 비호도 베풀지 않은 지역에 곧 부유해질 것 같다는 이유로 갑작스레 미래의 가치까지 근거로 내세워서 중세를 부과하겠다는 방침은 역시 납득할 수 없습니다."

"대단히 죄송하오나 그것이 우리나라의 통치 방식입니다."

"—지금 막 나누신 대화로써 쌍방의 주장에 있는 상이함이 확인되었습니다. 따라서 금일 『재정 유희』의 쟁점을 『사막 마을의 징세권』으로 설정합니다. 쟁점이 된 평가 금액은 『48억 2,097만 가르드』입니다. 쌍방은 의제와 동등한 가치가 있는 물품을 테이블 위에 제시해주십시오."

"그래, 멜리사. 그것을 가져오도록."

"예, 준비해 놓았습니다."

라시드는 멜리사로부터 받아 든 한 장의 서류를 테이블에 올려놓았다.

"저희 쪽에서는 물론 그 마을의 징세 권리서를 올리겠습니다. 이것이 딱 1년분이지요. 린네부르크 님께서는?"

"멜리사 씨. 저희 쪽에서 맡겨 놓았던 물건을 올려 주십시오."

"네."

멜리사가 천을 깔아서 꾸민 상자의 위쪽에 올려 정중하게 가져온 것은 린이 언제나 사용하는 단검이었다.

"……오호. 이 단검은 『최경 광물』입니까. 게다가 손잡이까지 한 몸으로 된 물건이군요. 심지어 이 만듦새와 칼날의 예리함, 크기를 고려하면 상당한 고가의 물품이겠습니다."

"예. 이것은 제가 개인적인 선물로 받은 물품이고 앞으로도 판매를 할 생각은 없습니다만, 시장 가치를 감정한다면 적어도 50억은 될 것입니다."

"그렇군요. 그 말씀에는 저도 동의합니다. 하지만 유감스럽게도 이것으로는 한참 부족하군요."

"……그게, 무슨 말씀이시죠."

린은 라시드에게 의문이 담긴 시선을 보냈다.

"잘 알고 계시다시피 물품의 가치란 본래 수요에 맞춰 결정되는 법입니다. 지금 상황에서 수요는 단순하게 대전자인 제가 그것을 갖고 싶다는 마음이 드느냐에 따라 달라지지요. 설령 시장 가치가 100억일지라도, 1,000억일지라도 제가 갖고 싶다는 생각을 하는 대가가 아니라면 이 자리에서는 1가르드의 가치도 없는 겁니다. 분명 훌륭한 보물임은 인정할 수 있습니다만, 저는 딱히 이 물건을 가지고 싶은 마음은 들지 않는군요."

웃음 짓는 라시드가 자기 앞쪽에 놓인 단검을 다시 린에게 밀어서 돌려줬다.

"……자, 린네부르크 님. 동등한 가치가 있는 대체 물품을 제시해 주시겠습니까? 참고로 말씀을 드리자면 클레이스 왕국(그쪽 나라)의 통화로 환산했을 경우 『왕금화』 다섯 닢 정도 됩니다. 동일하거나 더 높은 가치로 간주할 수 있는 재화라면 무엇이든 괜찮습니다. 감히 제가 제안을 드리자면, 예컨대— 옆에 두고 계시는 종자 중 어느 한 명의 **지배권**을 판돈으로 올리는 것은 어떻겠습니까?"

라시드는 웃음 지으며 린의 뒤쪽에 서 있는 우리를 가리켰다.

"노르, 혹은【신순】이네스. 아니면『마족』소년도 좋습니다. 저 소년의 가치는 다른 두 사람과 비교하면 많이 떨어집니다만,『마족』은 얼마 전 미슬라 교황의 선언 이후로 시세가 몹시 급등했으니까요. 물론 현금도 무방합니다. 예외적으로 현금만큼은 언제나 법적 가치가 담보되지요. 만약에 지금 소지하고 계시는 돈이 있다면 말입니다만."

웃음 짓는 라시드의 얼굴을 린은 조용히 노려보고 있다.

"……그런 거금을 언제나 갖고 다니지는 않습니다. 또한 저희는 동료를 판돈으로 올리는 만행을 저지르지도 않을 것입니다."

"오, 역시 종자를 아끼는 자비로운 분이시군요. 하지만 난처하게 됐군요.『재정 유희』에서는 반드시 쌍방이 같은 가치의 재화를 테이블 위에 올리는 것이 규칙입니다. 여러분이 합당한 가치가 있는 물품을 제시하지 못하신다면 유희 자체가 시작되지 않습니다. 그렇다면…… 특별 조치에 따른 이 승부 자체가 성립될 수 없습니다만."

"잠깐 기다려 줘. 돈이라면 있어."

"……노르 선생님?"

나는 상의 안쪽의 작은 천 주머니에 넣어 두었던 무지개색으로 빛나는 주화를 다섯 닢 꺼내서 라시드의 앞쪽 테이블에 놓았다.

"자, 왕금화 다섯 닢이야. 이 돈이면 충분한가?"
"—멜리사. 확인하도록."
"예, 알겠습니다."

멜리사는 상의의 주머니에서 작은 안경 비슷한 물건을 꺼내 들더니 내가 막 테이블 위에 올려놓았던 무지개색의 주화를 잠시 들여다보다가 또 정중하게 테이블 위에 내려놨다.

"……라시드 님. 전부가 틀림없이 진품『왕금화』입니다. 가치의 측면에서는 아무 문제도 없을 것입니다."
"그런가. 그럼 괜찮겠네. 갖고 있었잖아, 현금. 혹시 언제나 들고 다니는 건가?"
"아니, 이번에만 우연히."
"그런가, 참 신기한 우연도 다 있구나."
"노, 노르 선생님?! 이, 이런 큰돈을 대체……?!"

라시드는 묘하게 즐거워하는 기색이었다만, 린은 놀란 얼굴로 나를 바라보고 있다.
그러고 보니 이 돈의 이야기를 린에게는 아직 안 했구나.

"—대단히 죄송합니다, 린네부르크 님."
"이네스……?"

나를 대신해서 이네스가 린에게 귓속말했다.

"……사실은 저도 앞서 노르에게 자금을 받아 귀국했을 때 이 사실을 알게 되었습니다. 다만 왕께 상황을 보고드렸더니 『이것은 어디까지나 개인의 자산이니 그 남자의 행동에는 일절 개입하지 말고 발설도 하지 말도록』이라며 함구를 명하셨던지라 미리 말씀을 드리지 못했습니다."
"……사정은 알겠습니다, 이네스. 고마워요. 그런데 노르 선생님, 정말 괜찮으시겠습니까?"
"처음부터 전부 쓸 생각으로 가져온 돈이야. 딱히 전부 사라져 버려도 문제는 없어."
"……죄송합니다. 지금 진 신세는 귀국하고 나서 반드시 갚겠습니다."
"아니, 괜찮아. 수인 마을에서 한 여러 일들은 원래 내가 말을 꺼내서 시작된 셈이었잖아. 내가 부담하는 게 가장 좋겠지."
"……아무튼 이렇게 서로 천칭에 올릴 대가는 갖춰졌군요. 그럼 가장 중요한 『유희』의 내용은 어떻게 하시겠습니까, 린네부르크 님. 사전에 협의한 대로 쌍방이 납득할 수 있는 『유희』로 승패를 가름해야 할 텐데 말입니다. 뭔가 희망하시는 종목이 있습니까?"
"……그렇군요. 노르 선생님께서는 뭔가 마음에 둔 것이 있으십니까?"

"글쎄. 나는 이런 게임을 별로 해 본 적이 없어서."

린의 물음에 대답을 망설이다가 근처 테이블 위쪽에 놓인 10면의 주사위가 문득 눈에 들어와서 손으로 잡았다.

"……주사위 놀이라면 조금 해 본 적이 있군."

"그래, 『주사위(다이스)』인가. 확실히 『유희』는 방식이 단순할수록 더 재미있지. 역시 잘 아는구나, 노르. 그러면 린네부르크 님. 저희 쪽에서도 제안을 드리도록 하죠. 우선은 『세 주사위(스리 다이스)』로 진행을 하는 게 어떻겠습니까?"

"『세 주사위』입니까. 참고삼아 여쭙고자 하는데 그것은 어떤 규칙에 따라 진행되는 게임입니까?"

"이름 그대로 세 개의 주사위를 쓰는 **숫자 맞히기**입니다. 경기자가 번갈아 컵 안에 세 개의 주사위를 넣어 흔들고, 보이지 않는 주사위의 눈이 어떻게 나왔을지 예상하는 놀이죠. 대단히 단순하며 알기 쉽기에 서로가 복잡한 규칙을 파악하지 못해도 공평하게 승부를 겨룰 수 있습니다."

"요컨대 운에 모든 것을 거는 게임이라는 말씀일까요."

"아니, 꼭 운이 전부는 아니야. 이 게임에는 조금 요령이 있거든."

"……노르 선생님께서는 『세 주사위』를 즐긴 경험이 있으신지요?"

"경험이라고 할 정도는 아니지만, 비슷한 게임이라면 작업 동료들과 조금 해 봤어. 의외로 초보자여도 이길 수 있더군."

내가 참여해 본 것은 두 개의 6면체 주사위를 굴려서 숫자를 맞히는 게임이었다.

동료들이 휴식 시간에 즐겁게 하는 모습을 보고 나도 끼어들었었는데 처음이었는데도 불구하고 제법 승리를 거둘 수 있었다.

그 덕에 재미가 붙어서 그때부터는 매일같이 함께 주사위 놀이를 즐겼었지만.

다만 어째서인지 며칠쯤 지나자 동료들이 「이제 너하고는 두 번 다시 안 한다」라며 투덜거리더니 나를 따돌리기 시작했더랬지.

"노르, 자네는 이 유희에 자신이 있나 보군."

"그래, 어느 정도는."

"……그럼 린네부르크 님, 첫 시합은 『세 주사위』로 겨루도록 하고, 이것을 포함해서 세 판 승부로 결판을 내는 것이 어떻겠습니까? 승패가 너무 짧게 결정 나 버리면 재미가 없잖습니까. 이것은 승부이기도 하고 아울러 유희이기도 하니까요. 가능한 한 서로가 오래 즐길 수 있도록 진행하는 것이 더 유의미한 시간을 보내는 방법이겠지요. 아울러 이번에는 저희 쪽에서 유희를 지정했으니 다음에는 그쪽에서 원하는 유희를 결정하셔도 좋습니다."

"—알겠습니다. 그렇게 진행하시죠."

"자, 유희를 시작해 볼까. 멜리사."

"네."

『—장내에 계신 여러분께 안내 말씀을 드립니다. 이제부터 「시간을 잊는 도시의 오너, 라시드」 대 「클레이스 왕국에서 방문해 주신 손님」의 「재정 유희」가 개최됩니다. 본 시설에 설치되어 있는 모든 「원격 거울(스크린 미러)」에 승부의 진행 과정이 투영되오니 여러분께서는 부디 일행분들과 함께 관람해 주시기를 부탁드리겠습니다.』

"……저것은……?"

갑자기 투기장 때처럼 목소리가 주변에 울려 퍼지더니 실내 가운데에 있던 검은색 판 같은 물건에 우리의 모습이 비치기 시작했다.

"재미있지요? 저 『원격 거울』도 방금 전 투기장에서 숫자를 출력해 준 기기와 마찬가지로 『망각의 미궁』산 유물입니다. 시설 내부로 한정되지만 이렇듯 실제 현 상황을 멀리 떨어진 곳에 고스란히 보여 줄 수 있습니다."

"……이런 이야기는 듣지 못했습니다만."

"어이쿠, 맞습니다. 제가 깜빡했군요. 하지만 『재정 유희』라는 제도상 승부의 내용 및 결과를 보증하는 제삼자의 『눈』은 반드시 필요합니다. 이미 사전에 양지해 주신 절차였죠. 따라서 이왕에 특별 행사를 진행하는 만큼 가능한 한 많은 사람이 즐겨 주는 것이 더 좋지 않겠습니까. 본 시설을 찾아 주신 손님들께 즐길 거리를 제공하는 것은 『시간을 잊는 도시』의 오너로서 제 의무이기도 합니다. 모쪼록 허락해 주시기를 청합니다."

"지금 상황에서 허락을 안 할 수는 있습니까?"

"뭐, 양해해 주신다는 말씀으로 듣겠습니다."

라시드가 슬쩍 웃음을 짓자 또 장내에 여성의 목소리가 울려 퍼졌다.

『이제부터 금일 마지막 「승부 예측」의 시간을 갖겠습니다. 곧 개시되는 「재정 유희」는 대전자 양측의 협의에 따라 「세 판 승부」로 진행됩니다. 가까운 곳의 담당 직원이 승패권을 판매하고 있사오니 여러분께서는 마음껏 승패 예상을 즐겨 주시기 바랍니다. 첫 번째 대결까지 남은 시간은— 300초.』

"……설마 이 대결까지 도박의 대상으로 삼는 겁니까?"

"물론입니다. 이토록 흥미로운 대전은 자주 볼 수 있는 구경거리가 아니니까요. 실제로 보십시오, 굉장한 주목을 받고 있잖습니까. 분명 오늘의 『재정 유희』는 역사에 남을 명승부가 될 겁니다."

벽에 걸린 까만색 판에 표시되는 『승패권』의 숫자가 폭발적으로 불어나는 광경을 보고 라시드는 무척 즐겁게 웃음 짓는다.

한편 린은 라시드의 옆얼굴을 날카로운 눈으로 노려보고 있다.

"그래, 그렇지. 린네부르크 님? 잘 알고 계시겠지만 이곳의 상황은 시설 전체에 투영되고 있습니다. 저 많은 증인들 앞에서 여차하면 폭력을 동원하여 사태를 해결하고자 하는 어리석은 행동은 결코 시도하지 마시길 바랍니다."

“그런 생각은 가지고 있지 않습니다.”

“현명하십니다. 어디까지나 공평하게, 평등하게, 평화롭게. 그저 즐겁고 순수하게『유희』를 즐겨 봅시다. 이곳은 화해를 위해 마련된 장소이니 말입니다.”

『유희 개시 전 쌍방이 준비한 자산(칩)의 액수를 발표하겠습니다. 현재 자산액은 시간을 잊는 도시《48억 2097만》대 클레이스 왕국《48억 2097만》으로 같은 금액의 자산을 보유 중입니다. 자, 내방해 주신 손님께서는 마음껏 결과를 예상해 주십시오.』

주변에 숫자를 읽어 주는 목소리가 울려 퍼지고 벽에 숫자가 표시되자 어디에서 터져 나왔는지 큰 환성이 귀에 들린다.

“아아— 오늘은 자산(돈)이 잔뜩 움직이는 날이 될 것 같구나.”

라시드는 그렇게 말한 뒤 한층 더 즐겁게 웃었다.

“……사렌차의『재정 유희』는 정말 요란하고도 거창한 제도였군요. 미리 공부는 하고 왔는데도 미처 상상하지 못했습니다.”

“아닙니다, 보통은 이렇게까지 거창하게 진행을 하진 않습니다. 다만 오늘은 린네부르크 님 같은 무척이나 특별한 손님을 모시는 날이잖습니까. 이렇게 하면 일반 손님과도 어우러져서 더더욱 즐거운 시간을 보낼 수 있을 것이라는 제 작은 진심이 담긴 배려입니다.

어떠신지요, 좀 마음에 드십니까?"

"아니요, 죄송하지만 전혀."

"이런, 아쉽군요. 아무튼 이제부터는 공평한 유희로써 서로 자산을 쟁탈하는 대결을 벌일 겁니다. 다만 단순하게 먼저 자산이 바닥난 쪽이 패배하는 방식은 아닙니다. 설령 저 숫자가 마이너스로 떨어지더라도 승자 측이 임의로 **대출**도 해 줄 수 있습니다. 그때 이자 설정은 자유입니다. 이 규칙이 어떤 의미인지는 이해하시겠지요?"

"……별로 이해하고 싶지는 않습니다만."

"요컨대 패자 측에게 굉장히 친절한 승부라는 뜻입니다. 그럼 마음껏 유희를 즐겨 봅시다. 첫 대결은 노르, 자네가 나서기로 했지."

"맞아."

"이쪽에서는— 일단 자네가 나가보겠어? 쿠론."

"네."

라시드가 말을 건넨 인물은 입구에서 우리를 안내해 줬던 장발 남자였다.

"조금 전에는 신세를 졌다."

"그래. 다치지는 않았어?"

"네놈이 걱정해 줄 만큼 허술하게 단련하지는 않았다."

"그럼 다행이군."

저 남자는 아까 『흑색의 검』을 떨어뜨렸을 때 다리가 망가질 뻔한 직원이었다.

다만 눈에는 핏발이 섰고 말투도 뒤바뀐 터라 분위기부터 전혀 다른 사람 같았다.

남자는 한쪽 손으로 쥔 금속제 컵에 주사위를 세 개 넣었다.

『「재정 유희」, 세 판 승부의 첫 번째 대결을 위한 유희 종목은 「세 주사위」로 선정되었습니다. 그럼 방문해 주신 손님들께서는 승패권을 가까운 담당 직원으로부터 구입하신 뒤 마음껏 대결을 즐겨 주십시오.』

"나는 본래 **이쪽**이 전문이다. 국빈일지라도 전력으로 상대를 하마. 원망하지 마라."

"그래, 잘 부탁한다."

그렇게 곧바로 내가 참가하는 게임이 시작됐다.

146 재정 유희(트라이얼) 2, 세 주사위(스리 다이스)

“—뭐라고? 세 주사위의 규칙을 알지 못한다? 설마 규칙부터 설명을 해 줘야 하나?”

“그래. 사실은 비슷한 게임을 해 본 경험이 있기는 한데 별로 자세히 아는 건 아니거든. 가능하면 시작하기 전에 먼저 가르쳐 주면 좋겠군.”

“이런 초보자 같은 요청은 보통 신성한 『재정 유희』의 대결에서 받아들여지지 않는다. 하지만 기본적인 규칙조차 제대로 알지 못한다면 애당초 대결을 진행할 수 없지……. 설명해 주마. 나중에 이상한 불평을 듣고 싶지는 않으니까.”

“그래, 고마워.”

쿠론은 이제부터 자신과 대결을 할 인물과 테이블을 사이에 두고 마주한 뒤 상대의 표정 움직임을 신중하게 관찰하고 있었다.

‘이 녀석……. 무슨 꿍꿍이지?’

쿠론은 일단 세 주사위의 규칙을 알지 못한다고 말한 남자에게 의문을 느꼈다.

물론 남자의 말이 진실이라고 생각하지는 않는다.

상대의 말과 태도를 전부 진실로 받아들이는 것은 멍청이나 하는 짓이었다.

유희의 신경전은 이미 시작된 셈이다.

쿠론은 남자의 말과 몸동작으로부터 읽어 낼 수 있는 정보를 신중하게 분석하면서 곧 진행할 유희에 대해 설명했다.

“세 주사위는 한쪽이 세 개의 주사위를 던지고, 다른 한쪽이 주사위의 눈에 판돈을 거는 유희다. 주사위를 던지는 사람이 『물주』 역할을 맡고, 주사위 눈을 맞히는 『도전자』는 원하는 금액을 걸고 『베팅 방식』을 선언하지. 적중하면 『도전자』는 『베팅 방식』에 따라 『승리금(프라이즈)』을 받지만, 어긋나면 베팅한 돈은 『물주』에게 몰수된다. 이것이 기본적인 규칙이다.”

“그 『베팅 방식』이라는 게 무엇무엇이 있지?”

“『베팅 방식』에는 크게 나눠서 주사위 눈의 합계가 홀수인지 짝수인지를 맞히는 『홀짝(스트레인지)』, 주사위 눈의 합계치가 지정한 수치보다 위인지 아래인지를 맞히는 『위아래(업 다운)』, 주사위 눈의 숫자를 직접 지정하는 『번호 지정(넘버 콜)』이 있다. 베팅 방식에 따라 받을 수 있는 배당이 달라지며, 지금 설명한 순서대로 배당이 높아지지.”

“그런가. 전부 다 기억하기는 좀 버겁긴 한데……. 요컨대 주사위 눈을 다 맞히는 게 가장 좋구나? 내가 아는 게임에서도 그랬어.”

“맞다. 이 유희에서도 마찬가지지.”

—물론.

그것이 실제 **가능하다면** 말이다.

"설명은 끝이다. 바로 시작하지. 선공은 내가 맡아도 되겠나?"
"그래, 딱히 상관없어."
"……그럼 처음 베팅금은 얼마로 할 텐가."
"음, 이렇게 하지."
"……정말, 그렇게 할 작정인가."
"맞아, 괜찮아."

쿠론은 확신했다.
지금 오갔던 대화만으로 알 수 있었다.
이 녀석은 딱히 초보자를 연기하는 것이 아니다.

—이 남자는 어떤 의문의 여지도 없이 진짜 초보자다.

애당초 『세 주사위』는 처음 주사위를 던지는 공격 측이 압도적으로 우위를 점할 수 있는 유희였다.

반대로 말하자면 어떻게 『물주』를 맡은 상대의 공격으로부터 자산을 끝까지 지켜 내느냐는 게임이기도 하다. 스스로 『도전자』의 역할을 자처해서 주사위 눈을 **맞히고자 애쓰는** 게임이 결코 아니라는 뜻이다.

보통 최초의 『물주』와 『도전자』 역할을 결정하는 단계부터 치열한 신경전이 벌어진다.

선공을 맡는 『물주』 역할을 일부러 상대에게 내주는 웃기지도 않는 방식으로 승부를 진행하는 놈은 기막힌 멍텅구리다.

그에 더하여 남자는 수중에 있는 금색의 칩을 한 개 테이블에 올려놓았다.

금빛의 칩이 의미하는 것은 『1억』 가르드.

엷게 색을 칠했을 뿐 그냥 나뭇조각에 불과한 칩 한 개가 이쪽 세계의 승부에 몹시 익숙한 쿠론조차도 당황할 만큼 큰돈을 상징하고 있다.

만약 남자가 도박에서 이기면 물론 큰돈을 손에 넣을 수 있기는 하다.

하지만 어긋나면 판돈은 전부 『물주』 측의 자산이 된다.

그뿐 아니라 베팅을 엉성하게 했다가는 막대한 벌금(페널티)까지 지불해야 하는 처지로 몰린다.

쿠론이 봤을 때 단 한 번의 주사위 던지기로 **끝장날** 가능성조차 있는 무모한 금액이었다.

……그렇다, 틀림없다. 이 녀석은 그냥 먹잇감(봉)이다.

게다가 큰돈을 싸 들고 굴러들어 온 무방비한 먹잇감.

쿠론은 마음속으로부터 치밀어 올라오는 웃음을 힘겹게 억누르며 주사위를 던졌다.

“베팅.”

“3, 4, 8.”

—『번호 지정(넘버 콜)』.

남자가 베팅 방식을 선언했을 때 쿠론은 조금 놀랐다.

남자가 첫수로 제시했던 것은 대단히 큰『베팅금』이었다.

게다가 세 개의 주사위 눈을 모두 지정하는 가장 어려운 방식의 베팅이라니.

적중하면 판돈의 백 배라는 막대한 승리금을 얻을 수 있는 반면에 어긋나면 벌칙(페널티)으로써 열 배의 벌금을 지불해야 하는 거대한 리스크가 뒤따른다.

당연히 적중 확률은 한없이 낮다.

그런데도…… 테이블에 올려놓은 칩은『1억』이라는 거금.

요컨대 남자가 정말 적중시키면 자그마치 100억의 자산을 얻게 되지만, 어긋나면 한순간에 무려 10억의 자산을 잃어 버리게 된다.

첫 베팅부터 느닷없이 건곤일척의 위험한 모험.

‘이 남자는 무슨 생각을 하는 거지……?’

초보자라고 판단은 마쳤지만……. 설마 수십억의 큰금을 판돈 삼아서 무대에 선 인물이 정말『세 주사위』의 규칙조차 모를 리 없었다.

신성한『재정 유희』의 대결에서 몰랐다는 말은 통하지 않는다.

그렇다면 이 위험한 모험(베팅)의 의미를 알면서도 일부러 저질렀다는 말인가?

남자의 태연자약한 표정에서는 의도를 읽어 낼 수가 없었다.

이렇듯 많은 감시의 눈이 지켜보고 있는 와중에 속임수를 쓰는 낌새도 발견하지 못했다.

그러나『세 주사위』는 단순히 감으로 승부해서 이길 수 있는 만만한 게임이 아니다.

확률과 신경전 속에서 즐길 수 있는 고도로 지적이고 전략적인 게임이었다.

그런데도 이딴 방식으로 승부에 나선다는 것은 도대체.

—아무튼 이 남자는 신성한 승부의 장을 우습게 보고 있다.

우선은 한 차례 따끔한 맛을 보여 주도록 할까.

"오픈— 흡?!"

그러나 먼저 눈을 부릅뜬 쪽은 오히려 쿠론이었다.

컵 안의 주사위 눈은「3」,「4」,「7」.

남자의 번호 지정과 하나 차이였다.

"……**꽝**인가. 아쉽군."

남자는 느닷없이 번호 지정을 선언했고 세 개의 숫자 중 두 개를 맞혔다.

따라서 『무승부(노카운트)』 판정이기에 남자는 벌금을 낼 필요가 없다.

다만…… 이것이 정말 우연인가? 말도 안 된다.

이 남자는 마치 자신이 지정했던 대로 주사위 눈이 나올 것이라고 확신하는 듯한 말투로 선언을 했다.

도저히, 아무 수작이 없지는 않을 것이다.

지금 이 남자가…… 무엇을 했지?

"……이번 『번호 지정』은 실패, 단 숫자를 두 개 맞혔으니 벌금은 없는 『무승부』로 판정된다. 따라서 다시 한번 내가 주사위를 던지도록 하지. 괜찮겠나."

"그런 규칙인가. 알았어."

쿠론은 남자에게 처음 받았던 어수룩한 인상을 전부 떨쳐버리고 다시 세 개의 주사위를 손에 들었다.

……역시 이 남자는, 평범한 인간이 아니었다.

교묘하게 초보자를 가장한 무명의 실력자인가?

하지만 자신이 속임수를 간파하지 못할 리 없는데.

그렇다면 이 남자.

단순히 『운』이 좋았던 것인가.

어쩌다 한 번이라면 아주 불가능하지는 않겠다.

—그렇다면, 다음 기회는 없다.

쿠론은 눈을 커다랗게 뜨고 컵 안의 주사위를 고속 회전시켰다가 테이블에 놓았다.

"베팅."

"1, 3, 4."

—또다시『번호 지정』.

……이 남자.

두려움을 모르는 건가.

혹은 정말로 덜떨어진 놈인가.

이번에는 확실하게 속임수를 쓰는 낌새가 없었다.

그리고 두 개 이상의 주사위 눈을 우연으로 맞힐 확률은 한없이 낮다.

요행을 두 번이나 바랄 수는 없는 법.

곧 예측이 어긋났을 때 남자는 한 번의 선택으로 10억의 벌금을 지불해야 한다.

—이대로 지옥 구경이나 해라.

"오픈— 읍?!"

그러나 주사위 눈은「1」,「3」,「3」.
또다시 남자의『번호 지정』과 하나 차이였다.

"또 **꽝**인가. 오늘따라 자꾸 안 맞는군……?"

……말도 안 된다.
이 게임에서는 절대 일어날 수 없는 결과가 이어졌다.
확률적으로 불가능한 현상이었다.
그때 쿠론은 확신했다.
이 남자는 역시 무엇인가 **수작**을 부리고 있다.
감히 신성한 승부의 장을 치졸한 속임수로 더럽히고 있는 것이다.
분노로 덜덜 떨면서 쿠론은 테이블에 컵과 주사위를 내려놓은 뒤 눈앞의 남자에게 나직이 언성을 높였다.

"……네놈. 지금 뭔 짓을 했나."
"……으음? 아무런 짓도 안 했다만."
"……아니. 지금 분명히 뭔 짓을 했군. 뻔하지 않나. 아무 수작도 없이『세 주사위』라는 게임에서 두 번 연속으로 이런 결과가 일어난다는 것은 절대로—!"
"쿠론."

남자를 추궁하고자 했던 쿠론을 제지한 자는 고용주 라시드였다.

"이대로 계속하지. 어서. 관객들이 기다리잖아."

쿠론은 라시드의 손가락을 따라서 벽에 걸린『원격 거울』로 시선을 돌렸다. 거울의 면에 수많은 관객의 모습이 출력되고 있다.

지금 이 순간에도 사람들이 이곳에서 벌어지는 신성한 승부를 관전하고 있음을 떠올리고 쿠론은 곧바로 냉정해졌다.

"……실례했습니다."

고용주 라시드에게는 오늘 이미 한 차례 추태를 보였다.

하루에 두 번이나 추태를 보여 준다? 말도 안 된다.

쿠론이 아무리 확신을 갖고 있더라도 어떤 수작(속임수)인지 해명도 않은 채 기만행위임을 지적해 봤자 헛소리밖에 되지 않는다.

……그렇다면 이번에야말로 기필코 승부 중 네놈의 더러운 수작을 간파해 주마.

쿠론은 눈을 부릅뜨고 있는 힘껏 주사위를 던졌다.

"베팅."

"3, 6, 2."

"—윽?!"

거듭되는『번호 지정』.

그리고 하나 차이의『무승부』.

다만 아무리 눈에 힘줘도 남자가 뭔가 수작을 부린 듯 보이지는 않았다.

다시 승부를 벌이고자 다시금 쿠론은 혼신의 힘을 실어서 주사위를 던진다.

"베팅."

"1, 9, 8."

"……크, 『무승부』……! 다, 다시……! 베팅……!"

"5, 5, 4."

"—크읍?! 또, 『무승부』라고……?!"

그렇게 거듭 주사위를 던지면 남자는 또다시 『번호 지정』을 선언하고, 역시 『무승부』.

그다음도 마찬가지.

그다음의 또 다음도, 다시 다음도.

그다음도 또다시 쿠론은 거듭 주사위를 던져야 했다.

아무리 생각해도 이상하다.

……이런 우연은 절대 불가능하다.

'어째서 이런 상황이 벌어질 수 있지?'

이제 상대가 뭔가 수작을 부리고 있음은 명백했다.

그런데 정작 어떠한 수작인지는 도무지 티가 나지 않는다.

20년 이상 이 혹독한 도박의 세계에서 살아남아 버틴 쿠론에게 이 같은 굴욕은 처음이었다.

그래도 다음에는 파헤치겠다.

다음에는 꼭— 기필코.

"베팅."

"1, 3, 4."

"……또, 또다시『무승부』라고……?!"

"그런가. 어째서 자꾸 안 맞는지 모르겠군?"

다만 아무리 쿠론이 죽기 살기로 눈을 부릅떠도 상대가 어떤 속임수를 쓰고 있는지 단서조차 잡을 수 없었다.

……자꾸 안 맞는다? 뻔뻔한 놈.

이런 인물이 어찌 초보자일 수 있는가. 터무니없는 방심을 했다.

일단 게임을 잠시 중단한 뒤 다시금 주사위의 상태를 철저하게 점검할 필요가 있겠다. 쿠론이 애써 마음을 다잡았을 때 당사자가 오히려 제안을 했다.

"미안한데. 내가 주사위를 한 번 더 살펴봐도 될까?"

"네놈, 무슨 소리냐. 내가 속임수를 썼다고 의심하는 건가."

"아니, 딱히 의심을 하는 건 아닌데."

"—상관없다. 빨리 해라."

다만 반대로 절호의 기회가 왔다고 쿠론은 생각했다.

이 녀석은 반드시 지금 무엇인가 **수작**을 부릴 것이다.

그렇다면 자신의 눈은 상대의 손장난을 절대로 놓치지 않는다.

이 남자가 뭔가 손장난질을 하는 순간에 수많은 관중 앞에서 목을 매달아 버릴 테다.

그런 생각으로 쿠론이 남자의 거동을 혈안이 되어 관찰하고 있자니 남자는 단지 주사위를 몇 차례 굴렸을 뿐 금세 세 개의 주사위를 돌려줬다.

"고마워, 이제 됐어. 다 확인했어."

"……이제, 됐다고?"

"그래, 충분해."

쿠론은 남자로부터 돌려받은 주사위를 뚫어져라 살펴봤다.

아무것도 수작을 부린 흔적은 없다.

반대로 뭔가 수작을 감춘 듯 보이지도 않았다.

……정말 아무런 속임수도 없단 말인가?

아니, 그럴 리 없다. 승부를 잠시 중단한 채 남자에게 건네받은 주사위를 더 살펴보고자 했을 때 뒤쪽에서 관전 중이던 이웃 나라의 왕녀가 끼어들어서 입을 열었다.

"……저기, 노르 선생님?"

"음?"

"지금 뭔가 조사를 하셨지요? 설마 주사위에 뭔가 장치가 있었습니까?"

"아니, 그런 건 아니야. 전부 평범한 주사위였어. 잠깐 빌려서 굴린 건 단순하게 소리를 듣고 싶었기 때문이야."

"소리, 말씀입니까?"

—소리? 무슨 뜻인가.

도대체 무슨 의미인가……. 쿠론도 왕녀와 함께 남자의 말에 귀를 기울였지만, 남자가 입 밖에 꺼내는 말은 좀처럼 믿기 어려운 내용이었다.

"원래 주사위라는 물건은 눈에 따라서 아주 미세하게 소리가 좀 다르게 나잖아? 그 소리를 듣고 분간할 수만 있다면 이 게임은 꽤 간단하게 이길 수 있거든."

"그, 그게 가능한가요……?"

"그럼. 하지만 오늘은 어째서인지 자꾸 안 맞더라고. 그래서 한 번 더 살펴본 거야. 다시 몇 번 굴려 보니까 아무래도 내가 셋 중 하나의 소리를 위아래 반대로 기억해 버린 것 같더군. 이래서야 맞을 리 없지. 하지만 이제 원인은 알아냈으니까 다음부터는 제대로 맞힐 수 있을 거야."

"……그, 그렇군요……?"

—이게 웬 헛소리인가.

이딴 헛소리를 믿을까 보냐.

이 남자는 도대체 무슨 망발을 늘어놓는 것인가.

유희를 개시하기 전에 몇 차례 주사위를 굴리긴 했지. 설마 그 짧은 시간에 주사위의 눈마다 달라진다는 소리를 전부 암기했다고?

애당초 주사위 눈에 따라서 정확하게 모든 소리를 분간한다는 것부터 정신 나간 소리였다.

무려 20년 넘게 이 세계에서 살아온 쿠론조차도 그런 인물은 들어 보지 못했다.

절대 불가능하다고 단언할 수 있다.

……하지만 분명 이상했다.

이곳에서 상식적으로 불가능한 현상이 거듭 벌어지고 있다는 것은 쿠론도 절감하는 중이다.

그러나, 그렇다고 해서 남자의 설명을 도저히 곧이곧대로 믿어 줄 수는 없었다.

애당초 저 말이 정말로 사실이라면 지금 승부는 처음부터 시작하기도 전에 결과가 정해져 있던 셈이잖은가.

“그럼 계속해서 부탁하지……. 아, 잠깐. 역시 조금만 더 기다려 주겠어?”

남자는 그렇게 말한 뒤 허둥지둥 테이블 위에 놓았던 『1억』짜리 칩으로 손을 뻗어서 회수했다.

……그래. 이제야 깨달았는가. 본인의 무모한 행각을.

그렇게 쿠론이 내심 안도하던 때 남자는 테이블에 올려 두었던 금색의 칩 한 개 대신에 순백의 칩을 두 개 내밀었다.

"……판돈 추가(업라이즈)……??"

"그래. 이번에는 진짜로 맞힐 자신이 있거든. 자, 이제 주사위를 던져도 돼."

테이블 위에 올라간 판돈『1억』이 갑자기『20억』으로 불어났다.

이제 혹여나 만약 남자가 다음『번호 지정』에서 실패하면 쿠론은 아무것도 안 하고 열 배의 배당으로 200억을 손에 넣을 수 있다.

다만 반대로 남자가 다음 번『번호 지정』을 성공시킨다면.

—『2,000억』.

단 한 번 주사위를 던져서 남자는 작은 나라를 몇 군데 사들일 수 있는 자산을 손에 넣게 되리라.

이게 뭔 웃기지도 않는 짓거리인가.

제대로 미친 인간이나 할 짓이다.

아무리 자신이 있어도『세 주사위』승부 한 번에『20억』은 이상하잖은가.

이제는 남자가『번호 지정』으로 돈을 걸지 않더라도 다액의 돈이 움직이게 된다.

쿠론의 손은 이미 땀에 젖어서 부들부들 떨리고 있었다.

신체가 주사위를 던지고 싶지 않다며 자연스레 거부감을 드러내고 있다.

"왜 그래? 안 던지는 건가?"
"—크, 크읍—!"

쿠론은 짙은 죽음의 예감마저 느껴지는 중압감 속에서 주사위를 던진다.
그리고—.

"……베팅."
"알았어. 이건 4, 4, 4로군."
"—흐읍?!"

—또다시『번호 지정』.
게다가 이번에는 배당이 확 달라졌다.
판돈이 단박에 스무 배로 불어났을 뿐 아니라 남자가 선언한 것은『동일 수』.
동일 수의 배당은 통상의 열 배.
요컨대 이 경우에는—.

"자, 열어줘."
"……큭."

금속제 컵에 손을 댄 쿠론의 이마에서 아찔하게 땀이 흐른다.

쿠론은 손으로 잡은 컵을 죽기 살기로 들어 올리고자 하고 있었다.

그런데 팔이 떨려서 움직이지 않는다.

……조금 전 남자의 발언은 허세인가?

그렇다. 허풍쟁이의 행동임이 분명하겠다.

냉정하게 생각하면 전혀 경계할 필요가 없다.

즉 왕녀와 나눈 대화까지 포함해서 이제껏 보인 행동이 모두 자신을 현혹하기 위한 심리 유도(블러프)였다?

쿠론의 경험상 이것이 작전임은 분명했다.

하지만— 안 된다.

제발 멈추라고.

경험에 근거한 이성이 아닌 쿠론의 본능과 가까운 부분이 부르짖는다.

이 혹독한 세계에서 오래도록 쿠론의 목숨을 부지해 왔던 도박사(갬블러)의 감이 전력으로 위화감을 외치고 있다.

……저 컵은 **절대로 열지 말라**고.

공포 때문에 겁에 질려서 드는 생각은 결코 아니다.

쿠론은 단지 이해해야 하는 처지에 몰렸을 따름이다.

설령 이해하지 못하더라도 이제는 인정해야 한다.

—이 남자는 역시 **다르다**는 것을.

이제껏 승부해 왔던 상대와는 모든 것이.

따라서 이 남자는 분명 해낸다.

모든 주사위의 눈을 맞힌다.

이번 승부에서는 반드시 적중시킬 것이다.

쿠론이 일단 컵 위에 손을 올렸다가 현실을 인정할 때까지 별로 긴 시간은 걸리지 않았다.

"……항복(서렌더)."

"음? 항복?"

쿠론의 입이 열리고 인생에서 한 번도 발언한 적 없는 단어가 나왔다.

도박의 세계에서 거듭 승리함으로써 출세했던 만큼 쿠론은 이 말을 꺼낸 순간에 스스로의 존엄(프라이드)을 죽음으로 몰아넣은 것과 마찬가지이며 오히려 더욱 큰 굴욕이기까지 했다.

자신이 이제껏 인생에서 겪은 고난과 함께 쌓아 왔던 신뢰도 실적도 눈 깜짝할 사이에 덧없이 흩어진다.

지금 자처한 패배의 대가로써 고용주도 무거운 처벌을 내릴 것이다.

하지만— 그 이상으로 지금은 눈앞에 있는 이 남자가 두려웠다.

이 같은 거금을 걸고 막 승부를 마친 참이건만, 이 남자는.

'……어째서 이렇게까지 태연하게 행동할 수 있는 것인가.'

"혹시 지금 한 말은, 내가 이겼다는 뜻인가?"

"……그래. 『물주』가 승부를 포기했을 경우 벌금에 따른 배당은 『두 배』다. 가져가라."

"아무것도 안 했는데 두 배인가……. 미안하군?"

주사위를 한 번 던져서, 아니, 던진 주사위의 눈을 확인조차 않은 채『40억』이라는 자산이 움직인다.

그럼에도 남자는 아무것도 아닌 금액처럼 본인과 가까이 끌어당겼다.

"더 이상 나에게 승부를 계속할 의사는 없다. 따라서 이 승부는 너의 승리다."

"그런가. 내가 주사위를 던지기 전에 끝나 버렸구나."

배당금을 받아 든 남자는 조금 아쉬워하며 자리에서 일어났다.

"노르 선생님, 훌륭하십니다."

"음. 어쩌다 보니 이겨 버렸군."

승리에 기뻐하는 대전자 측을 곁눈질로 바라보면서 패배자가 된 쿠론은 고용주의 곁으로 돌아갔다.

"……라시드 님. 면목 없습니다."

"아니, 괜찮아. 좋은 판단이었어, 쿠론. 자네가 끝내 컵을 들어서 결과를 확인했다면 분명히 감봉 정도로 넘어갈 만한 손해는 아니었을 테니까. 봐."

쿠론의 고용주, 라시드는 싸늘하게 웃음을 지은 채 테이블 위로 가까이 걸어가서 아직 가만히 방치되어 있던 컵을 들어 올렸다.

―「4」, 「4」, 「4」.

남자가 선언했던 똑같은 숫자가 드러난다.
동일 수의 번호 지정에 따른 배당은 일천 배.
요컨대 이 컵을 열었다면 2조의 손해.
도저히 쿠론 한 사람의 목숨으로는 감당할 수 없는 금액이었다.

"목숨을 건졌구나, 쿠론."
"……네."

도박사로서 항상 죽음과 이웃하며 승부를 벌여 왔다고 자부하는 쿠론은 오늘 처음으로 진짜 지옥의 구렁텅이를 편린이나마 목도했다는 것을 실감했다.

147 재정 유희(트라이얼) 3, 사라진 남자(로스트 맨)

『첫 번째 시합, 「세 주사위」의 승패가 결정 났습니다. 승자는 「클레이스 왕국에서 온 손님」입니다. 현재 대결에 따른 보유 자산액은 「시간을 잊는 도시 《8억 2097만》 대 클레이스 왕국 《88억 2097만》」이며, 「클레이스 왕국에서 온 손님」이 크게 앞서 나가고 있습니다. 첫 번째 시합의 「단일(솔로) 승패」로 「베팅」을 하신 손님께는 이제부터 적중금 지급이 시작됩니다. 적중 확정금 수령을 원하시는 분께서는 창구의 담당 직원에게 말씀해 주십시오.』

장내에 클레이스 왕국 측의 승리를 알리는 여성의 목소리가 울려 퍼진다.

첫 번째 대결은 노르 선생님의 쾌승으로 무려 40억의 거금이 우리의 손에 넘어왔다.

상대의 남은 자산은 2할 아래로 떨어졌다.

그럼에도 엷은 웃음을 거두지 않는 대전 상대를 보면서 나는 섬찟한 느낌을 받고 있었다.

"훌륭하셨습니다, 린네부르크 님. 아무튼 다음 게임은 무엇으로 하시겠습니까? 조금 전 말씀드렸던 대로 종목을 결정하는 권리는 귀측에 있습니다만."

나는 사전에 정해 놓았던 게임을 지정했다.

“다음은『사라진 남자』로 부탁드립니다.”

“오호라. 그림패(카드)를 쓰는 게임이군요. 인원수는 어떻게 하시겠습니까?”

“3대3으로 하죠. 저희 쪽에서는 저와 로로, 실레느 씨가 참가합니다.”

“알겠습니다. 법률(규칙)상 연전도 가능은 합니다만, 노르를 참가시키지 않아도 정말 괜찮으시겠습니까?”

“네. 문제없습니다.”

“그러면 저희 쪽에서는 저와 멜리사, 쿠론이 함께 참가하도록 하지요. 쿠론, 자네는 연전을 하는 셈인데 괜찮겠지?”

“……네.”

『대전자 양측의 협의에 따라 두 번째 대결의 종목이 결정되었습니다. 유희 종목은「사라진 남자」. 유희자는 상호 간 세 명을 선출합니다. 자, 관전하고 계시는 여러분, 마음껏 예측을 즐겨 주십시오. 두 번째 대결,「단일 승패」의 승패권 구입에 남은 시간은— 300초.』

“이제 승부를 진행해 보실까요? 린네부르크 님.”

“알겠습니다. 그럼…… 죄송하지만 이네스와 노르 선생님께서는 게임 중 혹여 부정이 있지는 않는지 감시를 부탁드립니다.”

“분부 받듭니다.”

“그래, 알았어. 잘 살펴볼게.”
“자, 여러분, 저쪽 테이블로 이동하시죠.”

우리의 대화를 듣고 미소 짓는 대전 상대의 얼굴을 바라보면서 나와 로로, 실레느 씨는 대기석을 벗어나 대결을 진행하게 될 원탁에 자리 잡았다.

“자, 멜리사. 이번에 쓸 카드를 가져오도록.”
“네, 여기 준비해 놓았습니다. 린네부르크 님, 아무쪼록 확인을 부탁드립니다.”

멜리사 씨는 게임에 쓸 카드 다발을 우리에게 내밀었다.
나는 그것을 받아 들고 신중하게 점검한 뒤 다시 멜리사 씨에게 반납했다.

“괜찮습니다. 딱히 문제는 없어 보이는군요.”
“확인에 감사드립니다.”
“린네부르크 님. 먼저 한 가지 부탁을 드리고자 합니다만.”
“……무엇이지요.”
“카드를 배부하는 역할 말입니다만, 저희 쪽 참가자인 멜리사에게 맡겨 봐도 되겠습니까? 이 시합은 관객에게 눈요깃거리를 제공하는 행사의 역할도 겸하고 있사온지라 멜리사의 재주로 조금 분위기를 띄우며 진행하고 싶습니다.”

"시합만 공평하게 진행해 주신다면 상관없습니다."
"이해해 주셔서 감사합니다. 자, 멜리사. 잘 부탁하지."
"네. 그러면 삼가 시작하도록 하겠습니다."

그 선언과 동시에 멜리사 씨의 손안에서 카드가 마치 생물처럼 춤춘다. 화려한 쇼를 연상케 하는 광경을 본 관중들이 바깥에서 열렬히 환성을 지르고 있다.

'……굉장해. 카드를 다루는 손놀림을 눈이 좇아가지 못해.'

굳이 지명까지 한 행동에서 예상은 했었는데 이 시설의 지배인(매니저)을 맡고 있다는 멜리사 씨도 상당한 실력자인 듯했다.
나는 넓은 실내에서 종횡무진으로 춤추는 수십 장의 카드의 행방을 시야에서 놓치지 않고자 필사적으로 좇는다.

"어떠십니까, 린네부르크 님. 제법 볼만했지요?"
"예. 제 눈에는 딱히 수상한 부분이 보이지 않았습니다만."
"하하, 역시 린네부르크 님께서는 신중한 성격이시군요. 하오나 부디 염려하지 마시길. 저희 사렌차의 상인들은 결코 이 신성한 의식을 더럽히는 만행은 저지르지 않습니다. 안 그런가? 멜리사. 쿠론."
"예."
"……네."
"그럼 여흥도 잘 끝났사오니 이대로 게임을 진행하도록 합시다."

"……저기, 잠시만 기다려 주시겠습니까?"
"—실레느 씨?"

우리가 대화를 하던 때 실레느 씨가 옆에서 살며시 손을 들었다.

"……으음? 수행원 아가씨. 뭔가 문제라도 있나?"
"앗, 아뇨. 문제가 있다는 게 아니라, 그냥 단순하게 의문이 듭니다만. 맨 처음 멜리사 씨의 손에 들려 있었던 카드들, 지금 셔플 중에 **전부** 다 교체됐는데요? 원래 카드는 지금 벽 근처 직원분들의상의 주머니에 들어가 있고, 저희가 확인했던 카드 다발과는 완전히 다른 물건이 되어 버렸습니다. 그리고 조금 전 테이블에 올려놓은 카드 더미에서 세 번째 그림패 말입니다만, 그것도 『사라진 남자』에서는 사용하지 않는 《사신》 카드였죠? 애당초 이대로 시작해봤자 게임이 제대로 진행되기는 어렵지 않습니까……?"

실레느 씨는 고개를 살짝 갸웃거리며 차분하게 조금 전 카드 셔플의 문제점을 지적했다.

"멜리사, 저 말이 진짜인가?"
"예. 훌륭하십니다."

멜리사 씨가 직립 자세로 손뼉을 치자 사방의 벽에 쭉 늘어서 있단 흑색 복장의 직원 전원이 주머니에서 카드를 꺼내 들더니 일제히 박수를 쳤다.

“훌륭해. 역시 린네부르크 님을 수행해서 이 자리에 설 만한 실력은 있어. 무척이나 좋은 눈을 갖고 있군요. 방금 전 **마술**은 짤막한 여흥이자 깜짝 공연이었습니다만……. 보아하니 트릭을 굳이 설명해 드릴 필요는 없나 봅니다. 어떠신지요, 즐거우셨습니까? 린네부르크 님.”

“……아니요. 죄송하지만 별로.”

“이런, 안타깝군요. 실례했습니다. 이봐, 안 되잖나, 멜리사. 이런 건 **초보자**도 척 보고 알 수 있도록 연출해 드렸어야지. 다 같이 즐기는 오락의 기본 아닌가? 자네답지 않군.”

“네. 진심으로 사죄드립니다.”

“아무튼 그쪽 아가씨. 실레느라고 했던가. 자네, 괜찮군. 정말 괜찮아. 마음에 들었어. 지금까지 별로 주목을 하지 않았었는데……. 노르와, 【신순】과 함께 수행원이 될 만하군. 게다가 잘 보니 얼굴도 꽤 귀여운걸.”

“……엥? 고, 고맙습니다……?”

느닷없는 칭찬의 말에 실레느 씨가 조금 멋쩍어하며 뺨을 긁적거린다만, 실레느 씨는 동체 시력 및 청각을 포함한 여러 감각이 터무니없이 예리한 실력자다. 조금 전 『세 주사위』의 승부에서도 몇 번인가 노르 선생님처럼 『소리』로 주사위 눈을 맞히는 데 성공했었다.

실레느 씨도 게임은 경험이 적어 서툴다고 말은 했지만, 이렇듯 같은 테이블에 앉아 주었다는 것만으로도 든든해진다.

"……어떻습니까, 린네부르크 님. 이후 자산이 부족해지거든 저 아가씨도 테이블 위에 올려 주시는 것은. 지금이라면 평가액을 넉넉하게 산정해 드리겠습니다."

"그런 행위는 하지 않는다고 아까부터 말씀드렸을 텐데요. 게다가 지금 시점에서는 저희가 크게 앞서고 있으니 괜한 걱정은 사양하고자 합니다."

"실례, 옳은 말씀이십니다. 그럼 또 상황이 바뀌면 다시 제안을 드리도록 하겠습니다. 그리고 방금 전 여흥에 대해서도 거듭 사죄드리지요. 단지 즐길 거리를 제공해 드리고자 하는 마음이었습니다만, 아무래도 역효과였나 봅니다."

"글쎄요. 아무튼 이후부터 괜한 배려는 삼가해 주시면 좋겠군요."

"하하, 명심하겠습니다. 그럼 이제부터는 방금 전과 같은 깜짝 공연은 없는 것으로 방침을 조정하죠. 순수하게 승부를 즐기는 것으로. 함께 정정당당하게 규칙을 잘 지켜서 겨루도록 합시다. ―자, 멜리사."

"네. 그럼 다시금 승부를 위한 카드 셔플을 수행하겠습니다. 거듭 카드의 체크를 부탁드리겠습니다."

"……네. 괜찮습니다. 별문제는 없는 듯합니다."

"확인에 감사드립니다."

우리가 다시 확인을 마친 뒤 멜리사 씨는 터무니없는 속도로 셔플을 하고 곧바로 각각 참가자에게 카드를 나눠 줬다.

"……실레느 씨. 이번에는 괜찮았나요?"
"네. 제가 보기에는 아무 문제도 없었습니다. 평범하게 카드를 배부했을 뿐입니다."
"여러분, 갖고 계시는 패(카드)를 확인해 주십시오."

게임 참가자 전원의 앞쪽으로 카드가 다섯 장 배부되었고, 나는 배부받은 패를 손에 들었다.

"자, 『레이트』는 어떻게 하시겠습니까? 일단 『1억』 정도로 시작하는 것이 적당할 듯싶습니다만."
"저희는 상관없습니다."
"예, 『레이트』는 『1억』으로 설정하죠. 처음에는 누구부터 시작할까요. 저희 쪽에서 준비한 **여흥**의 트릭을 멋지게 간파하셨으니 귀측부터 원하는 유희자를 결정하셔도 무방합니다만."
"그럼 저부터 시작해도 괜찮으실까요."
"물론입니다. 자, 린네부르크 님부터 시작합시다."

나는 테이블의 한가운데에 놓여 있는 카드 더미에서 새로운 카드를 한 장 뽑은 뒤 자신의 패에 추가했다. 그리고 『사라진 남자』의 규칙에 따라 자신이 뽑은 카드의 내용을 주위 플레이어들에게 고지했다.

“《불 정령(파이어 엘리먼트)》 10.”

내가 쥔 다섯 장의 패 중에는 「《물 정령》 10」이 있다.

『사라진 남자』의 기본은 숫자 맞추기다.

뽑은 카드와 수중의 패로 「10」이라는 숫자가 일치된 상태이기에 나는 이렇듯 두 장을 조합해서 내놓을 수 있다.

나는 두 장의 카드를 뒤집어서 테이블 중앙에 놓고 『소실(로스트)』을 선언했다.

“소실.”

“거짓.”

하지만 나의 바로 정면에 앉은 인물은 거짓을 선언한 뒤 내가 내놓은 두 장의 카드를 앞면으로 뒤집었다.

“아차차……. 실례. 이번에는 **진실**이었군요. 제가 벌금을 내야겠습니다. 어서 자산을 가져가 주십시오.”

테이블 위쪽 『시간을 잊는 도시』 측으로부터 『클레이스 왕국』 측으로 레이트에 따른 비율로 자산이 움직인다.

거짓과 진실을 분간하는 데 실패했을 때의 벌금은 『레이트』와 같은 값.

이 경우에는 『1억』의 금액이다.

조금 전 『세 주사위』만큼은 아니어도 터무니없는 금액이 움직이는 셈이다.

—카드 게임, 『사라진 남자』.

이 게임의 기본은 단순하다.

카드끼리 「숫자 맞추기」.

플레이어는 자신의 순번(턴)이 돌아왔을 때 테이블 위에 놓아둔 카드 더미에서 새로운 카드를 한 장 뽑아 패에 추가한다. 그중 두 장 이상의 『숫자』가 일치하는 조합이 있다면 『소실』을 선언한 뒤 카드를 두 장 버릴 수 있다.

그렇게 첫 번째로 모든 카드를 다 소모한 플레이어가 우승(승리)을 차지한다.

하지만 이 「숫자 맞추기 게임」에는 한 가지 커다란 『모순』이 존재했다.

사용하는 그림패는 숫자를 써넣은 《땅 정령》, 《물 정령》, 《불 정령》, 《바람 정령》 네 가지 속성의 카드가 각각 열셋씩 합계 쉰두 장.

또한 맨 처음에 배부되는 패가 다섯 장이고 참가자가 여섯 명이니까 나머지 카드 더미는 스물두 장이다. 플레이어는 차례차례 한 장씩 카드 더미에서 새로운 카드를 뽑아야 하며 규칙상 플레이어끼리 패를 교환하지는 못한다.

다시 말해서 이 같은 숫자 맞추기의 성질상 확률적으로 카드를 배부받은 시점부터 이미 **절대로 승리할 수 없는** 플레이어가 다수 발생하게 되는 셈이다.

다만 이래서는 단순히 운에 따라서 승패가 결정된다. 게임이라고 말할 수 없다.

따라서 이 『사라진 남자』라는 게임에서는 플레이어들에게 모종의 『거짓말』이 허용된다.

『사라진 남자』의 플레이어는 『소실』을 선언하고 카드를 내놓을 때 원칙적으로 **어떤 카드를 제시하든지 무방하다**는 것이다.

단 『본인의 「거짓말」을 아무도 간파하지 못했을 경우』라는 조건을 붙여서.

플레이어가 자신의 순번에서 『소실』을 선언하고 두 장의 카드를 뒤집어 내놓았을 때 실제 숫자가 무엇이든 관계없이 다른 누군가가 『거짓』을 선언하지 않고 아무런 제지도 없이 다음 플레이어의 턴으로 넘어간다면 게임은 계속해서 속행된다.

카드를 뒤집어 놓은 채 앞면을 공개하지 않는다면 아무도 진짜 숫자를 알 수 없으니까.

하지만 거짓말을 했을 때 누군가가 『거짓』을 선언하여 거짓임을 간파당한다면 레이트에 따라 벌금을 지불한 뒤 버렸던 매수와 같은 숫자의 카드를 더미에서 또 뽑아야 한다.

그때 벌금을 전액 지불하지 못하거나 새로운 카드를 뽑기 전 수중에 카드가 아예 없을 경우에는 플레이어 자체가 『소실』되어 실격 판정을 받는다.

반대로 『거짓』 선언이 실패해도 마찬가지로 벌금을 지불해야 하는 위험성이 있다.

요컨대 『사라진 남자』는 자신은 거짓말을 하면서 상대의 거짓말을 간파해야 하는 게임이었다.

누군가가 거짓말을 할 때마다 게임의 『모순』은 더욱 커지며, 「숫자 맞추기 게임」으로써 본연의 성질은 파탄되어 간다. 종반에는 전원의 패가 모조리 뿔뿔이 흩어져서 제출하는 카드의 숫자 조합에 『진실』이 단 하나도 없어지는 경우 또한 충분히 발생할 수 있겠다.

하지만 만약 그 단계까지 수중에 『진실』을 온존할 수 있다면 해당 플레이어는 몹시 유리한 고지를 차지하게 된다.

거짓말을 간파당하지 않고 마지막까지 쭉 달려 나갈 수 있다면 『승리』.

반대로 거짓말을 해서 간파당하면 큰 대가를 치르게 된다.

하지만 우직하게 숫자가 정말 일치했을 때만 『소실』을 선언한다면 확률적으로 수중에 패가 자꾸 쌓이기만 하고 끝까지 이겨 내기는 어려워진다.

따라서 마지막에 사용할 『진실』의 카드 조합을 지키기 위해 어떻게 효율적으로 『거짓말』을 할 것인가.

거짓과 진실을 잘 골라서 활용하는 것이 이 게임을 승리하는 열쇠다.

이 게임, 나는 어린 시절에 가족과 몇 번 해본 경험이 있을 뿐 거의 초보자였다.

승부에 익숙하다고 말할 순 없을뿐더러 이 같은 승부의 장에 어떠한 수작이 숨어 있을지도 가늠하기 어렵다.

하지만 결코 조건은 불리하지 않다고 생각된다.

우리 쪽에는 동체 시력이 뛰어난 실레느 씨가 있고, 게다가 상대의 마음을 읽어 내는 로로가 있다.

우리는 외부에서는 알지 못하도록 로로를 통해 의사소통이 가능한 상황을 만들었다.

이네스가 클레이스 왕국에서 갖고 복귀했던 멜리젠 씨의 시작품, 귀걸이 형태의 극소 『통화 마도구(콜)』를 로로가 얼마 전 대기 시간 중 개조해서 나와 실레느 씨에게 로로의 『목소리』가 들리도록 손을 써줬다.

만전의 준비가 되었다고 장담까지는 못해도 제법 대비를 하고 이 승부에 임하고 있다.

하지만—.

'미안해, 린. 역시 정확한 사고까지는 **읽히지 않는** 것 같아.'

'그런가요.'

물론 상대도 로로의 존재를 잘 알고 있기 때문에 대책을 마련하는 것은 당연했다.

사실은 조금 전 『깜짝 공연』은 어느 정도나마 「읽히기도」 했다.

미리 로로가 조짐을 알려 주었고 나는 구태여 알아차리지 못한 시늉을 했다.

하지만 알고 있었는데도 끝내 실레느 씨가 지적해 줄 때까지 실제 어떠한 수작이 벌어졌는지는 파악하지 못했다.

카드가 어디에서 어떤 방법으로 바꿔치기되었고 어디로 사라졌는지까지 로로의 『독심술』로 추적할 수는 없다.

'……응. 집중하면 아예 못 읽는 것은 아닌데……. 억지로 읽어 내려고 해 봤자 아마도 **틀리게 될 거야**. 상대도 그 정도 재주는 부릴 수 있는 사람들이라고 생각해.'

'그렇군요. 그래도 로로가 있어 주는 것만으로도 견제는 되니까요. 계속해 주세요.'

'응. 알았어.'

내가 로로와 상의를 마쳤을 때 눈앞에 있던 라시드 씨가 내 얼굴을 빤히 들여다본다.

"으음? 왜 그러십니까, 린네부르크 님. 묘하게 조용하시던데 말입니다. 혹시 옆쪽에 앉은 마음을 읽을 수 있는 소년과 **밀담**이라도 나누셨습니까?"

"설령 나눴다면 뭔가 문제가 있습니까?"

"아니요, **전혀**. 규칙은 전혀 위반하지 않았습니다. 「상대의 마음속을 들여다봐서는 안 된다」라는 괴상한 규칙은 『사라진 남자』에 존재하지 않으니까요. 물론 재정 유희에도. —아차, 다음은 제 차례였군요. 《불 정령》 11. 소실입니다."

"거짓."

나는『거짓』을 선언하고 라시드 씨가 버리고자 내놓은 두 장의 카드를 뒤집었다.

"훌륭하십니다, 린네부르크 님. 또 제가 벌금을 내는군요."

테이블 위에서 다시 또 터무니없는 판돈이 움직인다.

라시드 씨는 미소 지으며 나에게 자산을 내밀었다.

거짓말을 하고 발각되었을 경우의 벌금은 레이트의 두 배이니『2억』.

이제 상대의 남은 자산은 《5억 2,027만》이다.

결국에 가면 단순하게 자산 갉아먹기로 치달을 수 있는 게임이니 자금에 여유가 있는 우리 쪽이 대폭 유리해진 상황이었다.

그러나 물론 긴장은 늦출 수 없다.

장소가 장소인 만큼 상대가 아무 수작도 부리지 않을 것이라는 생각은 드릿 않는다.

"그럼 다음은 멜리사, 자네 차례군. 진행하지."

"네. —수중에 내놓을 만한 패가 없사온지라 카드 더미에서 새로 뽑겠습니다. 《땅 정령》 4. 패스입니다."

"자, 다음. 쿠론."

"네."

그렇게 서로 번갈아 선언을 하며 원탁에 둘러앉은 플레이어들이 차례차례 카드 더미에서 새로운 카드를 뽑고 게임을 이어 나간다.

"《땅 정령》 13……. 패스."
"《물 정령》 2. 소실."
"거짓. ……이런, 이번에는 맞았군요. 벌금을 받아 가겠습니다."

테이블 위로 막대한 금액을 나타내는 자산이 오간다.
그 후에도 일진일퇴의 게임이 이어졌으나 로로의 도움도 있어 미세하게나마 우리 쪽이 유리했다.
이대로 가면 별 어려움 없이 승리를 거둘 수 있겠다.
하지만— 눈에 띄게 카드 더미가 얇아졌을 무렵에 장내의 상황이 변화하기 시작했다.

"《불 정령》 6. 소실."
"거짓."
"《바람 정령》 2……. 소실."
"그것도 거짓이군. 실레느, 자네는 지금 선언으로 소실, 실격이야."
"……으으. 죄, 죄송합니다, 린네부르크 님."
"괜찮아요, 실레느 씨. 아직 저희가 완전히 진 것은 아니니까요."

상대측이 잇따라 거짓을 선언해서 성공.

실레느 씨가 소실됐다.

이제 플레이어의 숫자는 2대3이다.

"—《물 정령》 12. 소실입니다."

"이런, 그것도 거짓입니다. 거짓말을 하시면 안 되죠, 린네부르크 님. 벌금입니다."

하지만 이번에도 또『거짓』이 선언된다.

세 번 연속해서 라시드 씨가『거짓』을 적중시켰다.

자산이 움직이고 상대의 남은 자산은《15억 2,027만》이 되었다.

그런데 저 남자는 내가 내어놓은 두 장의 카드를 뒤집기도 전부터『거짓』선언의 성공을 확신하고 있었다.

어떻게? 아무리 생각해도 이상하다.

본인이 직접 무엇인가 수작을 부리고 있다고 통보하는 것과 마찬가지 아닌가.

"잠깐만요, 라시드 님. 어째서 제가 내어놓은 카드를 앞면으로 뒤집기 전에 거짓이라고 확신을 하는 겁니까?"

"이런, 제가 미리 말씀을 드리지 않았던가요? 이곳을 수많은 사람들이 **보고 있다**고 말이지요."

"……그 말씀은, 무슨 의미입니까."

나의 질문에 라시드 씨는 두 팔을 크게 벌리며 웃었다.

"잘 알고 계시다시피 『사라진 남자』라는 게임에는 「상대의 마음속을 들여다봐서는 안 된다」라는 규칙은 없습니다. 마찬가지로 「관중에게 자신의 카드를 보여 줘서는 안 된다」라는 규칙도, 「다른 누군가에게 상대가 어떤 카드를 갖고 있는지 전달받아서는 안 된다」라는 몰인정한 규칙도 역시 없지요. 이미 숙지하고 계시는 내용이잖습니까? 이 행위는 물론 「게임 참가자가 상대의 카드를 훔쳐보면 반칙」이라는 원칙을 위반하지 않았을 뿐더러 저희는 어디까지나 공정하게 규칙에 따라 평등하게 유희를 진행하고 있습니다. 뭔가…… 문제라도 있습니까?"

라시드 씨는 태연스레 대꾸한 뒤 다시 웃었다.

내가 주변을 둘러보면 벽에 걸린 『원격 거울』을 통해 열렬하게 관전에 집중하고 있는 수많은 사람들의 모습이 눈에 들어온다.

불특정 다수의 여러 사람들이 둘러싸고 지켜보는 환경에서 게임이 진행 중이었다.

저 관객들도 포함해서 전부가 우리의 적이다.

이런 상황은 당연히 미리 예상할 수 있었다.

"……아니요. 전혀."

"그럼 게임을 속행합시다. 자, 다음은 쿠론이군."

"네."

그렇다. 나는 이 사태를 예상했었다.

설마 상대가 정말 이렇게 만부당한 변명을 할 줄은 생각하지 못했지만.

이 게임에 익숙하지 않은 나라도 처음부터 이런 정도의 수작은 충분히 **있을 것이라고** 짐작을 했다.

"……《불 정령》 6. 소실."

"거짓. 쿠론 씨, 거짓말을 하셨군요. 벌금입니다."

"……흡?!"

따라서 나도 저 남자와 마찬가지로 테이블 위로 올라온 카드를 앞으로 뒤집지도 않고 쿠론 씨의 『거짓』을 지적했다.

나는 처음부터 저 남자가 당당하게 변명할 때를 **기다리고 있었다.**

상대가 준비해 놓은 히든카드(기만책)를 먼저 노출시킨 뒤 이쪽도 비슷하게 준비한 히든카드를 당당하게 사용할 수 있게 되는 순간을.

"으음? 설마 귀측에도 협력자가 있었습니까?"

"……말씀드리지 않았던가요? **공평하게** 게임을 진행하려면 필요하겠죠."

"준비성이 좋군요. 그런데 어떻게 준비를 하신 겁니까? 본 시설의 직원에게도 방문객분들에게도 부디 귀측에 협력을 하지는 말도록 미리 잘 타일러 놓았는데 말입니다. 흠? 배반자는 누구이려나?"

어둡게 웃음을 지은 채 주변을 둘러보는 라시드 씨의 시선과는 다른 방향으로부터 목소리가 울려 퍼졌다.

『여전히 수법은 달라지지 않았군, 라시드. 정말 네 녀석답다.』
“……흐음? 그 목소리는 레인 군인가. 오랜만이야.”

목소리는 실내의 구석에 설치된 조각상의 머리 위에서 울려 퍼지고 있었다.
정확하게는 조각상 위에 가져다 놓은 휴대용『신탁의 옥』으로부터.
그곳에 비치는 것은 나의 오빠인 레인.
오빠가 우리의 이번 협력자였다.

“만나고 싶었어, 레인 군.”
『나는 더 이상 두 번 다시는 만나고 싶지 않았다. 다만 여동생의 부탁이니 어쩔 수 없지.』
“재미있네……. 저 물건. 자네들은 지금 저 작은 물건으로 통신을 하고 있었구나. 역시 타국과의 교류는 꼭 필요하다니까. 그나저나 어느 틈에 가져다 놓았을까? 의외로 재주가 좋구나.”
“조금 전 **마술**을 보여 주시던 때 틈이 나더군요. 노르 선생님께 부탁드려서 조용히 갖다 놓았습니다.”
“……위치는 괜찮았나? 린. 서둘러 갖다 놓느라고 자세히 살필 겨를도 없었다만.”
“네, 완벽하셨습니다. 감사합니다.”

"오호라. 노르를 게임에 참가시키지 않은 이유가 있었구나. 하하, 한 방 먹었어."

라시드 씨는 쓴웃음 지으며 어깨를 으쓱거렸다.

"……그건 그렇고 굉장하구나, 저 장치. 여태껏 못 보던 구조의 마도구인데 무시무시한 유용성의 집합체야. 혹시 저 물건은 얼마를 내면 나한테 팔아 줄 수 있어?"
"……시작품인 데다가 국가 기밀에 해당하는 물품인지라 판매는 하지 않습니다."
"흐음. 그런 물건을 이 자리에서 덜컥 보여 줘도 괜찮으신 겁니까? 린네부르크 님."
"어차피 조만간 염가로 보급판을 **발매**할 예정이라더군요. 신상품의 홍보를 겸하는 수단으로써 제작자 본인께 허가도 받아 두었습니다."
"오호라. 【마성】 오켄이 또 터무니없는 물건을 만들어 냈다고 소문은 들었는데 상상 이상이구나. 타국의 기술 발전을 따라가기 위한 교류는 역시 필수라는 것을 절감하게 되네. 그건 그렇고 정말 괜찮은 물건이야. 판매를 시작하면 분명 엄청나게 팔릴걸. 가능하면 잔뜩 매입하고 싶은데. —있잖아, 레인 군. 이 놀이가 끝나면 나랑 거래할까?"
『이후 국가사업으로써 판매에 힘쓸 예정이지만, 네가 얽히는 계약만큼은 죽어도 사절이다.』
"그런가. 아쉬운걸."

신탁의 옥 영상 너머의 오빠와 대화 나누며 라시드 씨는 즐겁게 웃었다.

"……아무튼 이렇듯 저희도 게임에 참가하지 않는 제삼자의 시선을 쭉 빌리고자 합니다. 물론 문제는 전혀 없겠죠. 이제야 정말 **공평**하며 대등한 조건이 갖춰졌으니까요."

"그럼요, 맞습니다. 당연히 아무 문제도 없죠."

"자, 게임을 계속하실까요? 관객 여러분들이 기다리고 계시니까요."

"……그래요, 그럽시다. 다만 이제부터는 서로의 패가 훤히 드러난 상태이니 오로지 운에 전부를 맡기는 뻔한 게임이 되어 버립니다만……. 구경해 봤자 별로 재미는 없겠군요? 소실."

"거짓. 라시드 님, 벌금입니다."

"……아차. 깜빡했군. 나의 친구가 같이 보고 있었는데. 저 마도구, 혹시 치워 주시면 안 됩니까?"

"그 부탁을 저희가 들어 드려야 할 의무는 있습니까?"

"없죠. 너무하잖아, 레인 군. 우리는 절친한 벗이라고 생각했는데."

『너의 일방적인 주장을 내가 인정하는 날은 천지가 뒤집혀도 오지 않는다.』

나는 두 사람의 대화를 들으며 계속해서 게임을 진행시켰다.

"다음은 멜리사 씨의 차례군요. 하시죠."

"……《땅 정령》 7. 패스입니다."

"다음은 로로."

"나는《불 정령》4. 소실."

"거짓, 이런, 아니구나. 아쉬워."

"네. 짐작하시는 바가 맞습니다. 다음은 저,《물 정령》12입니다. 소실."

"이번에도 진짜인가. 제법이야."

이미 서로의 패는 모조리 노출됐다.

다만 게임은 우리에게 유리한 형세로 진행되고 있다.

"……라시드 님. 놀랄 만큼 정확한 카운팅입니다."

"그래, 만만치 않네. 역시 린네부르크 님이야, 무척 꼼꼼하시군."

"그래서 뭔가 문제라도 있습니까?"

"아니요, **전혀**. 이곳은 소꿉놀이 같은 승부를 하는 카지노가 아닙니다. 신성한『승부』의 장이니까요. 본인이 가진 어떠한 능력이든 마음껏 활용해서 임하는 것이 옳습니다. 카운팅쯤이야 처음부터 저도 했을뿐더러 가능하다면 누구든 하지 않겠습니까. 안 그런가? 멜리사. 이제 와서 따질 문제는 아니지."

"……네. 실례했습니다."

"그나저나 난처한걸. 카드의 암기(카운팅)뿐 아니라 훔쳐볼 수단까지 철저하게 준비했을 줄이야. 생각보다 강인한 손님들이야."

"어디까지나 **공평하게** 게임을 진행하기 위한 수단이라고 말씀을 들었으니까요. 저희도 본을 받았습니다."

"……하하. 정말 훌륭하군. 『재정 유희』에서 쓰이는 『공평함』이라는 말의 의미를 아주 잘 이해하고 계십니다. 역시 자네가 훈수를 둔 건가, 레인 군."
『미슬라에서 유학을 하던 때 너에게 지겹도록 배운 교훈이니까.』

그렇게 승부는 이어졌고 나와 로로의 카드만 수가 줄어들었다.

"아아, 즐겁구나. ―이렇게 전력으로 즐길 수 있는 승부(게임)는 정말 오랜만이야. 『소실』."
"『거짓』. 라시드 님, 이대로 가면 제 다음 순번에서 끝나겠군요."
"예, 맞습니다. 이미 승부는 거의 결판이 났죠. 발버둥을 칠 여지도 없습니다. 완패군요."

그렇게 멜리사 씨와 로로가 카드를 뽑은 뒤 마지막으로 내 순번이 왔다.

"……《불 정령》 1, 소실. 저희의 완승입니다. 마무리하시죠."
"그래요. 완승의 배당은 열 배입니다. 자, 린네부르크 님. 자산을 가져가 주십시오."

라시드 씨는 이쪽으로 금색의 칩을 두 개, 적색의 칩을 여덟 개 건네줬다.
우리의 승리를 알리는 목소리가 시설 내부에 울려 퍼진다.

『두 번째 시합, 「사라진 남자」의 승패가 결정되었습니다. 승자는 「클레이스 왕국에서 온 손님」입니다. 현재 대결에 따른 보유 자산액은 「시간을 잊는 도시 《부채(마이너스): 7억 7,903만》 대 클레이스 왕국 《104억 2,097만》」이며, 『클레이스 왕국에서 온 손님』이 더더욱 크게 앞서 나가고 있습니다. ―두 번째 시합의 「단일 승패」로 「베팅」을 하신 손님께는 이제부터 적중금 지급이 시작됩니다. 적중금 지급 기한은 승패의 확정 이후로 24시간 이내이니 늦지 않게 창구의 담당 직원을 찾아 주시기 바랍니다.』

"훌륭해. 또 자네들의 승리군. 축하하네."

우리는 또 유희에서 승리를 거뒀다.

그럼에도 불구하고 원탁의 맞은편에 앉아서 막 패배를 겪은 인물은 조용하게 웃음을 띠고 즐겁다는 듯이 손뼉을 치고 있었다.

148 재정 유희(트라이얼) 4, 죽음의 아홉(데스 나인) 주사위 1

『지금 진행된 유희의 결과에 따른 쌍방의 보유 자산액은「시간을 잊는 도시《부채: 7억 7,903만》대 클레이스 왕국《104억 2,097만》」입니다—.』

"훌륭하셨습니다. 벌써 다음이 마지막 유희로군요."
"이대로 마무리를 지을 순 없나 보군요."
"물론입니다. 처음부터 세 판 승부라고 말씀을 드렸잖습니까. 겨우 두 개가 끝났을 뿐이지요. —다만 이쪽에는 대략 8억의 부채가 있습니다. 이래서는 게임 속행은 불가능하니……. 자, 멜리사. 가져오도록."
"네."

라시드에게 불린 멜리사가 무지개색 주화를 열두 닢 테이블 위에 올려놓았다.

"저희는 현금으로『증자』를 하겠습니다. 이렇게 하면 판돈이 대등해졌으니 속행도 가능하겠군요."

『「시간을 잊는 도시」측에서 증자를 실행했습니다. 따라서 자산의 부채는 해소되었고, 쌍방의 보유 금액은「시간을 잊는 도시:《102억

2097만》 대 클레이스 왕국《104억 2097만》」입니다.』

“……진심입니까?”

“처음에 미리 말씀드렸을 텐데요? 이것은 패자 측에게 **굉장히** 친절한 게임이라고요. 추가금을 지불할 수 있는 한 얼마든지 게임 속행이 가능합니다. 게다가 아직 귀측의 유리한 상황이 뒤집힌 것은 아니잖습니까. 이대로 게임이 비등하게 진행될 경우 귀측은 1년치의 면세권을 어떤 비용도 없이 확보하는 셈이죠. 이후 승부는 관객에게 즐길 거리를 제공하기 위한 시범 경기(엑서비션) 정도로 가볍게 생각해 주시기 바랍니다.”

라시드가 린의 표정을 살펴보면서 즐겁게 웃고 있다.

“그럼 유희의 종목은 무엇으로 할까요. 이번에는 크게 패배한 저희 쪽에서 결정을 하고 싶습니다만……. 어떠십니까, 다시 귀측의 특기인『주사위』맞히기 놀이를 해 볼까요.”

“또『주사위』입니까?”

“예. 오늘 시합은 어디까지나 접대를 위함이니 이 정도 배려는 마땅히 있어야 할 것입니다. 또 노르를 내보내도 상관없습니다. 노르의 실력이면 또 저희가 대패를 할지도 모릅니다만.”

라시드는 히죽거리는 표정으로 나를 쳐다봤다.

"노르 선생님."

"뭐, 비슷한 게임이라면 아마도 이길 수 있을 거야."

"……그럼 저희도 상관없습니다."

"동의해 주셔서 감사합니다. 그럼 저희는 샤우자를 내보내도록 하죠. 자네, 괜찮겠나?"

"—네. 명령이시라면."

라시드에게 이름을 불린 외팔의 수인이 소리도 없이 나타났다.

"그럼 마지막을 장식하는 승부는 자네에게 맡기도록 하지. 쓰는 도구는『주사위』로 결정됐는데 뭔가 희망하는 게임은 있나?"

"예, 저는『죽음의 아홉 주사위』로 겨루고 싶습니다."

"……『죽음의 아홉 주사위』?"

게임의 명칭이 생소했던지라 나와 린이 고개를 갸웃거리고 있자니 라시드는 멜리사가 내미는 접시 위에서 주사위를 아홉 개 아무렇게나 손에 들고 테이블 위로 굴렸다.

"기본적인 규칙은 처음에 했던『세 주사위』와 동일합니다. 한 사람이 주사위를 던지고, 다른 한쪽이 주사위의 눈을 맞혀야 하죠. 가장 큰 차이점은 주사위를『아홉 개』쓰는 부분이군요. 그리고『세 주사위』와는 달리 어떠한 경우에도 반드시 번갈아 가며 주사위를 던져야 합니다. 누구든 반복해서 던지는 경우는 결코 없습니다. 그렇게 서로 주사위의 눈을 「맞힌 개수」에 따라 승패를 결정하는 게임입니다."

"그렇군……?"

"또한 배율의 변동 기준이 다릅니다. 더 많이 맞히는 사람이 제대로 맞힌 차이만큼 배당을 받죠. 한 개 차이라면 레이트의 「열 배」. 두 개 차이라면 「백 배」. 세 개 차이라면 「천 배」. 이렇듯 격차가 벌어질수록 더욱 높아지는 겁니다. 좀처럼 드문 경우입니다만, 가령 한쪽이 「아홉 개」를 전부 맞히고, 다른 한쪽이 운 나쁘게 「제로」라면 배당은 「**10억 배**」가 됩니다. 조금 비율이 높긴 하군요. 뭐, 어지간해서는 발생하지 않는 경우입니다만. 다른 규칙은 없습니다. 두 사람의 역량을 감안하면 썩 높은 배율로 승부가 끝나지는 않을 것이라고 생각됩니다만."

"……잠깐만요. 그런 고배율의 게임은 들어 본 적이 없습니다."

"안됐지만 이미 귀측에 게임의 내용을 정할 권한은 없습니다. 자, 누가 나서겠습니까? 또 자넨가, 노르. 틀림없이 자네가 가장 승률이 높을 것 같기는 한데."

"그렇겠지."

"……노르 선생님."

린은 불안한 낯빛으로 내 얼굴을 바라봤지만.

"이길 수 있을지는 해 봐야 알아. 하지만 요컨대 주사위 눈을 제대로 다 맞히면 된단 말이잖아? 조금 전 승부에서 제법 익숙해졌으니까 이번에는 안 틀리고 맞힐 수 있을 거야."
"죄송하지만 부탁드리겠습니다. 하지만 부디 조심하시길."
"그래, 할 만큼은 해 봐야지."

그렇게 나는 승부를 진행하게 될 테이블까지 걸어간 뒤 샤우자라는 수인과 마주했다.

"그럼 마지막 승부를 시작해 볼까. 아차차, 먼저."

『——? ……! ——!』

라시드가 가볍게 한쪽 손을 들어 올리자『신탁의 옥』에 비치던 린의 오빠가 홀연히 자취를 감췄다.

"만약에 대비하고자 조치를, 외부인은 이만 빠져 주셔야겠습니다. 괜찮으시겠지요? 린네부르크 님."
"예. 오빠는 이미 충분히 활약해 주셨으니까요. 괜찮습니다."
"역시 레인 군의 여동생분답습니다. 언제나 침착하시군요. 그래, 레이트는 어떻게 할까요. 노르, 승부에 나설 자네가 결정하겠나?"
"아니, 나는 잘 모르는 부분이라서. 미안하지만 린, 부탁한다."
"……그럼 레이트는『1억』으로 부탁드립니다."

표정도 바뀌지 않은 채 린이 레이트를 설정하자 대답을 들은 라시드는 소리 높여서 웃었다.

“—하하! 린네부르크 님, 귀하도 상당한 승부사(갬블러)군요. 승부처를 제대로 볼 줄 아십니다. 정말 대단해요.”

“무슨 말씀이신지 의미를 잘 알지 못하겠습니다. 저는 단순히 노르 선생님의 힘을 믿고 있을 뿐입니다. 안정적으로 승리를 기대할 수 있는 상황이니 이왕이면 승리의 규모를 더욱 확대시키는 것이 현명하겠지요.”

“도박과 투자, 신뢰, 어떻게 바꿔 표현하더라도 하는 행동의 본질은 달라지지 않지요. 역시 귀하도 이쪽에 속한 인간인가 봅니다. 무척 마음에 듭니다, 린네부르크 님.”

“잡담은 그만하시죠. 승부를 진행해야 하지 않겠습니까, 라시드 님.”

“그랬지요. 저희는 이미 구경꾼이니까요. 함께 두 인재의 승부를 지켜보도록 합시다. 이제부터 벌어지는 대결은 분명 우리나라의 역사에 남을 대단히 멋진 승부가 될 테니까 말입니다.”

『대전자 쌍방의 협의에 따라 세 번째 시합의 종목이 결정되었습니다. 유희 종목은 「죽음의 아홉 주사위」입니다. 자, 관전하고 계시는 여러분, 마음껏 예측을 즐겨 주십시오. 세 번째 대결, 「단일 승패」의 승패권 구입에 남은 시간은— 300초.』

문자판에 표시되는 숫자(카운트)가 점점 줄어들고 있는 모습이 보인다.

나는 먼저 마주하고 있는 샤우자에게 물어 규칙을 확인하고자 했다.

"미안한데 한 번 더 게임의 규칙을 확인하고 싶어. 솔직히 겨우 한 번 들어서는 전부 기억하기가 힘들거든."

"……방금 전 라시드 님께서 말씀하신 것이 전부다. 한쪽이 아홉 개의 주사위를 던지고, 다른 한쪽이 맞히는 것. 그렇게 서로 한 번씩 번갈아 던져서 맞힌 주사위『눈』의 숫자로 승패를 가름하지."

"요컨대 맞혀야 할 때는 전부 맞히고, 주사위를 던질 때는 상대가 못 맞히게 잘 던져야 한다는 말인가."

"거칠게 요약하면 그런 셈이지."

"주사위는 반드시 번갈아 가며 던져야 하고?"

"그래, 맞다. 주사위를 거듭 던지는 경우는 무슨 일이 있어도 절대로 없다."

"그렇군, 알았어. 고맙다."

나는 간단하게 설명을 들은 뒤 승부를 위한 테이블에 앉았다.

"자…… 쌍방, 규칙 확인은 끝났지. 이 게임은 선공, 후공에 따른 유불리는 없지만 어느 쪽부터 던질래? 샤우자부터 해도 되겠나?"

"그래. 나는 상관없어."

"그럼 시작하지. 샤우자부터."

"네."

곧바로 외팔이 수인 남자가 손을 움직여서 아홉 개의 주사위를 공중으로 집어 던진다.

회전하며 뿔뿔이 공중으로 떠오른 주사위는 일순간에 남자가 쥔 금속제의 컵에 담겼다가 딱딱한 목제 테이블 위로 쿵, 강하게 내리찍혔다.

"베팅."

남자의 동작은 빠르고도 세심했으며 주사위의 소리도 거의 들리지 않았다.

이래서야 아홉 개의 주사위 눈을 전부 맞히려면 조금 전 쿠론과 승부를 할 때보다 많이 어려울지도 모르겠다.

"5, 5, 4, 6, 2. 그리고 7, 3……. 나머지는, 8과 3인가?"

"틀렸다. 마지막 두 개는 6, 7이다."

"—자, 실제 결과는 어떻게 나왔으려나?"

라시드가 웃음 짓고 옆에서 손을 뻗더니 테이블에 놓여 있는 컵을 들어 올린다.

공개된 주사위의 눈은 5, 5, 4, 6, 2, 7, 3, 6, 7.

모두 수인 남자가 말한 대로였다.

"샤우자, 정답. 노르, 오답."

라시드는 그렇게 말한 뒤 한층 더 즐겁다는 듯이 웃고는 손에 든 컵을 나에게 건넸다.

"자, 다음은 자네 차례야, 노르. 어서, 마음껏 던져 봐."

"방금 한 것처럼 똑같이 하면 되는군?"

"그래. 던지는 방법은 딱히 정해진 게 없으니까 편하게 하면 돼. 컵 안의 주사위 아홉 개가 마지막에 테이블 위로 제대로 올라가 있기만 하면 괜찮아."

"알았어. —그럼, 간다."

나는 방금 전 동작을 흉내 내서 아홉 개의 주사위를 가볍게 머리 위로 집어 던졌다.

그리고 뿔뿔이 공중으로 떠오른 아홉 개의 주사위를 가능한 한 상대에게 보이지 않게 주의를 기울이며 재빨리 금속제 컵으로 담아냈다가 그것을 있는 힘껏 테이블에 내리찍는다.

주사위를 담아내는 동작은 처음치고 제법 잘 해냈다는 생각이 든다.

하지만 내가 힘을 꽉 줘서 금속제 컵을 내리찍었더니 단단한 테이블이 소리를 내며 푹 파였고, 그대로 아래쪽 받침 부분까지 바닥에 깊이 가라앉았다.

그 충격이 바닥부터 벽까지 전해진 듯 아름답게 칠해진 벽이며 천장에 커다란 균열이 생긴다.

'—큰일 났군. 좀 힘이 과했나.'

처음 해 보는 탓에 긴장해서 힘이 지나치게 들어갔는지도 모르겠다.

쓱 봤더니 내가 막 내리찍었던 금속제 컵은 손가락의 형태를 따라 찌그러졌고 게다가 테이블에 거의 박히다시피 파고든 상태였다.

공간 전체가 흔들흔들 요동을 치고, 천장에 장식으로 달아 둔 조명은 당장에라도 떨어질 것 같았다.

아무튼 아홉 개의 주사위는 제대로 테이블 위에 올려놓았다.

라시드가 말했던 대로 최소한의 조건은 갖춘…… 셈이었다.

"음, 이제『베팅』이라고 말하면 되는 건가?"

나는 제대로 아는 것인지 아직껏 불안했던지라 규칙을 주위 사람들에게 확인한 뒤 삐걱거리는 소리와 함께 흔들리고 있는 공간 안에서 금속제 컵으로부터 천천히 손을 떼었다.

149 재정 유희(트라이얼) 5, 죽음의 아홉(데스 나인) 주사위 2

『시간을 잊는 도시』의 내부 곳곳에 설치된 『원격 거울』에 비치는 인물이 주사위를 던질 때마다 주변으로 굉음이 울려 퍼지고, 지면이 흔들흔들 요동을 치고, 도처에서 작은 비명이 터져 나온다.

이미 건물의 온갖 벽이며 천장에 무수히 많은 작은 균열(잔금)이 생겼고, 시설 내에서 사육되는 새들은 이변을 감지하여 우짖고 있었다.

"……저게 도대체 뭐 하는 짓이냐. 아무리 거의 목숨이 걸린 레이트로 『죽음의 아홉 주사위』를 하고 있다지만, 저런 방식은 말이 안 되잖아. 아니, 저 녀석들 유희용 탁상(테이블)을 몇 개나 부수는 거야……?!"

"……거의 다 클레이스 왕국의 남자가 부쉈지만 말이지."

이 순간, 시설 내부의 모두가 『원격 거울』에 비치는 기이한 영상을 꼼짝도 않고 주시하고 있었다.

이미 모든 부분에서 기이하다는 말밖에 안 나오는 『재정 유희』의 경기를 방문객들은 전원 마른침을 삼키며 지켜보는 중이고, 저 예사롭지 않은 양상에서 두려움을 느끼는 부류마저 있었다.

"……아무튼 정상이 아냐. 양쪽 다 매번 주사위 눈을 일곱 개 이상 맞히고 있잖아. 내가 여기를 꽤 오래 다녔는데 이런 승부는 지금까지 들어 본 적도 없군.”

“게다가 레이트가 『1억』이라니? 진짜 제정신이냐?! 안 그래도 『죽음의 아홉 주사위』는 배율이 높은 게임인데 최소치가 어떻게 『1억』이야? 저쪽 대전자라는 영애는 머리가 이상해진 것 아닌가?!”

“이제 와서 할 말은 아니지. 아까부터 승패의 결과에 따라 나라를 하나 사들일 만한 도박만 하고 있다고. 절대 한 번의 유희(갬블)로 움직여도 되는 돈이 아닐세.”

“……아니. 그럼에도 이번 승부는 아예 자릿수부터 달라. 이론상 가능한 최대 배당은 레이트가 『1억』, 한 번만 곱해도 『10억』이지. 최악의 경우 패배자는 헤아리다가 지칠 만큼 큰 천문학적인 부채를 떠안게 될걸.”

“아무리 사렌차 가문의 재정관(저지)이 입회한 『재정 유희』라지만, 그런 승부가 성립될 수 있나……?”

“『재정 유희』의 심판이 확인을 마친 부채는 어떤 수단을 동원해서라도 지불할 의무가 발생하지. 그것이 오래도록 내려온 관례이자 법률이다. 양쪽 다 각오는 하지 않았겠나.”

“어느 한쪽이 결과적으로 막대한 부채를 떠안게 되었을 때 막상 지불은 가능한가……? 이웃 나라인 클레이스 왕국의 지불 능력도 의문이고, 아무리 『사렌차 가문』이 무진장에 가까운 자산을 가졌다지만 한계가 있지 않은가.”

“라시드 님은 도대체 무슨 생각을 하시는 건가……?! 하필이면 이웃 나라의 인물과 이 같은 승부를 벌이다니. 이 승부, 자칫하면 전쟁의 발단조차 될 수 있다네.”

"발단 운운할 때가 아닐세. 이것은 이미 전쟁이야. 유희용 탁상 위에서 벌어지고 있을 뿐이지. 이미 작은 나라끼리 분쟁을 일으켜서 물을 배상금 따위는 비교조차 안 되는 금액이 움직이고 있어."

"이 승부. 결말의 형태에 따라서는 온 대륙이 큰 혼란에 빠질 것이다. 설마 라시드 님이 국제 정세까지 외면할 분은 아닐 터인데."

"……아무튼. 이 자리에 있는 우리의 입장에서는 다시는 없을 돈벌이 기회(찬스)라고도 말할 수 있겠군. 누구보다도 빨리 이 이변의 정보를 확보할 수 있게 되었으니까."

"……동감일세. 이번 승부의 결과에 따라서 온갖 물건의 시세가 크게 변동할 테지."

"그래, 기껏해야 승패권으로 놀고 있을 상황이 아니군……!"

"이봐. 서둘러 중앙에 있는 자와 연락을 취해라. 사, 사태가 어찌 종결되느냐에 따라서—!"

야심을 가진 상인들은 모두가 숨을 죽인 채 상궤를 벗어난 이 승부의 향방을 지켜봤다.

◇

"—베팅."

"5, 6, 2, 1, 1, 5, 2……. 그리고, 7과 3인가……?"

우리는 지금까지 거듭 주사위 승부를 반복했다.

그 결과는 내내『무승부』.

—혹은 나의『패배』.

"틀렸다. 마지막 두 개가 어긋났군."

"그런가, 또 어긋났구나."

이번에도 내가「일곱 개」를 맞히고 상대는「여덟 개」의 주사위 눈을 맞혔다.

주사위의 눈「한 개」차이로 내 패배다.

승부를 시작한 이후 쭉 이런 식이었다.

상대도 매번 모든 주사위 눈을 맞히는 것은 아니지만, 언제나 내가 한 발짝 뒤처지고 있다.

이번에도 레이트로 설정한『1억』의 열 배인『10억』, 딱『왕금화』한 닢만큼의『자산』이 상대에게 넘어갔다.

이대로 가면 계속해서 줄어들기만 할 테지.

"그럼 다음은 내가 던질 차례군."

"……이번에는 좀 유희용 탁상이 부서지지 않게 신경을 써라. 쓸 수 있는 유희용 탁상도 얼마 안 남았다."

"그래, 이번에는 진짜 조심할게."

나는 다시금 아홉 개의 주사위를 머리 위로 집어 던졌다가 조금 전과 같은 요령으로 금속제 컵을 휘둘러서 담아낸 뒤 테이블에 내리찍었다. 처음 몇 번 던질 때보다는 많이 나아졌지만, 힘 조절이 아직 익숙해지지 않아서 또 살짝 테이블에 금이 간다.

"베팅."

"6, 3, 6, 2, 1……. 8, 0, 1, 9다."

"아니, 처음 두 개는 5와 1이지 않나?"

"……열어봐라."

"봐, 역시."

내가 예상한 대로 남자는 주사위 눈을 「두 개」 빗맞혔다.

한편 나는 아홉 개 중에서 모든 예상을 적중시켰다.

자기가 던져서 맞혀 봤자 게임의 규칙상 별 의미가 없기는 한데 어째서인지 이런 때에만 잘 맞는다.

하지만 조금 이상하다는 생각이 들었다.

돌이켜 보면 스스로 주사위를 던졌을 때 나는 이제까지 **전부를** 맞힐 수 있었다.

"다음은 내가 던질 차례다. 내놔라."

"그 전에 잠깐 괜찮나?"

"……뭐지."

"조금 의아해서 한 번 더 주사위를 확인하고 싶은데."

"상관없지만 빨리 해라."

나는 수인 남자가 던지다시피 건네는 아홉 개의 주사위를 받아 들고서 테이블 위로 가볍게 굴려봤다.

하지만 쓱 살펴봐도 아무 문제가 없다.

우리가 사용하고 있는 주사위는 틀림없이 처음부터 쭉 같은 물건이었다.

아홉 개의 주사위에서 나오는 눈의 소리도 이미 완전히 암기했다.

……그런데 무슨 이유인지 도무지 전부를 다 맞히지는 못하고 있는 형편이다.

상대가 던질 때는 이상하게 한두 개 어긋나버린다.

자신이 던져서 예상할 때는 전부 다 맞았으니까 그럼 상대가 던질 때도 제대로 맞아야 할 텐데.

"……이제 되었나."

"그래, 이제 됐어. 괜찮아."

나는 잠시 주사위를 손에 쥐어서 감촉을 확인한 뒤 남자에게 건넸다.

원인은 아마 주사위는 아닐 것이다.

일단 한 가지는 확인을 마쳤으니까 충분하다.

"그럼 던지도록 하지."

남자는 숙련된 마술사 같은 손놀림으로 아홉 개의 주사위를 공중에 훌쩍 띄웠다가 컵을 써서 물 흐르는 듯한 움직임으로 공중에 있는 주사위를 낚아챘다.

그사이에 이전보다 더 주의 깊게 남자의 동작을 지켜보던 중 나는 불현듯 위화감을 감지했다.

'——그래, 알겠다. 그런 수법이었나.'

상대의 움직임을 주의 깊게 관찰하면서 나는 한 가지 사실을 깨달았다.

수인 남자는 주사위를 던진 순간에 놀랄 만큼 재빠른 손놀림으로 무척 복슬복슬한지라 안에서 새라도 살고 있을 것 같은 머리털 안쪽으로부터 두 개의 주사위를 꺼내 들더니 원래의 다른 두 개와 바꿔치기해서 컵 안에 넣었던 것이다.

오호라, 이래서야 자꾸 못 맞히는 것이 당연하겠다.

다만 이것은 소위『속임수』라고 불리는 행위는 아니다.

상대에게도 몇 번이나 확인했지만「도중에 주사위를 바꿔치기해서는 안 된다」는 자질구레한 규칙은 이 게임에 분명 없었으니까.

실제로 내가 실수해서 깨뜨려 버린 주사위를 이제껏 몇 번이나 교체했다.

그러니까 주사위를 바꿔치기하는 것 자체는 문제가 되지 않겠지.

문제는 내가 상대의 바꿔치기 수법을 이제까지 알아차리지 못했다는 것이다.

아무튼 어떤 수법(수작)인지는 알았다.

그렇다면 다음에는 분명히 맞힐 수 있다.

"베팅."

"2, 8, 6, 5, 1, 3, 0, 7. 그리고, 6인 것 같은데."

"……틀렸다. 한 개가 어긋났군."

"음?"

수인 남자가 조용히 컵을 들어 올리자 확실히 나는 아홉 개의 주사위 눈 중에 한 개를 빗맞혔음을 알 수 있었다.

"……이상하군? 이번에는 진짜 다 맞혔다고 생각했는데."

"다음은 네 차례다. 던져라."

나는 눈앞의 결과를 의아하게 생각하면서 수인 남자로부터 컵과 주사위를 받아 들었다.

또 봤더니 바꿔치기했던 두 개의 주사위는 원래대로 돌아와 있다.

어쩌면 다른 주사위도 어딘가 내 눈에 안 보이는 곳에서 바꿔치기된 것이 아닐까.

어떤 수법인지는 린과 이네스도 아마 알아차리지 못한 것 같다.

나보다 눈이 좋은 실레느라면 이미 간파했을지도 모른다는 생각에 시선을 돌려 봐도 지금 상대와 게임이 시작된 이후부터 실레느는 무슨 이유인지 줄곧 안절부절못하는 기색이었다. 아마도 실레느에게 의지하기는 어렵다는 느낌을 받는다.

동료에게 도움을 청하고 싶은 상황이기는 한데…….

역시 지금은 나 자신의 힘으로 승부에 임할 수밖에 없는가 보다.

그러나 아직 상대가 모종의 수단을 사용하고 있는 만큼 나 또한 상대가 제대로 맞히지 못하도록 뭔가 대책을 마련하고 싶은 마음은 든다.

"네 차례다. 던져라."
"그래."

'결국 어떻게든 못 맞히게 만들고, 나는 맞히면 될 테지.'

조금 고민하다가 나는 아홉 개의 주사위를 공중에 집어 던진 뒤 같은 타이밍으로 자신의 스킬을 발동시켰다.

"【도둑 걸음】."

그 순간 나의 주위에서 소리가 싹 사라진다.
컵으로 공중에 있는 주사위를 낚아챘으나 뭔가 부딪히는 소리도 구르는 소리도 나지 않는다.
나는 완전히 소리를 지운 채 금속제 컵을 쓱 조용히 테이블에 놓았다.

"베팅. 자, 맞혀 봐."

만약에 수인 남자가 나처럼 소리를 참고한다면 이 방법으로 맞히지 못하게 막을 수 있겠다. 잘 통하기만 하면 이 잔재주로 내가 승리를 거둘 수도 있겠다고 조금 기대를 했지만.

"1, 8, 6, 5, 2, 4, 4, 7……. 그리고, 6이다."
"……굉장한데. 전부 다 맞았어."

하지만 역시 기대는 어긋났다.
나는 틀림없이 주사위 소리를 지웠는데도 수인 남자는 전혀 당황하지도 않고 오히려 모든 주사위의 눈을 맞혀버렸다.
또「한 개」차이로 내 패배.
다시 우리의『자산』이『10억』만큼 감소했다.

"—이제는 내가 던질 차례다."
"샤우자. 잠깐 괜찮나?"
"……말씀하시지요. 라시드 님."
"자, 이번에는 상의한 대로. 알았지?"
"……분부 받들겠습니다."

뒤에서 들린 목소리에 내가 고개를 돌리자 생글거리며 웃는 라시드가 눈에 보였다.
둘이서 같이 눈짓을 주고받으며 뭔가 의사소통을 하고 있었다.
어떤 의도가 담긴 행동인지 나는 알 수 없었으나 아마 다음에 뭔가 또 작전을 사용할 것이라는 예감을 느끼고 주의하면서 수인 남자의 행동을 지켜본다.

"그러면— 간다."

아홉 개의 주사위가 수인 남자의 손을 벗어나서 공중에 훌쩍 떠올랐다.

여기까지는 앞선 동작과 다를 바 없었다.

하지만—.

'……아차.'

수인 남자가 컵으로 주사위를 낚아챘을 때 뜻밖의 이변이 발생했다.

주사위가 컵에 맞닿는 소리가 전혀 안 난다.

내가 이제껏 의지했던 주사위 소리가 싹 사라져 버렸다.

이 수인 남자, 나와 완전히 같은 방법을 쓴 것이다.

어째서 이렇게 뻔한 사실을 알아차리지 못했던 걸까.

나의【도둑 걸음】은【도적】 계통의 밑바닥 스킬.

내가 가능한 방법이라면 상대에게도 물론 가능한 방법 아니겠는가.

전혀 예상치 못한 사태였다.

이제 나는 주사위 눈을 예상할 때『소리』에 의지하지 못하는 처지가 됐다.

그렇게 당황하는 내 앞에서 금속 재질의 컵이 테이블 위로 내리찍힌다.

“베팅.”

이미 승부는 결정 났다는 생각에 잠깐 포기할 뻔했지만, 나는 찰나나마 간신히 눈에 들어왔던 주사위의 궤도로 컵 안에서 서로 부딪치며 튕기는 주사위들을 최대한 극명하게 상상을 했다.

그러자 상상 속의 컵 안에서 주사위 아홉 개가 여전히 소리를 내지 않으며 회전하고, 나는 필사적으로 주사위의 윗면 숫자를 마음의 눈으로 좇아간다.

“……7, 7…… 3, 8, 1, 3, 2, 8……. 그리고, 2인가?”

“틀렸다. 이번에는 **네 개**가 어긋났군.”

컵을 열자 수인 남자의 말처럼 내가 맞힌 숫자는 고작「다섯 개」.

한껏 집중해서 상상한 덕에 몇 개나마 주사위의 눈을 예상할 수 있었지만, 처음에는 버릇처럼 소리만 들어 판단하고자 힘썼던 탓에 대부분의 주사위 눈을 좇아가지 못했다.

몹시 안 좋은 상황이 벌어졌다.

이때까지 양쪽 다 적어도「일곱 개」는 맞혔었는데 갑자기 내가「다섯 개」밖에 못 맞혔다.

이제 내 차례에 던진 주사위를 상대가「일곱 개」이상 맞힌다면 우리의 패배가 확정된다.

남은『자산』이 한 방에 사라져 버린다.

"이런, 노르. 뭐 하는 거야? 뭔가 작전이라도 생각하고 있나?"

"그래, 맞아."

……이제까지 나는 그럭저럭 이 승부를 즐길 여유가 있었지만, 상황이 이렇게 된 이상은 차마 편하게 즐기기만 할 수는 없었다.

상대는 귀도 좋고 눈도 좋다.

평범하게 던져 봤자 어렵지 않게 맞혀버리겠지.

"라시드. 한 번 더 규칙을 확인하고 싶은데."

"후후, 이제 와서 말인가? 뭐, 좋아. 어려운 규칙도 아니니까 몇 번이라도."

"분명 이 게임은 주사위를 던진 뒤 컵이 테이블 위로 올라가 있기만 하면 괜찮다고 말을 했었지?"

"그래.『죽음의 아홉 주사위』의 규칙상 주사위가 테이블에 닿아 정지한 시점에서 어떤 상태이든 간에『베팅』이 가능한 것으로 간주되거든. 그리고 다시 던지는 경우는 없어. 실수로 주사위가 상대에게 전부 노출되더라도 말이지."

"알았어. 그리고 주사위를 넣은 컵을 놓을 때 테이블은 부서져 버려도 딱히 문제는 없겠지? 전력을 다해 던지면 역시 건물의 벽이나 바닥까지 부서져 버릴 텐데. 그래도 괜찮나?"

“……이제 와서 안 괜찮을 이유도 없지. 자네가 부숴 놓은 흔적을 둘러보겠어?”

“그건 그렇군……. 다른 규칙은?”

“없어. 규칙 확인은 이제 끝났나? 관객이 기다리고 있는데.”

“그래, 고마워. 괜찮아. 계속하지.”

그렇게 나는 승부 상대가 기다리고 있는 테이블 앞에 섰다.

“오래 기다렸군.”

“네 차례다. 던져라.”

“알았어.”

또다시 나는 아홉 개의 주사위를 높은 위치로 집어 던진다.

동시에 한쪽 손으로 바닥에 흩어져 있던 테이블의 파편을 한 개 주워 들고, 다른 한쪽 손에 쥔 금속제의 컵을 휘둘러 막 떨어져 내려오는 주사위를 낚아채면서 【스킬】로 힘을 강화한 뒤 바닥에 몸을 웅크렸다.

“【근력 강화】.”

그러자 바닥이 쩌적쩌적 소리를 내며 갈라지지만, 이제껏 벌인 승부에서 이미 엉망진창으로 갈라져 버렸으니 이제 와서 더 신경 쓰지는 않는다.

나는 온몸에 힘을 불어넣는 동시에 또 하나의【스킬】을 발동시켰다.

"【도둑 걸음】."

그 순간, 주위의 소리가 모조리 사라졌다.

"좋아, 간다."

나는 한 가지 커다란 착각을 하고 있었다.

이 게임은 내가 접했던 주사위를 쓰는 게임처럼 앞에 놓아둔 테이블 위에서 적당히 힘을 빼내고 얌전하게 진행하는 것이 당연하다고 생각하고 말았다.

그러나 설명을 잘 들어 보니까 단지 테이블의 윗면에 주사위가 멈춘 상태로 올라가 있기만 하면 문제없이『베팅』이 성립된다고 한다.

이 게임은 사실 내가 생각했던 모습보다 훨씬 자유도가 있는 놀이였던 것이다.

규칙은 단순(심플).

그렇다면 내가 떠올릴 수 있는 작전도 단순하다.

"—라시드. 또 조금 건물을 부술 텐데 나중에 수리할 테니 용서해 줘."

이어서 나는 전력의【근력 강화】,【도둑 걸음】과 함께 세차게 발을 내디뎠다.

그 충격으로 승부를 하던 공간의 바닥이 소리도 못 내고 붕괴했고, 동시에 벽도 흔들리며 무너져 간다.

느닷없이 요란하게 건물을 부수고 말았지만……. 라시드도 이제 와서 문제가 될 것은 딱히 없다고 말을 해 줬고, 내가 소지한 남은 돈으로 벽과 바닥을 수리하는 비용 정도는 어떻게든 낼 수 있겠다는 생각을 했다.

적어도 터무니없이 움직임이 빠른 저 수인 남자를 내가 정말로 뿌리치고자 한다면 이렇듯 조금 과감한 행동에 나설 필요는 있지 않겠는가.

그렇게 나는 전력으로 달려 나가며 반쯤 무너진 벽을 꿰뚫고 바깥으로 튀어 나갔다.

"—흐억?!"

"……뭐, 뭐야……?!"

벌써부터 꿰뚫은 벽 건너편에 있던 방문객을 깜짝 놀라게 만들어 버렸지만, 나는 마음속으로 다른 손님에게 사과하며 쓱 옆쪽을 통과한 뒤 복도를 전력으로 달렸다.

수인 남자는 즉각 내 움직임을 포착하고 뒤를 쫓아왔지만, 나는 등 뒤로 상대의 기척을 감지하며 금속제 컵으로 아홉 개의 주사위를 빠짐없이 담아낸 채 전력을 다해서 넓은 복도를 쭉 달려 나간다.

'역시나 금방 따라잡힐 것 같군.'

나는 죽을힘을 다해서 도망치고 있는 중이지만, 주사위를 빠뜨리면 안 되니 신중하게 달려야 하기 때문에 지나치게 빠른 속도를 내기는 어려웠다.

반면에 아무것도 손에 든 것이 없는 수인 남자는 쭉쭉 나에게 따라붙는다.

그럼에도 나는 좌로 우로 빈번히 페인트를 쓰거나 가끔 벽을 뚫고 들어가서 다른 공간으로 휙휙 이동하는 등 아무튼 전력을 다해 이리저리 도망쳤다.

그렇게 달려가면서 수많은 벽을 파괴하다가 아까 헤엄쳤던 『호수 공간』에 다다른다.

"꺄앗! 뭐, 뭐야?!"
"으아앗?!"

나는 차가운 물속으로 힘껏 돌진한 뒤 그대로 물속에서 컵 안의 주사위를 몇 번 굴렸다.

—컵이 테이블에 닿아도 주사위가 멈추고 내가 『베팅』을 선언할 때까지는 승부가 시작되지 않는다.

반대로 말하자면 그때까지는 얼마든지 컵 안에서 주사위를 흔들어도 된다는 뜻이다.

그렇다면 가능한 한 상대에게 보이지 않고 소리가 들리지 않는 장소를 선택해서 주사위를 흔든다.

그것이 내『작전』의 전부였다.

단지 발버둥질에 불과할 수도 있겠지만, 발버둥질도 횟수가 거듭되면 조금이나마 내가 이길 확률이 올라가지 않겠느냐…… 라는 계산이다.

아니나 다를까, 일단 승부를 하던 곳 바깥으로 나와보니까 장해물이 무척이나 많았다.

나는 시설을 너무 심각하게 부수지 않도록 신경 쓰면서 건물 내부에 있는 강과 연못에 뛰어들었다가 또 깊은 숲을 달려서 가로질렀고, 어떠한 때는 투기장 위를 휙 뛰어넘어서 주변에 있는 이용객을 포함한 다른 생물들을 피하는 한편 전력으로 도망 다녔다.

또한 테이블의 파편과 주사위와 금속제 컵은 반드시 지켜 낸다.

실수로 컵을 떨어뜨려 버리면 그 순간 내 패배는 확정이었다.

자꾸 따라붙는 대전 상대를 신중하게 따돌리면서 넓은 건물의 내부를 쭉 달려 다닌다.

그리고—.

"그래, 이 정도면 괜찮겠지."

그 후에도 한참을 도망친 끝에 나는 적당한 시점에서 걸음을 멈췄다.

이제 충분히 주사위를 굴렸다는 생각이 들기 때문이었다.

컵의 안쪽은 이미 나조차 어떤 상태인지 전혀 파악할 수 없다.

그렇게 나는 원래 방으로 천천히 걸어 돌아온 뒤 너무 꽉 쥐었던 탓에 찌그러진 컵을 테이블 위에다가 올린 채 이 게임의 지정 대사로 모든 사람들 앞에서 선언했다.

"—베팅. 자, 맞혀봐."

선언과 동시에 나를 쫓아온 수인 남자와 마주 보는 모양새가 만들어졌다.
이제부터는 주사위를 아예 움직일 수 없다.
나는 주사위가 절대 움직이지 않도록 팔을 전력으로 고정한 채 수인 남자의 앞에 테이블의 파편을 위에 올린 컵을 내밀었다.
설마 이렇게까지 했는데 주사위의 눈을 읽어 내지는 못할 것이다.
분명히 단순하게 운을 겨루는 승부였다.

"……6, 8……. 2, 3, 2, 1, 9, 7…… 3."

수인 남자는 씁쓸한 표정으로 아홉 개의 숫자를 선언했다.

"그대로 할 텐가?"
"……그래."
"좋아, 열어서 보여 줘, 노르."

라시드의 말대로 나는 손바닥만 한 테이블에서 금속제 컵을 들어 올렸다. 그리고 살짝 기도하는 듯한 심정으로 주사위의 눈을 제 눈으로 확인했다.

"어떤가?"
"……어긋났군."
"……몇 개나?"
"전부다. 맞힌 게 아홉 개 중 하나도 없군."
"그런가. 그건 굉장하군."

주사위 눈을 본 나는 조금 안도했다.
수인 남자가 선언했던 주사위 눈의 예상은 멋지게 전부 어긋났다.
오로지 운을 겨루는 승부였으니 하나 정도는 맞는 게 자연스러울 텐데.
아무튼 내가 정확하게 맞힌 숫자는 「다섯 개」.
반면에 수인 남자는 「제로」.
드디어 나의 승리다.

"드디어 내가 1승을 했군."
"……그 한 번이 크지만 말이지."

우리가 마주한 채 번갈아서 조용히 대화를 주고받던 때 뒤에서 박수를 치는 소리가 났다.

"……축하해. 노르. 정말 훌륭했어……. 졸지에 우리 쪽 부채는 『10조』로 불어났군. 도저히, 이런 거액을 당장 마련해서 지급할 만한 자산이 수중에 있지는 않아."

"그럼 승부는 이제 다 끝났다는 말인가?"

"그래. 이제 됐어. 나도 이번에는 충분히 **만족**했으니까. 자네들은 내가 기대한 대로 철두철미하게 진지한 자세로 승부에 임해 주었지. —그게 나에게는 정말 큰 기쁨이었어."

"……음?"

막 승부에서 패배한 라시드는 작은 목소리로 나에게 말한 뒤 또다시 박수를 치고 혼자서 무척 즐겁게 웃음 지었다.

조금 뒤늦게 주변에 있던 까만 옷 직원들도 드문드문 박수를 치기 시작한다.

하지만 라시드와 달리 모두들 복잡한 표정이었다.

누구보다도 멜리사가 얼굴을 딱딱하게 굳히고 있다.

라시드는 그렇게 핼쑥해진 표정의 사람들을 빙글 둘러본 뒤 차가운 목소리로 쏘아붙였다.

"……지금 뭐 하는 건가? 빨리 승패 선언을 해야지. 이미 승자는 결정 났잖아. 이제부터 조속히 확정된 『부채』를 어떻게 청산할지 교섭을 시작할 거야. 그것이 『재정 유희』의 규칙이니까."

『—지, 지금 막 마무리된 유희의 결과에 따른 보유 자산액은, 시……

시간을 잊는 도시: 《부채 9조 9,827억 7,903만》 대 크, 클레이스 왕국, 앗……? ……《10조 34억 2,097만》으로…… 확정되었습니다. —이상으로「재정 유희」를 종료합니다. 스,「승패권」을 구입하신 손님께서는 각 플로어의 창구에서 적중금 지급을 진행하오니…….』

시설 내부로 숫자를 안내해 주는 여성의 목소리가 울려 퍼진다. 덜덜 떨리는 목소리였다.

150 청산 교섭

"유희를 마친 뒤 청산 교섭은 완전히 비공개로 진행됩니다. 이제까지와 달리 이곳에는 관객(갤러리)이 없사오니 부디 안심하시길."

라시드는 유희를 진행하던 곳과는 다른 방으로 우리를 안내한 뒤 미소 지으며 말했다.

중요한 결정을 할 때만 쓰는 특별한 회의실이라는 방에 들어왔는데 이곳도 까만 옷 직원들이 벽면에 가득 쭉 늘어서 있었다.

방 곳곳에 비싸 보이는 물건들이 놓여 있어서 무척 아름답게 꾸며 놓았다는 생각은 들었지만, 잘 살펴보니까 방금 전 유희를 하던 중 우리가…… 아니, 대체로 내가 좀 과하게 날뛰었던 탓인지 벽에 가느다랗게 금이 생긴 상태다.

"아무래도 이 방에 함정의 종류는 없는 것 같군요."

린은 이네스와 함께 신중하게 방 내부를 둘러보면서 무엇인가를 경계하는 듯한 분위기였다.

"물론입니다. 이곳은 단지 대화를 나누기 위한 장소니까요."

라시드는 방에 구비되어 있는 멋지게 장식을 한 목제 의자에 가장 먼저 앉더니 우리에게도 어서 앉으라며 자리를 권했다.

린은 주의 깊게 방 안을 둘러보고 있었지만, 한 차례 확인을 마친 뒤 우리와 함께 라시드와 같은 테이블에 앉았다.

"비공개로 청산의 내용을 함께 이야기하자는 의도는 알겠습니다만……. 애당초 그런 거금을 정말 지불해 주시는 겁니까?"

"물론입니다, 린네부르크 님. 신성한 법률에 근거하여 실시된 『재정 유희』의 결과는 설령 어떠한 이유가 있을지라도 이행됩니다. 본 가문, 사렌차 가문, 더 나아가서는 우리나라의 상인 조합이 총력을 기울여서 보증하는 계약이니까요. 이 같은 추심으로부터는 설령 외국에서 오신 분이든 저희 사렌차 가문의 핏줄을 이은 누군가이든 결코 벗어날 수 없습니다."

"……그럼 지불의 약속을 정말 이행해 주신다고요?"

"물론이죠. 저희 사렌차의 상인은 무엇보다도 약속을 소중하게 여깁니다. 신용은 장사의 기본이니까요."

그렇게 말한 뒤 라시드는 호들갑스럽게 팔을 벌리며 웃어 보였다.

테이블 위에는 조금 전 우리가 게임에서 따냈던 칩을 《10조 34억 2,097만》이라는 황당무계한 숫자로 붉을 밝혀서 표시해 주는 까만 판자가 놓여 있다.

"그럼 곧바로 교섭을 시작해 보실까요, 린네부르크 님."

"……알겠습니다. 부탁드립니다."

"먼저 전제 조건부터 짚어볼까요. 협의를 개시하기 전 재정 유희의 『천칭』 위에 올렸던 『징세권 1년치』는 이제 귀측의 손에 있습니다. 직접 권리를 행사하시든 파기하시든 자유롭게 처리하십시오. 이번 협의는 해당 금액을 제한 나머지 자산의 처분 방법을 서로 납득할 수 있을 때까지 대화로 풀어 나가고자 마련된 자리입니다. ……혹시 여러분께서 따로 바라시는 것은 있습니까?"

"저희의 요구는 처음부터 수인 마을에 너무 큰 부담이 되는 과세액을 다시 검토해 달라는 것 하나뿐이었습니다. 앞으로 수인 마을의 주민분들이 자립해서 생활을 꾸려 나가려면 고작 1년치의 면세로는 도저히 부족하다고 생각되오니 세액의 감세 기간을 더 연장해 주십시오."

"오호라, 알겠습니다. 그러면 일단 그 마을에 부과되는 세금을 『100년치』 면제하는 것으로 조치하면 어떻겠습니까? 대강 계산했을 때 여러분께서 획득한 자산이 5,000억 정도 줄어들게 됩니다만. 괜찮겠습니까?"

"노르 선생님께서는 어떻게 생각하시는지요?"

"그래. 뭐, 괜찮지 않나? 적당하네."

린이 의견을 물어보기에 나는 일단 고개를 끄덕거렸다.

100년이나 여유가 생기면 마을이 자립하는 데는 충분할 것 같았다.

한편 라시드는 이렇게 대화 나누는 우리를 뚫어져라 쳐다보며 히죽거리고 있다.

"……후후, 그렇군요. 천칭에 올렸던 것은 어디까지나 저 친구의 개인 자산이었으니 용처도 전부 본인에게 결정을 맡기고자 하는 겁니까."

"뭔가 문제라도 있습니까?"

"아니요, 전혀. 돈에 귀천은 없으니까요. 오히려 호감이 가는 결단입니다. 그럼 저 친구의 요구에 따라 정식으로 면세 증서를 작성한 뒤 건네 드리도록 하지요. 다만 그럼에도 아직껏 대략 9조 5,000억만큼 귀측의 자산이 남아 있습니다. 이 금액을 어떻게 사용할지 더 염두에 두신 방안이 있습니까?"

웃는 표정을 짓는 라시드가 추궁하다시피 질문하기에 나와 린은 서로 눈을 마주 바라봤다.

이 막대한 금액은 일단 내 돈을 밑천으로 써서 받은 배당금이었던 까닭에 전부 「내 소유」의 재산으로 처리되고 말았다. 다만 애당초 관광을 하며 다 써 버리자고 챙겨 온 돈이 이렇게까지 큰 금액으로 불어나 버릴 줄은 상상도 하지 못했다.

당연히 나는 이렇게나 큰돈을 어떻게 써야 할지 떠오르는 바가 없는지라 이번 교섭은 처음부터 부잣집 아가씨인 린에게 전부 다 맡겨 버리자는 생각을 하고 있었지만.

역시나 린도 적잖이 난감해하는 것 같았다.

저 진지한 표정을 보고 짐작하건대 린은 진지하게 돈을 어떻게 써야 할지 고민해 주고 있다.

……난 슬슬 차라리 모르는 사람들한테 막 뿌리고 다녀도 괜찮겠

다는 생각이 들기 시작했지만.

“보아하니 많이 난처하신가 보군요. 그럼 제가 한 가지 제안을 드려도 되겠습니까?”

“……제안, 말씀입니까?”

“예. 제안이라기보다는 오히려 부탁이라고 표현하는 편이 더 정확하기는 합니다만.”

“부탁, 말씀입니까.”

“조금 전 말씀드렸다시피 본 가문의 지불 능력에는 아무 문제가 없습니다. 다만 「지금 당장 전액을 현금으로」 달라는 요구를 하실 경우에는 현실적으로 여러 문제가 있어 조금은 어렵겠지요. 따라서 현금 이외의 다른 지불 방법을 지정해 주신다면 저희 쪽에도 몹시 큰 도움이 될 것입니다.”

“……구체적인 방안이, 있습니까?”

“단순합니다. 본 시설에서 보유하고 있는 현금은 제한적이지요. 절대 준비를 못한다는 것은 아닙니다만, 급히 대량의 현금을 조달하려면 서둘러도 꽤 시간이 걸리기 마련입니다. 따라서 상응하는 자산 가치가 있는 **현물**로써 대체하여 지불을 진행하고자 부탁을 드리고 싶습니다. 조금 민망하오나 우선 설명을 들어 주시면 감사하겠습니다.”

“현물이라고요?”

뜻밖의 대답에 함께 고개를 갸웃거리는 나와 린을 바라보면서 라시드는 만족스럽게 웃음을 머금었다.

"예컨대 말입니다만, 이곳『시간을 잊는 도시』를 드리면 혹시 어떻겠습니까?"

시선을 휘휘 돌리는 라시드를 따라서 우리도 주변을 둘러봤다.

"……이 건물을, 넘겨주시겠다는 말씀입니까?"
"아니요, 잘못짚으셨습니다, 린네부르크 님. 비단 건물뿐 아니라『시간을 잊는 도시』를 구성하는 모든 자산의『소유권』, 아울러 시설 자체의『경영권』. 또한 이곳에서 근무하고 있는 인력은 국가로부터 급료를 받는 공무원인지라 엄밀하게 따지면 소유물은 아닙니다만, 아무튼 모든 직원에게 명령할 수 있는『지배권』은 오너에게 있사온지라 추가로 저들의 **목숨**까지 함께 손에 넣으시는 셈이군요."

벽면에 붙어 쭉 늘어서 있던 종업원들은 비록 말소리를 내지는 않았으나 서로 시선을 마주하면서 불안감이 묻어나는 표정을 짓고 동요하는 분위기였다.
점점 긴장이 고조되는 방 안에서 라시드는 나를 향하여 히죽 웃었다.

"요컨대 건물만 주는 게 아니라 알맹이도 전부 가져가라는 말인가?"
"그래, 맞아. 자네가 지금 한마디,「가지고 싶다」라고 대답하면 이곳에 있는 전부가 자네의 손에 떨어지는 거야.『재정 유희』의 승리자는 자네이고, 승부의 결과는 절대적이니까. 참고로 이곳의 평가액은 상당히 낮게 어림해도 2조 가르드 정도이지. 사실은 더 많은 부가 가치를 하나하나 산정할 수도 있기는 한데……. 자네가 받아 준다면 특별히 2조에 양도해 주겠어. 이제껏 관리를 맡아 왔던 내가 말을 하자니 좀 겸연쩍지만, 구석구석까지 세심하게 잘 관리된 우량 자산이야. 어떤가? 나쁜 제안은 아니라고 생각하는데."

"글쎄, 나쁘지 않은 제안인가……?"

"지금 받아 주면 이곳에 있는 우수한 종업원들도 덤으로 데려갈 수 있어. 경영(오너)자 자리를 맡기만 하면 어떠한 명령이든 자네 마음대로 이루어지지. 혹시 자네가 물고기 먹는 것을 좋아한다면 직원 중 몇몇을 큼지막한 어선에 집어넣고 앞으로 평생 자네를 위해 신선한 물고기를 잡아 보내도록 시켜도 돼."

히죽거리며 라시드가 뜬금없는 소리를 늘어놓는다.

무심코 정말 잡아 주는 건가 궁금해져서 내가 눈을 돌리자 시선을 마주쳤던 까만 옷 종업원의 얼굴이 딱딱하게 굳었다.

"……시설째 모든 권리를 이양한다고요? 이곳은 국가의 관리하에 있는 시설이 아닙니까? 그런 일 처리가 정말 가능합니까?"

"예. 이 나라의 법률과 『재정 유희』라는 제도에 근거를 둔 조처이니 아무 문제도 없습니다. 애당초 이 땅에서는 경영권을 보유한 오너의 결정은 절대적이니까요. 어떤가, 노르. 자네가 한마디, 「가지고 싶다」라고 답하면 이곳은 당장 자네의 손에 떨어지네만."

"……노르 선생님. 어떻게 하시겠습니까?"

라시드와 린이 둘이서 같이 내 얼굴을 빤히 들여다본다.
다만 내 대답은 이미 결정됐다.

"……아니, 딱히 필요하지 않아. 나는 이렇게 큰 건물을 가지고 싶지도 않고 물고기는 직접 낚아야 더 신선하고 맛있게 먹을 수 있지. 일손이 많이 필요할 만한 작업도 지금은 별다른 예정이 없고."
"그럼 자네는『시간을 잊는 도시』가 필요하지 않다는 건가?"
"맞아."
"……그런가. 아쉽군, 유감이야. 그럼 무엇을 가지고 싶어? 뭐든 말해 봐."
"글쎄……?"

솔직히 말하자면 느닷없이 받게 된 무엇을「가지고 싶냐」라는 질문에 할 답은 특별히 없다.
다만 잠시간 생각을 하는 사이에 바라는 것이 아예 없지는 않음을 떠올릴 수 있었다.

"그러고 보니. 아까 지나온 곳에서 억지로 싸움을 붙여 놓은 사람들이 있던데? 일단 그 사람들에게 적절한 조치를 취해 주면 좋겠어."
"검투 노예를 말하는 건가? 적절한 조치라면, 무슨?"
"간단하게 말하면 자유롭게 풀어 주기를 바라. 모두 뭔가 계약에 묶여 있다고 말을 하더라고."

"그렇군. 하지만 그건 단순하게 『경영권』만 확보하면 어떻게든 처리할 수 있지 않을까? 그들은 『시간을 잊는 도시』의 소유물이니까 자네가 경영자 자리에 올라서 「마음대로 살아도 된다」라고 허락해 주면 바로 해결할 수 있는 문제거든."

"그런가?"

"다만 무작정 자유롭게 풀어 줘 봤자 이곳을 제외하면 딱히 갈 곳이 없는 부류가 대부분이기는 하지. 뒷일은 어떻게 생각하고 있어?"

"그건…… 솔직히, 아무 생각도 안 했는데."

"그럼 더더욱이야. 자네는 깊이 생각하지 않고 이곳을 손에 넣어 버리면 돼. 귀찮은 뒷수습은 다른 종업원들이 전부 알아서 처리해 줄 거야. 자네는 단지 명령만 내리면 그만이지. 이렇게 해라, 저렇게 해라, 마음껏."

라시드는 변함없이 뭔가 섬뜩한 웃음을 지은 채 교섭 테이블로 몸을 쓱 내밀더니 나를 계속해서 설득했다.

"이 건물도 전부 마음껏 가지고 놀 수 있어. 자네가 원한다면 갈 곳이 없는 검투사 전원에게 지낼 곳과 식사를 마련해 주고 다 같이 살 수 있는 시설로 개조해도 상관없거든."

"……안에서 작물을 키우거나 식량 저장고로 써도 문제없는 건가?"

"물론 상관없어. 『경영권』만 손에 넣으면 모든 것이 자네가 원하는 대로 이루어질 거야. 어떤가? 굉장히 좋은 조건의 제안이라고 생각하는데."
"그렇군."

……무슨 이유인지 라시드가 몹시 열심히 권유하는지라 억지로 강매를 당하는 듯한 느낌을 받고 있지만.

잘 생각해 보면 이 건물은 어떤 기후도 재현할 수 있는 터무니없는 공조 시설까지 갖춘 곳이니까 이것저것 작물을 심어서 키우기에는 딱 좋은 장소인지도 모르겠다.

왕도에 있는 종자상 청년을 불러와서 이 시설을 자유롭게 써도 된다고 말해 주고 작업을 맡긴다면……. 이런 생각을 떠올리니까 무척 괜찮은 제안 같다는 생각이 든다.

며칠간 수인 마을에서 간단하게 벌여 놓았던 작업을 더 본격적으로 시작하면 까만 옷 종업원들이 잔뜩 있으니까 일손 확보에도 문제가 생기지는 않을 것이다.

어쩌면 라시드의 말처럼 정말 괜찮은 구매인지도 모르겠다.

하지만 막 승부에서 패배를 맞이했는데도 너무 신나게 웃는 라시드의 얼굴을 바라보고 있자니 무척 수상하다는 생각이 든다.

일단 대답을 하기 전 린에게도 의견을 물어봤다.

"……린은 어떻게 생각하지?"

"글쎄요……. 저는 솔직히 고작 2조 가르드의 금액이라면 무척 파격적이라고 생각합니다. 특히 저희와 같은 외국의 인물에게는 차마 가늠하지 못할 가치가 있는 곳입니다. 오히려 묻고 싶군요, 정말 2

조의 가격으로 양도하셔도 괜찮은 겁니까?"

"예, 물론입니다. 거래를 진행할 때 사용하는 발언에 거짓이나 기만을 포함시키는 것은 저희 사렌차의 상인들이 가장 수치로 여기는 행위입니다."

"……정말 이대로 거래가 이루어진다면 싼값에 사는 편이라고 생각합니다."

"알았어. 일단 이곳은 내가 받도록 하지."

"결정 났구나."

이렇듯 간단하게 받아 버려도 괜찮은 게 맞는지는 차치하고.

내 대답을 들은 라시드는 히죽 웃었다.

"그럼 소유자의 명의는 『노르』로 설정하면 되겠습니까? 아니면 린네부르크 님 명의의 자산으로 처리할까요?"

"아니요. 본래 자금을 노르 선생님께서 제공해 주셨으니 전부 마땅히 노르 선생님의 자산입니다."

"알겠습니다. 그럼 현 시간부로 노르에게 『시간을 잊는 도시』의 소유권을 양도하도록 하죠. 노르, 이곳에 손을 올려줘."

"이렇게?"

라시드가 내민 푸른색 종이에 손을 올렸다. 그러자 종이에 그려져 있는 신기한 붉은 문양이 옅게 빛났다.

“이러면 되나?”

“그래. 수속은 완료됐어. 자, 노르, 지금부터 이곳에 있는 모든 것이 명실공히 자네 소유야. 투기장의 검투사도 우리 속 마물도 골렘도, 종업원들도 물고기도, 전부 원하는 대로 관리하면 돼. ……아, 깜빡했는데 자네 소유가 된 이상 조금 전 부숴던 건물 수리는 자네의 자금으로 지출하도록 해. 미미한 금액이니까 별로 문제는 없겠지?”

“알았어. 처음부터 내가 부담할 생각이었으니까 괜찮아.”

“—그래. 자네들, 새로운『경영자』에게 인사를 올리도록.”

라시드의 지시에 따라 벽면에 서 있던 까만 옷 종업원들이 모두 일제히 나를 향해서 머리 숙였다.

너무나 사람 숫자가 많았던지라 같이 동시에 인사했을 뿐인데 방 안에 살짝 바람이 불었다.

“자기소개는 나중에 할까? 아직 협의를 마쳐야 하는 자산이 8조쯤 남아 있으니까. 자, 나머지는 어떻게 하고 싶어?”

그렇게 라시드가 계속해서 나머지 돈의 용처를 질문하는데 솔직히 진짜 난감했다.

아무것도 떠오르지 않는다.

……내 식비로 환산하면 몇 년치가 되는 것일까.

“역시 나는 생각나는 게 전혀 없군. 린은?”

"글쎄요……. 저도 당장 이렇다 할 생각은."

"나중에 쓸 수 있도록 챙겨 놓는 선택지는 없는 건가?"

"물론 자네가 원한다면 그렇게 조처해 줘야지."

"……괜찮은 건가? 아까 전액 현금은 준비하기 어렵다고 말을 했잖나."

"즉 현금만 아니면 이것저것 다른 방법을 강구할 수 있단 뜻이야. 증서라든가 증권이라든가. 현금은 지금 보유한 금액밖에 못 주지만, 약속『어음』이라면 얼마든지 자네에게 넘길 수 있거든."

"어음?"

"맞아.『사렌차 가문』이 보증하는 신용도 높은 증서야. 현금을 고스란히 들고 다니는 것보다 훨씬 편리하지."

나는 라시드가 말한『어음』이 무엇인지 알지 못해서 린의 얼굴을 돌아 봤다.

"클레이스 왕국에서는 흔히 쓰이는 거래 수단은 아닙니다만, 종이로 만든 돈이라고 생각하시면 됩니다. 증서에 쓰인 숫자가 같은 금액의 돈을 소지한 것과 같다고 증명해 주는 방식이죠."

"종이에 쓰인 숫자를 돈 대신 낸다는 건가?"

"예. 다만 사용할 때 수속을 밟아야 하는 등 약간의 제약은 있습니다. 아무튼 원칙적으로 돈을 가지고 있는 것과 마찬가지입니다."

"그럼 편리하겠군……? 종이도 괜찮다면 전부 종이돈을 쓰면 될 텐데."

"그래, 굉장히 편리한 거래 수단이야. 다만 제대로 사용하려면 쌍방의 신뢰가 근간에 있어야 하니 제법 자금력을 갖춘 상인끼리 거래할 때나 쓰이지. 보통은 각지의 상인 길드에서 현금으로 바꾼 다음에 사용할 수 있다고 생각해 줘. 편리한 점도 많은 반면에 불편한 점도 있는 셈이야. 그래도 괜찮다면 바로 발행해 주고 싶은데 어떻게 할래?"

"알았어. 그렇게 처리해 줘."

"좋아, 멜리사, 준비해 둔 용지를 가져오도록."

"네."

곧 멜리사가 가져온 테두리에 금색 장식을 한 두툼한 종이에 라시드가 무엇인가를 술술 기입했고, 나는 그 종이를 받아 들었지만.

"……아, 맞다. 하나 더. 사렌차 가문의 이름으로 자네에게『교역허가증』을 발행해 주도록 하지. 발행자와 **동등한 권한**으로 이 나라 안에서 상품을 매매할 수 있는 무척이나 유용한 증서야. 이 허가증만 있으면 상대가 누구든 간에 거래를 거부하지 못해."

라시드가 대수롭지 않게 건네준 또 한 장의 종이쪽을 본 린의 안색이 확 달라졌다.

"……괜찮겠습니까? 저희와 같은 외국인에게 이런 중요한 권한을 내주시다니요."

"물론입니다, 린네부르크 님. 어음을 써야 할 만한 금액으로 거래를 진행할 때 이 허가증이 없다면 다소 불편함이 발생하지 않겠습니까. 마땅히 부수되어야 하는 권리입니다. 레인 군과 우정을 나눈 증거라고 생각해 주셔도……. 뭐, 필요하지 않아서 거절하시겠다면 어쩔 수 없습니다만."

"……아니요. 감사히 받아 두도록 하겠습니다."

"뭔가 이래저래 미안한데?"

"괜찮아. 나 또한 이번에 벌인 승부는 굉장히 즐거웠거든. 나는 앞으로 자네들이 펼칠 활약을 **굉장히** 기대하고 있어. 이 정도는 별거 아니야."

라시드는 다시 즐겁게 웃고 교섭의 자리에서 일어났다.

"—자, 이상으로 『재정 유희』 사후 협의가 종료되었군……. 후후, 오랜만에 참 기분이 좋은 방식으로 패배를 했어. 오늘 밤 유희는 이 나라의 역사에 새겨지는 명승부로 남을 거야."

그렇게 우리는 승부의 경품으로 『수인 마을의 면세권 100년』, 『시간을 잊는 도시』, 상당량의 현금과 잔금을 대체하는 『어음』, 그리고 덤이라며 내준 『교역 허가증』을 손에 넣고서 여기저기 금이 간 회의실을 뒤로했다.

151 밀실의 반성회

“노르, 잠깐 괜찮나.”

협의가 끝난 뒤 클레이스 왕국에서 온 방문객들이 『시간을 잊는 도시』의 종업원을 거느리고 교섭용 방에서 나가던 중 전임 경영자 라시드가 신임 경영자의 자리에 오른 노르를 불러 세웠다.

“뭐지, 라시드.”

“거듭 말하건대 축하해. 이제 정식으로 『시간을 잊는(이곳) 도시』에 있는 모든 것은 전부 자네의 소유야. ……맞아, 맞기는 한데. 한 가지 부탁을 해도 괜찮을까?”

“아직 더 처리할 일이 있는 건가?”

“음, 별로 대단한 건 아닌데 말이지. 실은 안쪽에 있는 방에 아직 내 **개인용품**이 몇몇 남아 있거든. 그냥 취미로 모은 다기와 찻잎이라서 대단한 자산 가치는 없는 물건뿐이니 이대로 놔뒀다가 자네에게 넘겨줄 생각이었는데……. 개중에는 조금 추억이 담긴 물건도 있어서. 가능하면 마지막으로 내가 아끼던 찻잎을 잠시 즐기면서 여기 두 사람과 대화를 나누고 싶어. 자리를 비워 주기 전에 잠시만 방을 빌려도 될까?”

라시드는 건물의 권리자가 된 남자에게 웃음 지으며 자신의 옆쪽에 서 있던 검은색 복장의 남녀, 샤우자와 멜리사를 향해 시선을 돌렸다.

"그래, 그 정도는 물론 괜찮아."

"고마워. 우리는 잠시 저쪽 방 안에 있을 예정인데 혹시 볼일이 생기면 불러 줘. 조금 특수한 구조로 만든 방이라서 소리가 잘 새어 나가지 않는 곳이지만, 노크를 하면 곧바로 나갈 테니까."

"알았어."

"그럼 신임 경영자께서 허락을 내려 주셨으니 가 볼까, 자네들."

"……네."

"……알겠습니다."

라시드는 새로운 경영자에게 허가를 받은 뒤 샤우자와 멜리사를 데리고 긴 복도의 안쪽으로 향했다. 그 복도의 막다른 곳에는 금속제 문이 있었고, 라시드는 샤우자를 시켜서 무거운 문을 열었다.

본래 중요한 거래를 진행하기 위해 마련되었으며 엄중하게 방음 처리가 된 이 방은 한쪽 벽면에 온통 다기와 찻잎 용기를 진열해 놓았기에 언뜻 보기에는 주인의 취미가 드러나는 응접실 같은 분위기였다.

"후후, 오늘로 이 방도 작별이라고 생각하니 쓸쓸하구나. 딱히 후회는 없지만 유일하게 이곳이 많이 그리울 거야. 하지만 오너의 온정 덕분에 받은 기회이니 마지막 한때는 다과회로 멋지게 마무리를 해 볼까.”

라시드는 그렇게 말한 뒤 벽의 선반에 진열되어 있는 다기(티컵) 컬렉션 중 평소 마음에 들어 아꼈던 두 개를 집어 들고서 뒤쪽에 있는 두 사람에게 생글생글 웃으며 내밀었다.

주인의 의도를 짐작한 멜리사가 차를 끓일 준비를 시작했을 때 외팔 외눈의 수인이 주인에게 날카로운 시선을 보냈다.

“라시드 님. 정말 이러한 결과에 만족하시는 겁니까.”

종자의 의문이 담긴 발언과 시선을 등 뒤로 받아 내면서 라시드는 선반에 있는 여러 컵 가운데 자신이 쓸 것을 천천히 고른 뒤 중앙에 놓인 큼지막한 장의자(소파)에 깊숙이 몸을 누였다.

“……무슨 소리야? 샤우자. 결과에 만족하냐니.”

“조금 전 유희를 말씀드리는 겁니다. 지시하신 대로 마지막 승부에서는 모든 주사위 눈이 어긋나도록 선언을 했습니다만. 그 결과는 정말 라시드 님께서 못내 바라는 형태였던 겁니까?”

마지막 승부에 나섰던 남자, 샤우자는 한층 더 예리한 눈빛으로 주인을 쳐다봤다.

다만 라시드는 살짝 고개를 흔들면서 미소 짓고 어깨를 으쓱거린다.

"뭐야, 그게 궁금했나? 그래, 잘 마무리됐어, 샤우자. 정말 멋지게 활약해 줬지. 역시 자네는 내가 신임하는 사나이다워."

"……그 말씀은, **본심**으로 받아들이면 되는 겁니까."

"물론. 덕분에 멋진 승부로 끝맺음됐잖아. 조금 욕심을 부리자면 저 친구들의 손에 넘어갈 자산에 영을 한두 개 더 붙여 주는 게 이상적이었겠지만. 음, 욕심이 너무 지나치면 안 되니까……. 혹시 자네는 중간부터 힘을 빼 줬던 건가?"

"아니요, 한 번도. 처음부터 전력으로 임하지 않았다면 언제든 아찔하게 패배할 수 있는 상대였습니다. 마지막 숫자 맞히기에서도 솔직히 전부를 **틀렸던** 것은 오로지 운입니다."

"그랬나. 좋아, 그래야 샤우자답지. 기대한 대로 활약해 줬어."

소파에 깊이 몸을 누인 채 라시드는 두 팔을 벌리며 만족스럽게 웃었다.

한편 테이블 위 컵에 차를 따르는 멜리사의 표정은 무척 심각했다.

"이 문제로 주인어른께서 뭐라 말씀하실지 걱정됩니다."

"……아무런 말도 안 할걸. 적어도 고작 10조 정도로 아버지(그 인간)의 주머니에 타격이 있지는 않아. 중앙(본가)의 녀석들도 지금쯤 내가 대패했다는 소식을 들은 뒤 나의 가문 내 신분과 자산을 박탈할 명분이 생겼다며 희희낙락하면서 가족회의나 하고 있겠고. 소란 부리는 건 아무것도 모르는 녀석들뿐이지."

"그럴지도 모릅니다. 하오나 그렇게 되면 본인의 신분이 박탈되는 것은 물론이거니와 다액의 빚을 지고서 추방당하는 처지로 몰릴 가능성도 있지 않겠습니까?"

"뭐, 맞는 말이야. 다만 어차피 그동안 쭉 나의 개인 자산은 동결 상태나 마찬가지였으니 빈털터리와 다를 게 없었지. 나는 오히려 굉장히 좋은 거래였다는 생각이 들어. 저 친구들은 자기들이 원하는 것을 손에 넣었고, 나는 적당한 시기에 쓸데없는 속박에서 풀려나고 자유를 얻었지. 서로에게 이익이 되는 굉장히 멋진 계약(딜)이었다고 생각해. —이 목적을 이루고자 일부러 관객을 잔뜩 데려다 놓기도 했고. 사렌차(그 녀석들) 가문도 차마 책임을 외면하지는 못해."

차가 담긴 컵을 한쪽 손으로 들고 쾌활하게 웃는 라시드의 옆에서 멜리사는 불안해하는 표정을 보였다.

"……그 책임은 라시드 님께도 똑같이 적용됩니다만."

"괜찮아. 나는 처음부터 거래를 피해 도망칠 생각은 하지 않았어. 원래부터 거의 남의 소유였던 자산을 다른 사람에게 양도해 봤자 특별히 마음 아프거나 아쉬울 이유는 없으니까."

"그러나 납득이 되지 않습니다. 라시드 님께서 보유 중이셨던 **거의 모든** 자산과 권력을 내준 대상이, 어째서, 왜 하필이면 외국 출신의 이방인들이었습니까?"

"틀렸어, 멜리사. 가장 적절한 선택이었어. 게다가 모든 건 아니지. 아직 개인(프라이빗) 소유의 골렘은 몇 대 남아 있기도 하고, 무엇보다 자네들이 같이 있어 주잖아? 자네는 노르에게 『시간을 잇는 도시』를 양도하기 전 미리 파면(해고)했으니까 자유로운 몸이고, 샤우자는 원래나 개인의 보디가드지. 내가 양도한 것은 **다른 나머지**뿐……. 아, 게다가 신임 경영자의 온정 덕분에 이곳에 있는 찻잎과 티컵을 즐길 권리도 남았구나."

"……거의 모든 것이군요. 저희 이외의 모든 자산이 그 남자에게 넘어가 버리지 않았습니까? 그렇게까지 할 이유가 대체 무엇입니까."

"하지만 말이야, 그 친구 재미있지 않아?"

"……재미있다고요?"

라시드가 너무나 후련하게 답을 하는지라 멜리사는 차마 믿기지 않는다는 표정으로 주인의 얼굴을 바라봤다.

"설마 재미가 이유라고 말씀하시려는 겁니까?"

"안 되나?"

"……라시드 님. 도저히, 지금 대답으로 납득하기는 많이 어렵겠습니다. 제가 사전에 들은 말씀과는 너무나 많이 다르지 않습니까."

"음, 정말이지 사리에 맞는 말이군. 나도 좀 충동적이긴 했어. 처음에는 세상 물정 모르는 공주님에게 적당히 빚을 안겨 주고 나의 벗 레인 군에게 생색이나 한번 내자고……. 가볍게 생각을 했을 뿐이었는데 말이야. 완전히 흥미가 바뀌어 버렸거든. 바로 옆에 웬 터무니없는 녀석이 있었잖아."

라시드가 기분 좋게 차가 든 컵을 입으로 가져가고 있는 와중에 멜리사는 옆에서 심각한 표정으로 테이블 위에 올려놓은 두꺼운 서류 다발을 손에 들었다.

"……어떤 말씀인지 아주 이해가 안 되는 것은 아닙니다. 하오나 그 남자가 관여된 세무 조사의 내용을 사실로 판단하기 전에 재조사부터 할 필요가 있었다고 생각됩니다. 이곳에 기입된 내용은 너무 과하기에 도저히 현실적이지 못합니다."

"아니, 필요하지 않아. 거짓말도 제대로 못하는 수인들이 우리 우수한 조사원들을 어떻게 속이겠어. 게다가 우리는 우리 눈으로 목격했잖아?"

"……정녕 사실이라면 더더욱 경계해야 할 인물로 생각됩니다. 아무리 좋은 실력을 가졌더라도 그 남자는 너무나 이상합니다."

"그래서 더 『재미있다』는 거야."

멜리사는 한숨을 쉬며 테이블 위쪽에 세무 조사의 서류를 되돌려 놓았다.

그것은 사렌차 가문의 조사원이 수인 마을에서 일어났던 사건을 파악한 뒤 상세하게 기록한 자료였다만, 서면에는 차마 믿기지 않는 내용이 가득 차 있었다.

라시드는 가공의 영웅전과 다를 바 없는 세무 조사서를 손에 들고 휘휘 넘기면서 또 웃는다.

"……역시 재미있는 친구야. 노르가 이 나라에 들어온 지 고작 며

칠이 지났지? 입국 기록을 살펴보면 체류 일수는 채 며칠 되지도 않아. 그런데 벌써 이만한 규모로 **개발**을 끝내 버렸지. 이대로 국가를 하나 건설해 버릴 듯한 기세야. 게다가 보아하니 클레이스 왕의 신임도 두터운 것 같군. 『흑색의 검』과 『용수의 원통』. 심지어 자기 자신의 딸을 **맡기기**까지 했어. 신용의 정도가 심상치 않아."

"……그렇다면 더욱 신중하게 접근하는 것이 옳았습니다."

"하지만 노르에게 조금 더 시간을 주면 어떻게 될지 상상해 봐. 가슴이 막 두근두근 뛰지 않아? 린네부르크 왕녀도 소문 이상으로 우수한 인재였지만……. 그 친구는 훨씬 더 독특하고 재밌어. 노르에게 더욱 큰 돈과 권력을 쥐여 주면 분명 재미있는 방식으로 써 줄걸. 게다가 틀림없이, 아무도 막지 못해."

"그것이 라시드 님께서 『시간을 잊는 도시』를 온전히 넘긴 이유입니까."

"맞아. 내가 노르를 재미있다고 말한 이유가 이거야."

대답을 마친 뒤 라시드는 두꺼운 서류를 멜리사의 앞쪽에 아무렇게나 두고 유쾌하게 웃었다.

"……뭐, 적의 적은 아군이라잖아. 투자 대상으로 생각해 봐도 나쁘지 않고."

"정말 회수가 가능했을 경우의 이야기잖습니까. 계획은 세워 두셨습니까?"

"하하, 뭘 모르는구나, 멜리사. 앞날이 어떻게 될지 아무도 장담을 못하니까 『베팅』을 하는 재미가 있는 건데 말이지."

거하게 한숨을 쉬는 멜리사의 앞에서 라시드만 혼자서 신이 난 모습이었다.

"그러고 보니 샤우자. 자네야말로 정말 괜찮았던 건가?"

"……괜찮았냐니, 무슨 뜻인지요."

"시치미 떼지 마. 그 아가씨, 귀한 문장이 각인된 목걸이를 하고 있던데. 설마 자네가 알아차리지 못했다는 건 말이 안 되잖나."

라시드는 웃음 지으며 종자의 얼굴을 들여다보다가 능청스럽게 고개를 갸웃거렸다.

"말씀의 의미를 알 수 없습니다."

"뭐, 나야 어느 쪽이든 상관없지만 말이야. 자네에게 관여를 할 생각이 없다면 본인의 의사를 기꺼이 존중해 줄 생각이지. 하지만, 봐봐."

라시드가 손가락으로 가리킨 곳에 달려 있었던 마력 장치 초인종(벨)이 소리를 냈다.

그것은 복도에서 방으로 누군가가 다가오고 있음을 알리는 신호였다.

그리고 얼마 뒤 말소리를 결코 내보내지 않도록 《축복(인챈트)》을 마친 왕류금속(오리하르콘)제 문에 부착된 노커를 작게 두드리는 소리가 났다.

"아가씨 본인은 아무래도 자네에게 볼일이 있는 것 같군."

다시 조심스럽게 문을 두드리는 소리가 나자 라시드는 웃음을 짓고 장의자에서 일어난 뒤 자신의 손으로 잠금장치를 해제하고 방문을 천천히 열었다.

"시, 실례합니다—?"

문 앞에는 막 방금 전까지 자신들과 대전을 했던 수인 소녀가 긴장한 낯빛으로 우두커니 서 있었다.

■작가 후기

이 책을 읽어 주신 분들께 감사드립니다.

7권은 『상업 자치구 편』의 두 번째 이야기이며, 주인공 노르가 왕도에서 번 돈이 이곳저곳에서 활약하는 전개로 구성되어 있습니다. 그리고 결국 자신의 『성』을 손에 넣어서 한 명의 『경영자』가 되고 말았지요. 광대하게 밭을 조성한 수인 마을이 있고 『시간을 잊는 도시』도 있는데 이제부터 대체 어떻게 되는 걸까요.

일단 주인공이 더욱 화려하게 활약을 펼치는 것은 확실하다고 생각되는지라 모쪼록 기대해 주시면 좋겠습니다.

아울러 이번 7권에서는 이야기의 축을 담당하는 중요 인물이 몇 명인가 등장했습니다. 그들이 어떤 인물인지는 차츰 밝혀지게 됩니다만, 개성이 강한 라시드와 멜리사가 어린 시절에 친분을 맺은 이야기 등은 꼭 어딘가에 넣고 싶다는…… 생각을 가지고 있습니다.

아무튼 보고드립니다.

이 책이 발매될 무렵에는 이미 발표가 되었을 것으로 생각합니다만, 놀랍게도 본작 『나는 모든 것을 【패리】한다』가 애니메이션으로 제작됩니다.

괭장한데? 진짜냐.

저 스스로도 「꿈인가?」라는 심정이 아직 절반쯤 있습니다만, 사실은 이제까지 애니메이션 제작을 위한 시나리오 회의며 캐스팅 회의에도 빠짐없이 참가했습니다. 그런 귀중한 경험을 통해 간신히 진짜 현실이라는 것을 실감하고 있는 중입니다.

특히 각 화의 각본을 마무리 짓는 시나리오 회의는 착실하게 개근을 했습니다만, 소설 원작자가 애니메이션 회의에 끼어드는 것은 실질적으로 프로들의 현장에 초보자가 생뚱맞게 들어가 있는 격인지라 현장 스태프분들의 입장에서는 불편한 부분도 많지 않았을까 생각됩니다.

그럼에도 불구하고 감독님, 팀 매니저님, 각본가님을 비롯하여 모든 분들께서 무척 친절하게 맞이해 주셨기에 진심으로 감사드리는 바입니다(아직껏 자신이 뭔가 사고를 치지 않았는지 불안합니다).

회의에 보탬이 되었는지는 잘 모르겠습니다만, 덕분에 멋진 각본이 완성되었다고 생각합니다.

그 밖에도 애니메이션 제작에서 원작자는 감수라는 직책을 받아 이미지 보드 따위를 점검하는 상황이 있었습니다만, 그 과정도 아무튼 굉장했습니다. 여러모로.

소설로 자신이 묘사하지 못한 부분을 더욱 충실하게 그려 주셨다는 것을 실감할 때마다 정말이지 감개무량하더군요.

기본적으로 애니메이션은 소설판을 기준으로 제작이 진행됩니다. 다만 소설이라는 매체는 같은 문장에서도 연상하는 광경이 사람에 따라 제각각이며, 읽는 방식에 따라서는 본래 문장을 쓴 사람조차 경악할 만큼 터무니없이 높은 해상도로 영상을 이미지하는 경우도 있으니까요.

카와구치 선생님이 좋은 예이며, 만화판을 맡아주시는 KRSG 선생님도 마찬가지입니다. 또한 애니메이션의 감독님, 스태프 여러분도 저로서는 놀라움의 연속이었죠.

이 작품으로 과분할 만큼 믿기지 않는 훌륭하신 관계자분들과 만나는 복을 누렸기에 정말로 운이 좋았다고 생각합니다.

그 밖에도 여러모로 감사의 뜻을 전하고 싶은 내용이 많이 있습니다만, 우선은 본작에 관심을 가져 주시고 애니메이션 기획서를 써 주신 프로듀서님을 비롯하여 본작, 그리고 애니메이션 제작에 관여해 주고 계시는 각 관계자 여러분들께 진심으로 감사의 말씀을 올립니다.

또한 무엇보다도 이때까지 이야기를 풀어놓을 수 있었던 것은 그동안 이 작품을 읽고 즐거워해 주셨던 독자님들 덕분이라고 생각합니다.

진심으로 감사드립니다.

(또한 매번 드리는 말씀인데 카와구치 씨가 그려주시는 캐릭터,

최곱니다. 언제나 감사합니다.)

짤막하게 줄인 감사의 인사와 보고였습니다. 앞으로 소설로서 끌고 나가야 하는 이야기도 더욱 신나게 진행하고 싶은 마음이오니 계속해서 함께해 주신다면 기쁠 것입니다.

나베시키

벌써 7권…
앞으로도 부디
잘 부탁드립니다!!!
원점 회귀로 두 사람을 그려 봤습니다
카와구치
@kwgc_c

나는 모든 것을 【패리】한다 7
~역착각의 세계 최강은 모험가가 되고 싶다~

초판 1쇄 발행 2025년 11월 20일

지은이_ Nabeshiki
일러스트_ Kawaguchi
옮긴이_ 김성래

발행인_ 최원영
본부장_ 장혜경
편집장_ 김승신
편집진행_ 권세라 · 최혁수 · 김경민 · 최정민
편집디자인_ 양우연
국제업무_ 박진해 · 조은지 · 박지현 · 남궁명일
관리 · 영업_ 김민원 · 조은결

펴낸곳_ (주)디앤씨미디어
등록_ 2002년 4월 25일 제20-260호
주소_ 서울시 구로구 디지털로 32길 30, 코오롱디지털타워빌란트 1301-1308호
전화_ 02-333-2513(대표)
팩시밀리_ 02-333-2514
이메일_ lnovellove@naver.com
L노벨 공식 카페_ http://cafe.naver.com/lnovel11

Ore wa Subete wo "PARRY" suru
~Gyaku Kanchigai no Sekai Saikyo wa Bokensha ni Naritai~ Vol.7
By Nabeshiki, Kawaguchi

ISBN 979-11-278-8501-4 04830
ISBN 979-11-278-6408-8 (세트)

값 11,000원

7

나는 모든 것을 【패리】한다

~역착각의 세계 최강은 모험가가 되고 싶다~

나베시키 · 지음　　카와구치 · 일러스트

I WILL "PARRY" ALL

- The world's strongest man wanna be an adventurer -

【 지난 줄거리 】

클레이스 왕국과 적대하는 상업 자치구 사렌차로부터 「망각의 미궁」 탐색을 허가하겠다는 서간이 도착했다. 그들의 진짜 의도를 살피고자 레인과 클레이스 왕은 노르에게 사렌차행을 의뢰. 린과 이네스, 사렌차 출신의 로로, 육성 미안느의 부하인 실레느가 동행하게 됐다. 사렌차로 향하는 도중에 사막에서 일행은 도적에게 습격당했으나 어려움 없이 격퇴. 그 도적은 빈곤한 수인들의 마을 아이들이었다. 노르는 마을의 밭에 물을 주기 위하여 우물을 파고자 시도했다만, 느닷없이 지하에서 전설의 신수 이 고르가 출현했다.